HUNDERT AUGEN

Eva Sichelschmidt

Transitmaus

Roman

ROWOHLT HUNDERT AUGEN

Originalausgabe
Veröffentlicht im Rowohlt Verlag, Hamburg, August 2023
Copyright © 2023 by Rowohlt Verlag GmbH, Hamburg
Satz ITC Mendoza Roman bei CPI books GmbH, Leck
Druck und Bindung GGP Media GmbH, Pößneck
ISBN 978-3-498-00306-7

Für Elke

Die Wolken ziehen
Von West nach Ost
Ich lieg' im Bett
Und denk' an dich
Und wie es früher war

Rio Reiser

Mein Vater trug ein Paar unterschiedliche Schuhe. Am linken Fuß einen Slipper aus braunem Veloursleder, mit kleinen Troddeln über dem Spann, am rechten eine Art Budapester, einen festen Schnürschuh mit gestanztem Lochmuster in Bordeauxrot. Verschiedener konnten Herrenschuhe kaum sein. Ich berührte ihn leicht am Ellenbogen, und er zuckte zusammen. Auf der Empore erhob sich, mit den Gesangbüchern raschelnd, der gemischte Chor. Tochter Zion, freuheuheuheue dich.

«Hey», flüsterte ich. «Deine Schuhe!»

Mein Vater schaute auf seine Füße, wippte erst mit den Zehen in dem Slipper und scharrte dann mit dem Schnürschuh auf dem Boden. Sein Blick schweifte unsicher von links nach rechts und wieder zurück, als würde er die zwei dazu passenden Exemplare irgendwo unter der Kirchenbank vermuten.

Der Pastor stieg ein letztes Mal auf die Kanzel und gab der Gemeinde ein Zeichen, sich für den Segen zu erheben. Mein Vater wuchtete sich neben mir aus der Bank. Der Pastor gedachte noch einmal der Toten des Flugzeugunglücks in Schottland und bat darum, für deren Angehörige zu beten – amen. Die Brüder und Schwestern schmetterten inbrünstig das Abschlusslied. «O du fröhliche».

Mein Vater sang nicht, er starrte weiter ungläubig auf seine Füße.

«Na, so was, ich war wohl in Gedanken. In der Garderobe funktioniert das Licht nicht, da müsste man mal die Glühbirne wechseln.» Er tippte sich an die Stirn und lachte. «Vielleicht sollte meine Birne auch mal gewechselt werden.»

Ich war erleichtert. Wenn er lachte, war die Welt in Ordnung.

Wie immer an Heiligabend war die Kirche überfüllt. Die Luft roch nach Haarspray und Mottenpapier, die Menschenmassen hatten den Saal in den zwei Stunden aufgeheizt, rosig glühten die Gesichter der Gemeindemitglieder, die während der letzten Orgelklänge zum Ausgang drängten, eine Schafherde in Festtagskleidung.

Ob jemand das ungleiche Paar Schuhe bemerkt hatte? Hinter uns trug eine Frau im himmelblauen Umstandskleid mit beseeltem Lächeln ihre kleinen Kinder links und rechts auf der Hüfte. Neben uns ging eine Dame mit Schildpattkamm im donaugewellten Haar, schwerer Silberschmuck überdehnte ihre Ohrläppchen. Hinter uns schlurfte mit gebeugten Knien ein ergrauter Herr, sein Wanderstock klackerte über den Kirchenboden. Mein Vater kannte hier alle beim Namen. Die Älteren unter ihnen sprach er, selbst über sechzig, immer noch mit Tante und Onkel an. Früher waren wir jeden Sonntag zur Andacht erschienen, doch seit einigen Jahren ließen wir uns nur noch selten blicken, an den üblichen kirchlichen Feiertagen. Dennoch war es ihm immer noch wichtig, dass die Leute keinen Anlass bekamen, über uns zu reden. Mir hatte er an Sonntagen das Tragen von

Make-up und Netzstrümpfen verboten, der Lederminirock hätte für seinen Geschmack ohnehin in den Müll wandern können.

«Was sollen denn die Leute denken?»

Verkehrte Welt, inzwischen war ich es, die sich Sorgen machte. Sollten die Gemeindemitglieder doch von mir halten, was sie wollten, das war mir egal, aber ein Recht, über ihn zu tuscheln, hatte hier keiner. Und es war nicht zu übersehen gewesen, wie die alten Weiber bei unserem Eintritt in die Kirche die weiß gelockten Köpfe zusammengesteckt hatten.

«Mein Gott, hat der Rautenberg abgebaut. Und in so kurzer Zeit ...»

Der Erfolg hatte meinen Vater sein Leben lang gegen Tratsch und schlechte Nachrede imprägniert und sein Charme gegen den Neid. Doch nach dem Bankrott der Firma im vergangenen Sommer war alles anders geworden. Jetzt überwachte ein Schrittmacher seine Herzschläge. Ein diffuses Kribbeln in den Händen und Füßen machte ihm zu schaffen, dazu kamen Diabetes und Bluthochdruck – längst ersetzte der Tablettenschieber den Wochenplaner des Firmenchefs. Sogar das geliebte Reiten hatte er aufgeben müssen. Inzwischen fraßen die Pferde ihr Gnadenbrot auf der Weide.

Nein, niemandem war das Schuhproblem aufgefallen. Alle hatten nur Augen für den Pfarrer, der auf einmal am Ausgang stand, wie beim Wettlauf von Hase und Igel, und an der Kirchenpforte allen die weiche Hand hinstreckte. Höchstpersönlich wünschte er jedem ein friedliches neues Jahr, ein glückliches 1989 und ein gesegnetes Fest.

Auf Weihnachten hätte mein Vater verzichten können. Den Gottesdienst hatte er über sich ergehen lassen, weil das von ihm erwartet wurde und weil es sich so gehörte. Aber drei stille Tage hintereinander, und dann war auch noch die Gastwirtschaft zu – wofür sollte das gut sein?

Im Schritttempo chauffierte er mich durch die hügelige Landschaft nach Hause. Seltsam tief zurückgelehnt lag er im Sitz, wie ein Kurgast auf der Sonnenliege. In dieser Position konnte er kaum übers Lenkrad blicken. Hatte er nicht längst eine Brille nötig? Der Mercedes war schon ziemlich zerbeult, weiße Kratzer überzogen den dunkelblauen Lack. In letzter Zeit waren meinem Vater eine Menge Hindernisse auf seiner Stammstrecke zwischen unserem Zuhause und der Dorfkneipe in die Quere gekommen.

Auf dem Hof leuchtete eine einzelne kleine Laterne, das Haus und die Reithalle lagen im Dunkeln. Wie stets zu Weihnachten regnete es.

Frau Schmidt, die Haushälterin, hatte in der Küche die kalten Platten angerichtet und war danach zu ihrer eigenen Familie, den alten Eltern, aufgebrochen. Tristan hatte am Morgen die Pferde versorgt, dann war er von seiner Schwägerin abgeholt worden. Er wohnte in einer kleinen Einliegerwohnung in der Reithalle, in der es noch mehr nach Pferd roch als im ganzen Stall. Tristan machte nie Ferien und schlief nur eine einzige Nacht im Jahr nicht in seinem schmalen Bett unter dem Heuboden, am Heiligabend.

Mit einem Beutel voll schrumpeliger Äpfel und alter Brötchen überquerte ich den Hof, dabei ploppten mir die Regentropfen wie kleine Murmeln auf den Kopf. Als ich das Licht im Stall anknipste, standen die beiden Pferde schon an ihren Futterluken. Die alte Stute blinzelte mir erwartungsvoll entgegen, als wären wir verabredet gewesen. Milchglasaugen in Aspik. Der Wallach rieb seinen großen Kopf an den Eisenstangen, aus seinen Nüstern dampfte es. Ich streichelte die dunkle Stelle neben seinem Maul, diesen kleinen Fleck, weich wie Samt, an dem kaum Fell wuchs. Auf der flachen Hand hielt ich ihm ein Brötchen hin, und seine Sandpapierzunge kitzelte über meine Handfläche. Das Tier verströmte die Wärme eines riesigen Heizkörpers. Am liebsten hätte ich mich in dieser stillen Nacht zu ihm ins Stroh gelegt.

Vor dem Stall blieb ich kurz stehen und schmiss der dicken Rottweilerhündin, die die Reitanlage bewachte, ein rohes Kotelett über den Zaun, zur Feier des Tages. «Gute Nacht!»

ACHTUNG SPORTPFERDE stand in großen Lettern auf dem Pferdetransporter. Der würde nie wieder vom Hof rollen. Vaters Karriere als Dressurreiter war beendet. Auf dem letzten Seniorenturnier war er, der einmal den dritten Platz bei der Deutschen Meisterschaft belegt hatte, beinahe vom Pferd gerutscht. Seine Preise, die Zinnpokale und silbernen Platten mit den eingravierten Rangplätzen, verstaubten im Wohnzimmerregal.

Im strömenden Regen lief ich zum Haus zurück. Die ungarischen Hütehunde warfen sich, auf den Hinterläufen stehend, mit gefletschten Zähnen gegen das Zwingergitter, wie tollwütige Eisbären. Was wohl passieren würde, wenn sich plötzlich das Gatter öffnete? Wie lange würde es dauern, bis die Viecher mich zerfleischt hätten? Uwe, der junge Hausfreund meines Vaters, hatte die namenlosen Hunde im letzten Herbst angeschleppt, als Geburtstagsgeschenk.

In der Küche stand mein Vater auf Zehenspitzen. Er suchte etwas, ganz hinten in einem der braunen Hängeschränke. Er trug nun Pantoffeln und hatte den dunklen Anzug mit Hemd und Schlips gegen eine sandfarbene Freizeithose und ein bunt gemustertes Poloshirt getauscht, in dem er aussah wie Richard Burton in einer späten Rolle als kalifornischer Pensionär.

«Weißt du, wo die Schmidt ihre Pflaster versteckt?» Dabei lutschte er am Ballen seiner rechten Hand. Als ich mit dem Verbandskasten aus der Garage ins Haus zurückkehrte, schmetterte der Prominentenchor im Wohnzimmer *Do They Know it's Christmas*.

«Versuch du doch mal, diese beknackten Dinger aufzubekommen», brummte er, während ich ihm einen strammen Mullverband anlegte.

Eigentlich lag ihm Hausmannskost mehr, doch für Austern ließ er alles liegen. Die Schalen, das wusste ich, durften erst kurz vor dem Verzehr geöffnet werfen. Wenn man einen Spritzer Zitronensaft auf das freigelegte Tier gab, sollte es zucken. Er wartete immer gespannt auf diesen spastischen Reflex. Ich machte mir nichts aus Austern, schlürfte ihm zuliebe aber immer zwei, drei der kalten Schleimbatzen schnell weg.

Für das Weihnachtsessen hatte er extra einen Austerntisch im Heizungskeller aufstellen lassen. An der Kopfseite der Tischplatte war eine chromblitzende Apparatur mit einem Dorn angebracht. Auf dem Tisch lag die große Holzkiste mit den geschlossenen Austern, daneben eine Platte mit einigen von ihm bereits geöffneten Exemplaren und ein Ketten-handschuh. Ich zog den Handschuh über, nahm eine Auster in die Hand und suchte nach der Naht im Saum, die man mit der Spitze des Öffners aufbrechen musste. Mir gefielen die schrundigen Schalen, die aussahen wie Bergmassive im Handschmeichlerformat. Mit diesem komischen Ritterhand-schuh bekam ich sie aber nicht richtig zu fassen, immer wie-der rutschte ich an dem Öffner ab. Ich zog den Handschuh aus und probierte es mit bloßen Händen. Als ich das bläulich schillernde Innenleben der geöffneten Dinger auf der Platte genauer betrachtete, sah ich feine Blutstropfen, winzige rote Perlen, die in der Flüssigkeit um die Auster herumschwam-men, und ich gab auf.

Mein Vater saß mit verbundener Hand auf dem Sofa und schaute zu, wie ich die Kerzen am Baum anzündete. Den Champagner hatte ich bereits entkorkt. Es war nicht der mit dem orangefarbenen Etikett, wie sonst immer, sondern eine Flasche, die Uwe gekauft hatte, bei Aldi.

«Der schmeckt genauso», behauptete mein Vater und bat mich, ihm noch Bier nachzuschenken.

«Jetzt machen wir erst einmal Bescherung», rief er dann aufgekratzt und zog umständlich eine Plastiktüte hinter dem Sofa hervor. Horten, eine Welt voller Ideen.

Schön, wenn an seinem Gemütshorizont wieder die Sonne aufging, denn seine Stimmungswechsel schienen mir so un-vorhersehbar wie das Wetter im April. Mit Gegenwind war immer zu rechnen, er ließ es gerne aus heiterem Himmel gewittern. Wenn er zum Mittagessen aus der Firma nach Hause kam, konnte man nicht wissen, welche der vielen verschiedenen Versionen seiner selbst gleich in der Tür erschien. Ein misslungener Vertragsabschluss, zwei Bier zu viel, und der charismatische Firmenchef, der großzügige und liebevolle Vater verwandelte sich in einen unberechenbaren Haustyrannen. Neu jedoch waren die schweren dunklen Wolken, die ihn immer häufiger umgaben.

Früher hatte er mir jeden Wunsch erfüllt, jedes Spielzeug gekauft, das ich im Schaufenster unseres Spielwarenladens bestaunt hatte. Ich war die Erste in der Klasse gewesen, die einen Donkey-Kong-Gameboy besaß, im Gegensatz zu den anderen Eltern hatte er auch mit den neumodischen Videospielen keine Probleme.

«Hauptsache, dir macht's Freude.»

Seitdem ich für Spielsachen zu alt war, schenkte er mir jedes Jahr Parfum. Ich sprühte mir den neuen Duft auf die Innenseiten der Handgelenke. *Opium* roch süß und leicht faulig, wie das Gewürzregal im Dritte-Welt-Laden. Er holte noch ein kleines Päckchen mit elastischer Goldschleife hervor, in dem sich eine Schmuckschatulle befand.

Die Brosche habe er extra für mich anfertigen lassen, nach einer eigenhändigen Zeichnung. Ich hatte meinen Vater nur ein einziges Mal zeichnen sehen, als ich in der vierten Klasse an einem Sankt Martin hoch zu Ross verzweifelt war. Mit zittrigem Kugelschreiberstrich hatte er mir einen Reitersmann auf einem Pferd skizziert, und ich hatte die Figur mit Filzstiften ausgemalt.

«Wer hat dir denn diesen aufgesattelten Dackel gezeichnet?», hatte mich der Lehrer damals sichtlich erheitert gefragt.

Ich steckte mir die rotgoldene Rose an den Pulli. Mein Vater rückte ein Stück von mir ab, um sein Werk besser betrachten zu können, und lächelte zufrieden. Das Ding war eines dieser Schmuckstücke, wie sie in Kaufhausvitrinen lagen, federleicht.

Ich wusste, dass Uwe dieses Jahr die Geschenke besorgt hatte. Seitdem der Insolvenzverwalter Vaters Büro gekapert hatte, war der nicht mehr in die Stadt gefahren, weiter als bis zur Kneipe kam er nicht mehr.

Beim Blick auf die altmodische Brosche erfasste mich eine heiße Woge der Rührung. Bestimmt hätte er mir tatsächlich gern mal ein Schmuckstück entworfen. Waren es nicht der Wunsch und die Idee, die zählten? Jetzt tat er mir leid. Wie so häufig in der letzten Zeit.

Das Wachs tropfte auf die Christbaumkugeln. Schweigend saßen wir da, während die Kerzendochte leise zischend in ihren blechernen Haltern verglommen.

«Was macht eigentlich Uwe heute Abend?», fragte ich, um die Stille zu durchbrechen. Mein Vater erhob sich langsam vom Sofa und ging steifhüftig in Richtung Esszimmer.

Uwe war vor einigen Jahren aus dem Nichts aufgetaucht. Wo er wohnte, was er beruflich tat, ob er überhaupt arbeitete – ich wusste es nicht. Mein Vater erzählte immer etwas anderes. Nur eines wusste ich mit Bestimmtheit: dass seine anfängliche Behauptung, Uwes Frau sei, wie meine Mutter, vor vielen Jahren an Krebs gestorben, eine ziemlich ungeschickte Lüge gewesen war. Auf seine verstorbene Ehefrau angesprochen, hatte mich Uwe so überrascht angestarrt, als hätte ich den Muskelprotz nach seiner Karriere als Primaballerina gefragt. Zu einer Unterhaltung war es damals und auch danach nie mehr gekommen. Wir gingen uns aus dem Weg.

Mein Vater stand eine Weile unschlüssig vor dem Esstisch und starrte auf die Silberplatten mit den Kanapees. Lachs mit Meerrettichsahne und Frau Schmidts trockenes Roastbeef, auf dem sie Preiselbeerkleckse und Tomatenröschen verteilt hatte.

«Von dem Kram mag ich nichts. Schade um die schönen Austern.»

Traurig schaute er auf die Toastdreiecke und die einsamen Zitronenschnitze am Rand der leeren Platte.

«Schade, dass es morgen keinen Gänsebraten gibt, so wie früher», sagte ich und folgte ihm in die Küche. Das Beste an Omas Gans waren immer die Klöße gewesen, halb und halb, aus rohen und gekochten Kartoffeln, die hatte nur sie so hingekriegt, die gab es in keinem Restaurant. Bei Frau Schmidt waren sie aus der Tüte, von Pfanni. Vor zwei Jahren war Oma in ihrem Garten bei der Spinaternte ausgerutscht. Oberschenkelhalsbruch, der Klassiker. Sie war nicht mehr auf die Beine gekommen. Opa hatte sie noch gepflegt, aber die Sache hatte ein schnelles Ende genommen. Und nur einen Tag nach ihrer Beerdigung war er ihr nachgefolgt. Die Putzfrau hatte ihn mit über der Bettdecke gefalteten Händen im Bett liegend gefunden, neben ihm ein halb ausgefülltes Kreuzworträtsel, als würde er nur eben ein Nickerchen halten.

«Ich bin heilfroh, dass wir morgen nicht auch noch zu Oma und Opa müssen.» Dass er seine Schwiegereltern nicht hatte leiden können, wusste ich, nur nicht, warum. Die beiden waren immer lieb zu mir gewesen und ausgesucht höflich zu dem distanzierten Schwiegersohn, den sie tatsächlich verehrten, besonders meine Großmutter.

«Gans vertrag ich nicht, die ist mir zu fettig. So viel Schnaps, wie ich brauche, um die zu verdauen, kann ich gar nicht trinken.»

Aus dem Fach über dem Backofen holte mein Vater die Flasche Fernet-Branca hervor.

Im Kühlschrank fand er einen Ring Fleischwurst, und wir setzten uns gegenüber an den Küchentisch. Mit der Messerspitze spießte er eine Wurstscheibe auf und hielt sie mir hin, dann nahm er einen großen Schluck Fernet aus der Flasche.

Die Backofenuhr zeigte zwanzig Uhr achtunddreißig.

«Du kannst ruhig gehen», sagte er. «Reisende soll man nicht aufhalten.»

Gehen, okay. Nur wohin? Ich dachte an Lutz, der mit seinen kleinen Geschwistern und den Eltern sicher gerade Gesellschaftsspiele spielte oder noch an der Weihnachtstafel saß. Ein Anruf genügte, und er würde das Festtagsessen sausen lassen und mich mit seinem Auto abholen, mich zu ihm nach Hause fahren, wo seine Mutter uns am anderen Morgen die weltbesten Pfannekuchen backen würde. Lutz war okay, der netteste Junge mit einem Führerschein, der sich je für mich interessiert hatte. Ich hatte vor ein paar Monaten etwas mit ihm angefangen, grundlos, genauso grundlos, wie ich letzte Woche mit ihm Schluss gemacht hatte. Meinen Abschiedsbrief würde er bis zu seinem Lebensende aufbewahren, in einem Safe, hatte er bei unserem letzten Telefonat mit bebender Stimme gesagt. Ich konnte mich nicht mehr erinnern, was ich ihm genau geschrieben hatte. Mit ihm zusammen hatte ich mich jedes Mal noch mehr gelangweilt als mit mir allein. Gut möglich, dass ich ihm das so mitgeteilt hatte.

Ich hätte mit dem Mofa ins *Live* düsen können, der Pinte am Postplatz, wo sich vielleicht immer noch die Dorfjugendlichen an Heiligabend nach der Familienfeier trafen. Aber eigentlich kannte ich dort niemanden mehr. Draußen vorm Küchenfenster schüttelte der Wind die Zweige der Kiefer wie ein Rockgitarrist seine Mähne beim Solo. Fürs Kickern und Flippern war es an diesem Heiligabend ohnehin noch zu früh.

Mein Vater löschte die Kerzen am Adventsgesteck, schaltete die Stehlampe im Flur aus und kam noch einmal kurz in die Küche.

«Gute Nacht, Mäuschen.»

Ich blickte ihm nach, wie er auf Socken mit unsicheren Schritten die Treppe in Angriff nahm. Mit dem rechten Arm zog er sich am Geländer hoch und holte bei jeder Stufe mit dem linken Bein Schwung. Er war immer viel älter als die Väter meiner Klassenkameraden gewesen, nur hatte man das früher nicht so gesehen. Er war nur immer der Einzige gewesen, der stets Schlips und Anzug trug. Unheimlich, wie sehr er binnen Wochen gealtert war.

Allein in der Küche, hob ich noch einmal die Champagnerflasche an, die schwer war und trotzdem fast leer, nur noch eine warme Neige kam aus dem Hals.

Wenn ich selbst einmal Kinder hätte, würde ich alles besser machen. Das hieß aber auch, nicht mit dreißig zu sterben, wie meine Mutter. Ihr kurzes Leben und die Ehe mit meinem Vater kamen mir inzwischen wie ein verheddertes Wollknäuel aus falschen Entscheidungen vor, wie ein gemeiner Twist des Schicksals.

Wir lösen uns auf, dachte ich, inzwischen schon ziemlich beschwipst. Uwe hatte unsere Zweisamkeit torpediert, von der Familie war nicht mehr viel übrig. In ein paar Tagen war ich achtzehn. Volljährig. Wie sich das anhörte, als ob man als Kind noch nichts Ganzes gewesen wäre.

«Du hast es gut, dein ganzes Leben liegt noch vor dir», hatte mein Vater neulich gesagt. Das hatte sich einerseits ermutigend, aber gleichzeitig auch irgendwie resigniert angehört, nach Abschied. Dass er mich liebte, daran zweifelte ich nicht, und ich spürte doch unmissverständlich, dass er mich loswerden wollte. Ich wollte auch gar nicht hierbleiben. Ich wusste nur noch nicht, wohin es gehen sollte. Ins Ausland? Wenn ich doch nur in der Schule im Englischunterricht besser aufgepasst hätte. Egal, im Frühjahr, gleich nach der Gesellenprüfung würde ich die Koffer packen und mich verabschieden. Nach mir die Kernschmelze, wie sie in der Berufsschule immer sagten. Ich nahm noch einen Schluck aus der Fernet-Flasche. Die Küche hatte inzwischen, von der Eckbank aus betrachtet, eine ziemliche Schlagseite. Am liebsten hätte ich mich jetzt einfach zu meinem Vater ins Ehebett gelegt, so wie früher. Bis zu meinem dreizehnten Geburtstag hatte ich dort jede Nacht schlafen dürfen. Auch später noch war ich nachts zu ihm gekommen, wenn mich die Träume quälten. Die schönen, die mich aus einer sonnigen Illusion in mein finsteres Kinderzimmer entließen, und die schlimmen, in denen ich von gesichtslosen Schemen gejagt oder von Mitschülern vor der Tafel ausgelacht wurde. Dann schulterte ich meine Daunendecke und legte mich neben ihn. «Muss das sein?», hatte er bei meinem letzten nächtlichen Einzug in sein Schlafzimmer gemurmelt.

Auf einmal kam mir die Vorstellung, Lutzens Stimme zu hören, wieder ganz verlockend vor. In der Diele stand der kleine Tisch mit dem Telefon auf dem Goldbrokatdeckchen. Ich setzte mich im Schneidersitz in den Ohrensessel davor. Als ich den Hörer abnahm, war die Leitung besetzt. Mein Vater telefonierte mit Uwe.

Anfahren am Berg. Ohne Handbremse, nur mit Kupplung. So steil war die Straße nun auch wieder nicht. Wir waren die Ersten an der Kreuzung. Nur weg hier. Die Ampel stand auf Rot. Rot, immer noch rot, vielleicht war sie kaputt, sie wurde einfach nicht grün. Ich spürte die Ungeduld der nachfolgenden Fahrer in meinem Nacken. Im Rückspiegel glänzte die Stirnglatze des Fahrprüfers. Er kritzelte mit dem Kugelschreiber etwas in sein winziges Notizbuch. Der Typ in dem blauen Opel hinter uns betätigte die Scheibenwaschanlage. Feiner Schaum flog über die Windschutzscheibe und an den Außenspiegeln vorbei, und die Wischer des Autos zuckten aufgeregt hin und her. Plötzlich prasselten Hagelkörner aufs Autodach, nur kurz, als hätte jemand einen Sack Reis ausgeschüttet. Genau, Scheibenwischer einschalten, wie ging das noch gleich? Ich betätigte den linken Hebel neben dem Lenkrad, und schon erleuchtete das Fernlicht die Kreuzung. Ich drückte am rechten Hebel herum, nun ruckte der Scheibenwischer quietschend über die Rückscheibe. Und vorne?

Der Fahrlehrer räusperte sich. Grün! Ich ließ die Kupplung kommen und gab Gas. Der Motor stöhnte auf, doch das Auto bewegte sich nicht von der Stelle. Der Fahrlehrer nickte mir aufmunternd zu.

Wir hatten Geheimzeichen ausgemacht. Wenn er den Daumen seiner linken Hand abspreizte, hieß das langsamer fahren. Klopfte er sich mit der rechten Hand auf den Oberschenkel, sollte ich Gummi geben, oder war es umgekehrt? Mehr Kupplung, weniger Gas, jetzt hüpfte das Auto wie ein aufziehbarer Frosch mitten auf die Kreuzung. Kurz vorm Abwürgen stieg ich noch einmal aufs Gaspedal, und der Wagen schoss über die Bergkuppe, direkt in eine Tempo-30-Zone. Leere Pflanzenkübel aus Muschelkalk verengten hier die Straße zu einer Art Slalomstrecke. Der Daumen des Fahrlehrers war weit abgespreizt. Rechts vor links. Wie gut, dass der kleine Junge auf dem Klapprad eine leuchtend gelbe Steppjacke getragen hatte. Er umfuhr das Fahrschulauto in Zeitlupe.

Eine Fahrprüfung im Januar in der Dämmerung, bei Bodenfrost und dazu noch im Bergischen Land, überall Hügelkuppen und rutschige Kurven. Schlimmer ging's nicht. Aber es half ja nichts, mit dem Mofa würde ich nie weiter wegkommen als bis in die nächste Kreisstadt.

Die Dörfer in dieser Gegend lagen an unwirtlichen Schnellstraßen, die größeren Städte verband ein Autobahngeflecht, feinmaschig wie ein Einkaufsnetz. Ein Führerschein war hier überlebenswichtig. Jeder, der noch was vorhatte, legte in seinem Auto täglich so viele Kilometer zurück wie ein Trucker im Mittleren Westen der USA.

Aber um demnächst meinen Fluchtwagen steuern zu können, brauchte ich den Schein wirklich dringend. Ich musste weg von hier, nur wohin wusste ich noch nicht.

Der Prüfer entdeckte einen Parkplatz, einen schönen, wie er sagte. Da vorne rechts.

Bestimmt waren alle Fahrprüfer Sadisten. Genauso wie Sportlehrer. Das Exemplar, das auf der Rückbank saß, sah dem alten Lehrer sogar ähnlich, dem aus der Unterstufe, der den Mädchen bei der Hilfestellung für die Radwende über den Kasten immer in den Schritt gegriffen hatte. Wie der trug auch der Prüfer die verbliebenen Nackenhaare mit einem dünnen roten Haushaltsgummi zu einem Zöpfchen gebunden.

Rückwärts einparken, parallel zur Straße. Meine feuchten Hände machten schmatzende Geräusche auf dem Lenkrad, und mein rechtes Bein zitterte, als würde ich mit dem Gaspedal Morsezeichen aussenden. Schulterblick, den fließenden Verkehr abwarten, langsam rückwärts setzen, bis der linke hintere Reifen des parkenden Autos vor der Parklücke im Seitenspiegel erschien, dann einschlagen, immer ein wenig steiler als gedacht, und dann wieder in entgegengesetzter Richtung kurbeln. Tür auf und den Probeblick zum Bordstein geworfen. Ha, wie eine Eins stand der Wagen in der Parklücke. Ich lehnte mich zurück, und das Zittern ließ nach. Der Fahrlehrer besprach mit dem Prüfer die aktuellen Bundesligaergebnisse. Sein Atem roch wie eine Regenpfütze im Hochsommer.

Ich holte ein Erfrischungstuch aus der Hosentasche, faltete es auseinander und wischte das Lenkrad ab. Im Wageninneren breitete sich Limettenduft aus.

«Machen wir jetzt Ferien?», fragte der Prüfer. Sofort begannen meine Ohren zu glühen.

«Wenn Sie ausgeschlafen haben, fädeln Sie sich bitte wieder in den Verkehr ein.»

Dem viereckigen Spiegelei, wie mein Fahrlehrer das Vorfahrtszeichen nannte, folgte die durchgestrichene blasse Fünfzig. Auf der Landstraße war kein Auto zu sehen, sie führte schnurgerade durch eine Talsenke, parallel zum Fluss, und war weit und leer wie die Startbahn West. Mein Fahrlehrer klopfte sich aufs Bein, ich beschleunigte den Wagen auf Tempo achtzig. Die weißen Fahrbahnpfosten mit den schwarzen Streifen flogen wie Mikadostäbe vorbei. Ich überlegte, welche Musik demnächst zu so einem Geschwindigkeitsrausch passen würde – *Behind The Wheel* von Depeche Mode hatte ich sofort im Ohr. Wenn alles gut ging, konnte ich gleich morgen losfahren. Der Zündschlüssel lag schon auf der Flurkommode, und der Golf, gebraucht, aber gut in Schuss, stand auf dem Hof. Leider in Azurblau metallic, peinliche Farbe. Dabei war mein Farbwunsch ausdrücklich Marineblau gewesen. Blau ist Blau, hatte mein Vater entgegnet.

«Er fährt, und das ist die Hauptsache.»

Hinter einer scharfen Rechtskurve tauchte ein Mähdrescher auf. Vollbremsung. Der Sicherheitsgurt des Fahrprüfers ruckte hörbar. Wo wollte denn jetzt so ein Trumm hin, mitten im Winter?

«Das ist Pech, kann aber vorkommen», beruhigte mich der Fahrlehrer, der mir während der letzten Stunde noch erklärt hatte, dass er zu Stillschweigen verpflichtet sei und keine meiner Handlungen kommentieren dürfe. «Komm, lass dich mal ganz feste drücken», hatte er beim Abschied gesagt. «Du schaffst das morgen, mach dir mal keine Sorgen.»

Und ich hatte mich von ihm im Flur der Fahrschule in

den Arm nehmen lassen, von diesem schlappen Riesen im gestreiften Poloshirt. Als er die weichen Oberarme ausbreitete, sah ich die dunklen Halbmonde unter seinen Achseln. Mit der Hand auf meinem Knie, «stell dir mal vor, das wäre die Schaltung», so hatte er mir am ersten Tag erklärt, wo die Gänge lagen, der erste oben links, und den Rückwärtsgang erwischte man mit sanftem Druck ganz rechts unten. Sein Arm streifte meine Brust, wenn er mir ins Lenkrad griff, wozu es nie einen triftigen Grund gab. Die theoretische Prüfung hatte ich mit sieben Fehlern bestanden. Mit acht fiel man durch. Ich hatte seine Umarmung im Flur der Fahrschule erwidert, meinen Kopf an seine Brust gelehnt. Das konnte der Sache nicht schaden, dachte ich mir, während er seine Nase in mein Haar gedrückt hielt und ich hörte, wie er die Luft über meinem Scheitel einsog.

Wie das Graugansjunge hinter der Mutter klebte ich nun hinter dem Mähdrescher auf der Landstraße. Räuspern, der Fahrlehrer gab mir einen winzigen Fingerzeig nach links. Überholen? Das war mein Albtraum.

«Fürs Überholen habe ich zu viel Fantasie», hatte ich dem Fahrlehrer mal erklärt, doch der hatte nur blöde gekichert. Dabei konnte man doch nie wissen, was so alles auf einen zukam, nicht nur auf der Straße. Was gab's denn da zu lachen?

Der Mähdrescher blinkte und bog in einen Feldweg ein, so langsam, dass ich in den ersten Gang wechseln musste, den ich kurz mit dem Leerlauf verwechselte. Jetzt tauchten vor uns die verlockenden Autobahnschilder auf. Autobahn war das Tollste. Diese wohlklingenden Autobahnkreuznamen aus dem Verkehrsfunk – Kamener Kreuz, Westhofener Kreuz. Kein Wunder, dass da immerzu Stau herrschte, all diese Autos mussten sich durch diese Nadelöhre in die verschiedenen Himmelsrichtungen fädeln, wenn sie hier wegwollten.

«Wir ordnen uns jetzt hinter der Brücke rechts ein und nehmen die Auffahrt Richtung Bremen», ordnete der Prüfer an. Bei der Autobahnfahrt gab es doch eigentlich nur ein Problem, man musste irgendwie in diesen tosenden Verkehr gleiten, Teil des Schwarms werden, was bedeutete, dass einem der Absprung vom Zubringer gelingen musste. Und hier stand ich wieder vor einer abgewandelten Form des Überholproblems, denn man brauchte Glück, wenn sich am Ende des Zubringers eine Lücke im rauschenden Autostrom auftun sollte. Was aber, wenn alle Kraftfahrzeuge aneinanderklebten, wenn niemand mir Platz machte? Schon sah ich mich mit gesetztem Blinker für Kilometer auf dem Standstreifen kriechen.

Das Unfassbare geschah in weicher Zufälligkeit, im Verkehr entstand eine platzgenaue Lücke, und schon war ich mit hundert Sachen unterwegs Richtung Norden. Auf dem Mittelstreifen stand der kleine Bär, der unternehmungslustig die Tatzen hob:

Berlin 500 Kilometer.

Nur die Streber und Sportasse gingen nach der Schule oder der Lehre zur Bundeswehr, die Junge-Union-Typen in Polohemd und mit Akneproblem. Die Frauenversteher in Norwegerpullis, die Weltverbesserer, die fair gehandelten Tee tranken und mit denen ich nächtelang *Risiko* spielen konnte, ohne eins einzugehen, hatten sich wie auch Lutz für Zivildienst entschieden. Die richtig Coolen aber hatten sich komplett vor der Sache gedrückt und nach Berlin abgesetzt. Das machte den Landstrich, in dem ich noch bis zum Ende meiner Lehrzeit ausharren musste, nicht attraktiver, entfachte dafür umso mehr die Neugier auf diese Insel im grauen realsozialistischen Meer.

Mit Birgit hatte ich in der Schule nie sonderlich viel zu tun gehabt. Nur wenn die Tennismädchen wieder einmal fies zu mir waren, hatte ich mir mit ihr auf dem Schulhof eine Cola geteilt. Erstaunlich, ausgerechnet die farblose Birgit hatte es geschafft. Die Postkarte, die mir mein Vater auf den Küchentisch legte, zeigte einen kleinen Jungen mit Bommelmütze, der im Gegenlicht in die Kamera blinzelt. «Lebe wild und gefährlich, Artur», stand darauf.

«Ich jobbe jetzt in einem Café in Schöneberg», schrieb Birgit. «Komm mich besuchen. Du kannst auch bei mir pennen.» Jobben, das hörte sich gut an, das könnte vielleicht auch was für mich sein, demnächst. Und wenn ich erst in Berlin war, würde ich auch gleich mal schauen, was aus Stefan mit der tollen Zahnlücke geworden war, nach dem könnte man vielleicht im Telefonbuch fahnden.

Berlin, da war ich schon mal gewesen, vor Ewigkeiten, mit neun oder zehn. Die Stadt hatte einen nachhaltigen Eindruck auf mich gemacht, nicht zuletzt durch eine ziemlich windige Gestalt, die mir mein Vater als einen «Freund aus Jugendtagen» vorgestellt hatte. Uli, der uns zum Abendessen vom Hotel am Kurfürstendamm abholte, wartete in der Lobby auf uns, im Nerzmantel und mit Cowboystiefeln. In seinem goldenen Mercedes Cabrio fuhren wir hinaus zum Wannsee, mit geöffnetem Verdeck. Mein Vater wollte Zander essen. Ich kannte nur einen Entertainer, der so hieß.

An mehreren Stationen in der Stadt wurde angehalten, und Frauen stiegen zu, die mindestens so schön waren wie meine Barbies. Eine Dunkelhaarige hatte es mir besonders angetan, ich konnte gar nicht mehr wegschauen. Das musste eine aus der Mattel-Sonderedition «Bahia» sein. Als der Freund vor dem Restaurant parkte, kletterten wir zu acht aus dem Zweisitzer. Auf dem Rückweg durch die Nacht fuhr Uli zum Spaß schwungvolle Schlangenlinien auf der leeren Avus. Die lange blonde Mähne einer Frau mit Pferdegebiss flatterte mir dabei angenehm ins Gesicht.

Am nächsten Tag hätte ich eigentlich das Bett hüten müssen; der Ausflug in der Winternacht bei Minusgraden im offenen Wagen hatte mir eine ordentliche Erkältung mit Halsschmerzen und bellendem Husten eingebrockt. Damit ich mich aber im Hotelzimmer nicht langweilte, hatte Uli beschlossen, mit mir noch schnell einen Rundgang durch die Spielzeugabteilung im KaDeWe zu machen. Auf der Rolltreppe zog er mich an der Hand hinter sich her, ein Kind mit 39 Grad Fieber und weichen Knien.

«Such dir was Schönes aus», sagte er, drehte sich auf den Stiefelabsätzen um die eigene Achse und breitete die Arme aus wie ein Zauberer in der Manege. Es sollte ein Ausflug ins Schlaraffenland sein, doch auf der neongrellen Kaufhausetage kam ich mir vor wie Pinocchio zwischen Katze und Fuchs. Am liebsten hätte ich mich hinter dem Regal mit den tausend starräugigen Puppen versteckt. Uli zeigte auf eine Porzellandame in einem imposanten Reifrock, hielt einen Karton mit zusammensetzbarem Technikspielzeug hoch, einmal legte er sich eine glitzernde Kobra um den Hals. Erwartungsvoll schaute er mich an. Der Sulky mit dem praktisch lebensgroßen Plüschpony auf Rädern, der sei es doch. Hatte der nicht meine Augen zum Glänzen gebracht? Nun entscheide dich!

Auf dem Ku'damm fuhr ich im Sulky hinter ihm her, hielt tapfer die Zügel und trat mit letzter Kraft in die Pedale, mit der man das Gefährt in Bewegung zu setzen hatte. Neben mir auf dem Kutschbock stand eine große Tüte. Uli hatte noch ein paar Matchboxautos, eine Spieluhr, die *Sur le pont d'Avignon* spielen konnte, und einen steifen Berliner Braunbären mit Schärpe zur Kasse getragen. Zeug, das mich so peinlich berührte wie die ganze Aktion dieses fremden Erwachsenen.

«Da hast du dem alten Knaben aber ganz schön was aus dem Kreuz geleiert», sagte mein Vater feixend, als sein Freund den schwer beladenen Sulky ins Hotelzimmer schob.

Der Besuch im Zoo fiel für mich dann leider aus, und auch

zur Grünen Woche gingen mein Vater und Uli allein. Bis zur Abreise verbrachte ich die Tage im Bett, mit Schüttelfrost und bunten Fieberträumen, zu schwach, um die Geschenke auch nur noch einmal anzuschauen.

Im Gedächtnis war mir dann vor allem die Rückfahrt geblieben. Die Grenzkontrolle im gleißenden Licht, der Schäferhund, der am Auto hochsprang und mich feindselig durch die Fensterscheibe anfletschte.

«Alles unter hundertachtzig ist für mich eine körperliche Qual», hatte mein Vater gestöhnt. Als Quittung hatten ihn dann die Vopos in einem eckigen Wagen verfolgt, bis er rechts ranfahren musste. Die Typen mit den Steingesichtern in ihren grauen Uniformen hatten mir ziemlichen Respekt eingeflößt. Zweihundert Mark hatte mein Vater hinblättern müssen.

«Durch solche Wegelagerei beschaffen die sich ihre Devisen», sagte er und blickte grimmig drein. In gedrosseltem Tempo waren wir danach über die holprige Autobahn an ausgestorben wirkenden Dörfern vorbeigerollt, die mich an Fernsehdokumentationen in Schwarz-Weiß erinnerten, Filmausschnitte vom Ende des Zweiten Weltkriegs, nur dass hier der Krieg anscheinend noch nicht ganz zu Ende war.

«Schau dir das an», hatte mein Vater gesagt und in Richtung einer Ruine gezeigt, die auf einer Anhöhe stand, eine mit Brettern vernagelte Kirche. «So sieht die Welt aus, wenn Gott vertrieben wird. Dann ist dem Menschen nicht mehr zu helfen.»

Die Pferde aus der DDR, die Uli ihm verkauft hatte, waren allerdings erstklassige Ware.

«Im Sport macht den Ostzonalen so leicht keiner was vor.»

Westberlin, rundum von der Mauer begrenzt, war die einzige Insel, die man ohne Boot und Brücke erreichen konnte. Aufregend weit entfernt, aber gerade noch so nah, dass ich mir die Fahrt mit dem neuen rosa Führerschein für ein Wochenende zutraute. Mit der richtigen Musik im Kassettenrekorder und netter Gesellschaft stellte ich mir die Tour sogar ganz unterhaltsam vor.

«Raucher oder Nichtraucher?», fragte die Frau von der Mitfahrzentrale am Telefon. Raucher natürlich! Ute stieg in einem Vorort von Hagen zu. Sie hatte schon eine ganze Weile im Regen gewartet, an einer Bushaltestelle ohne Überdachung, auf den Schultern einen Reiserucksack, der sie um einen halben Meter überragte. Klatschnass hievte sie ihr monströses Gepäck in den Kofferraum, pflanzte sich dann auf den Beifahrersitz und begann zu müffeln. Sie drehte sich eine Zigarette, und der trockene Tabak rieselte auf die Fußmatte.

«Macht nichts, tritt sich fest», murmelte sie. Dann war ihr kein Wort mehr zu entlocken.

Björn sollte in Dortmund abgeholt werden, bei einem Café im Univiertel, in dem es keine Parkplätze gab. «Ich trink nur noch kurz meinen Kaffee aus.» Schon hatte mir eine Politesse ein Knöllchen unter die Scheibenwischer geklemmt – Parken in zweiter Reihe verboten.

Da ging er hin, der Spritgeldzuschuss meiner Mitreisenden.

Jussuf wartete schon seit zwei Stunden in Hamm, als wir nach einer Vollsperrung der A2 und einer Umleitung durch eine unbekannte, platte Landschaft endlich am Bahnhofs-platz vorfuhren. Er freute sich, dass ich überhaupt noch kam. Sein Gepäck bestand aus einer Rolle, die er auf dem Schoß behielt. Beim Blick in den Rückspiegel war mir jetzt die Sicht durch Björns alten Seesack versperrt. Seine Gitarre stand zwischen ihm und Jussuf, der das mit dem Rauchen nicht gewusst hatte. Höflich bat er darum, sein Fenster etwas öffnen zu dürfen. Doch auf der Autobahn meinte Ute, sie würde vom Zug eine Nackenverspannung bekommen. Hinter Biele-feld war der Nebel im Wageninneren so dicht, dass mir die Bremslichter des Vordermanns als rosa Wattebäuschchen erschienen.

«Halt mal an, ich muss schiffen», sagte Ute. Auf dem Park-platz der Raststätte lief ich um den Wagen herum, öffnete alle Türen und machte Durchzug. Dabei stolperte ich über Jussuf, der zwischen den parkenden Autos auf seinem aus-gerollten Teppich kniete und betete, gen Mekka.

Auf der Weiterfahrt zogen meine Mitfahrer ihre Schuhe aus. Einer von ihnen musste Käsefüße haben, wenn nicht mehrere oder alle. Und dann wickelte Björn noch Stullen mit hart gekochten Eiern aus, und ich sah, wie ihm kleine Eibröckchen aus dem Mund fielen, die er mit spitzen Fingern vom Hemd schnippte.

Kurz vor Helmstedt hatten wir noch eine weitere Gebets-einlage und drei Staus von stattlicher Länge hinter uns und an jeder zweiten Tankstelle eine Pinkelpause für Ute machen müssen.

«Gehste einmal, gehste immer», erklärte sie. «Alte Knei-penweisheit.»

Eine Unterhaltung war während der Fahrt nicht aufgekommen, auch Musikhören ging nicht. Meine selbst aufgenommenen Kassetten waren auf Ablehnung gestoßen. Ute bekam von New Order Pickel. Und Björn, der uns die ganze Zeit etwas auf seiner Flamencogitarre vorspielen wollte, fand die Pet Shop Boys zum Kotzen.

Ich kämpfte schon eine ganze Weile mit weit aufgerissenen Augen gegen die Schwerkraft der Lider, als wir am Grenzübergang in die Warteschlange gerieten, in der es am langsamsten voranging. Das Leben ist eine Pralinenschachtel – man erwischt immer die falsche. Meine Mitreisenden waren inzwischen eingeschlafen. Mit zur Seite gekippten Köpfen und offenen Mündern hingen sie in den Gurten wie Kleinkinder in ihren Buggys.

«Ach du Scheiße, mein Pass ist hinten im Rucksack, ganz unten», sagte Ute ziemlich kleinlaut, als ich es endlich geschafft hatte, sie wach zu rütteln. Ohne Vorwarnung hüpfte sie direkt vor der Kontrolle aus dem Auto und machte sich am Kofferraum zu schaffen. Ein Grenzbeamter kam angerannt und scheuchte sie wie ein entlaufenes Huhn ins Auto zurück. «Ausscheren!», brüllte er durchs Fenster und ließ mich auf einem breiten Mittelstreifen anhalten. Plötzlich ging es für die Autos hinter uns ziemlich schnell voran, sie rollten nun eins nach dem anderen an uns vorbei.

«Die lassen uns hier abfaulen», jammerte Björn, während die Sonne rosarot hinter den Leitplanken verschwand. Von der Spanischen Nacht in der Flamencoschule im Wedding würde ohne seine musikalische Begleitung wohl nur noch die Paella übrig bleiben. Ausgeliefert waren wir denen, so viel stand fest – vier Fremde in einem Auto, von denen ich drei am liebsten auf den Mond geschossen hätte. Und das Thema Schießen lag in der Luft, ständig kam einer mit Pistole im Halfter an uns vorbei, direkt auf Augenhöhe. Nebenan, auf einer Waage, wurde ein Lkw kontrolliert. Zwei Volkspolizisten inspizierten in gleißendem Neonlicht den Unterboden mit Spiegeln, die an langen Stäben befestigt waren. Ein anderer patrouillierte zwischen den Fahrzeugreihen, einen Spürhund an der kurzen Leine. Mehrere graue Gestalten waren emsig dabei, die Innenverkleidung eines harmlos wirkenden Audi auszubauen. Das konnte ja heiter werden! Lief ich hier etwa Gefahr, meinen kostbarsten Besitz als Bausatz zerlegt in einer Haltebucht wiederzufinden? Doch zunächst passierte weiter nichts, niemand kümmerte sich um uns.

«Soll ich mal aussteigen und fragen, wie's weitergeht?», bot Ute an. «Wehe!», tönte es von allen Seiten. Wir warteten nun schon Stunden und hatten uns heiser gebrüllt mit gegenseitigen Vorwürfen von grober Dummheit, Blasenschwäche, Zuspätkommen und dieser Dauerbeterei.

Nachdem wir ohne erkennbaren Grund und irgendeine weitere Ansprache schließlich zur Passkontrolle beordert worden waren, unsere Pässe in eine Plastikschale auf einem schmalen Förderband gelegt und die Passierscheine ausgefüllt hatten, versuchte ich, den jungen Mann in dem Wärterhäuschen freundlich anzulächeln.

Der war doch kaum älter als ich. Wie der wohl an so einen Job geraten war? Der blasse Kamerad prüfte, ohne eine Miene zu verziehen, meine Ähnlichkeit mit den Passfotos – Blick, runter, Blick hoch. Ich hörte Björn hinter mir kichern und fürchtete schon den nächsten unfreiwilligen Boxenstopp, da wünschte uns der Grenzbeamte völlig überraschend eine gute Weiterfahrt.

«Wurde auch Zeit, ich bin schon total stoned», stöhnte Björn. Er fummelte sich im Mund herum und förderte aus der Backentasche einen dunkelbraunen, feucht glänzenden Klumpen hervor, den er uns stolz präsentierte.

«Boah, affentittenturbogeil», rief Ute anerkennend. «Schwarzer Afghane!»

Es war kurz vor Mitternacht, als ich am Bahnhof Zoo zwischen den Linienbussen parkte. Hier sollte die Fahrt für meine Mitreisenden enden, so war es mit der Frau von der Mitfahrzentrale abgemacht. Björn und Ute wurde ich auch los, sie schulterten Gepäck und Gitarre und verschwanden gemeinsam in die Nacht, grußlos.

Nur Jussuf wollte partout nicht aussteigen. Schlimme Dinge passierten an solchen Orten, davon hätte ich doch bestimmt schon gehört. Allerdings, gerade in diesem Moment kam eine Gruppe schwankender Gestalten in dünnen Windjacken vorbei. Vornübergebeugt, die Arme um die klapprigen Leiber geschlungen, kämpften sie sich mit unsicheren Marionettenschritten durch den Schneeregen in Richtung Bahnunterführung. Ob ich ihn nicht doch noch ein Stückchen mitnehmen könnte, bettelte Jussuf. Klar, kein Problem. Ich war jetzt sogar froh, nicht so plötzlich allein in meinem Auto zu sein.

Es dauerte eine Weile, bis mir klar wurde, dass die Buschkrugallee keineswegs um die Ecke vom Winterfeldplatz lag, wo sich das Café befand, in dem ich Birgit um sechs hätte abholen sollen. Britz lag überhaupt nicht in der Nähe von Schöneberg, da hatte Jussuf mich wohl verladen. «Gleich sind wir da», hatte er gesagt, und «jetzt ist es nicht mehr weit», und mich so quer durch diese irrsinnig große Stadt gelotst. Imposante Altbauten, mit Stuck verziert wie Buttercremetorten, so etwas gab es bei uns nicht. Auch keine breiten Magistralen wie diese, in deren Mitte auf grünen Stelzen eine Bahn vorbeirauschte. Wie hell es hier war! Mit vor Müdigkeit brennenden Augen schaute ich mich um. Hier waren mitten in der Nacht so viele Leute auf den Straßen wie in der Dortmunder Fußgängerzone beim Sommerschlussverkauf.

«Jetzt musst du einen U-Turn machen», sagte Jussuf, als wir eine farblose Neubausiedlung erreicht hatten. An dieser Stelle ähnelte Berlin schon fast wieder Bochum. Jussuf war am Ziel und sagte Tschüss – ich dagegen war heillos verloren. Wie sollte ich in der fremden, riesigen Stadt, ganz allein im Auto, übermüdet den Weg zurück nach Schöneberg finden? Mein Puls raste. Und wo würde ich schlafen, wenn ich Birgit verpasst hatte? Ein Café, und das war bestimmt längst geschlossen, mitten in der Nacht. Eine Telefonnummer hatte sie mir nicht gegeben. Und da fiel mir ein, dass ich ja auch noch meinen Vater anrufen musste.

«Und vergiss nicht, dich sofort zu melden, wenn du heil angekommen bist», hatte er zum Abschied mehrmals gesagt. «Du weißt, ich bekomme sonst die ganze Nacht kein Auge zu.»

Jetzt lag er bestimmt schon im Tiefschlaf. Mit Bier und ein, zwei Schnäpsen läutete er üblicherweise schon gegen fünf den Feierabend ein. Oje, es würde echt Ärger geben, wenn ich nicht gleich anrief.

Telefonzellen gab es in Berlin zum Glück an jeder Ecke. Ich wusste nicht, warum, aber irgendwie erschien es mir ungeheuer gefährlich, hier die Fahrertür zu öffnen und mich ins Unbekannte zu wagen. Erst musste das verdammte Café gefunden werden, vielleicht gab es da ja auch ein Telefon.

Wo war ich überhaupt? Ständig zuckte ich zusammen, wenn hinter mir jemand hupte, nur weil ich die Fahrbahn wechselte, oder wenn ich, einer unbestimmten Eingebung folgend, irgendwo abbog, ohne zu blinken natürlich. Immer wieder musste ich rechts ranfahren, vor der roten Ampel in den Stadtplan starren, nach Straßennamen suchen und mich an unübersichtlichen Kreuzungen in die richtige Spur einordnen. Wo um Himmels willen war in dieser Stadt eigentlich Norden?

Einmal schrie ich laut auf, als ein Fahrradfahrer mit der flachen Hand auf das Autodach schlug, den hatte ich beim Rechtsabbiegen im toten Winkel ja nicht sehen können.

Der gelbe Stadtplan hieß Falt-Plan, weil man ihn so gut falten konnte, hatte ich gedacht. Denkste! Erst als ich ihn in der Enge des Autos zuerst umständlich auszuklappen versuchte und dann wütend zu einem Ball knüllte, der auf dem Rücksitz landete, fiel mir auf, dass da Falk draufstand, nicht Falt. Heureka! Falk, war das nicht der Name des Typen, bei dem Birgit wohnte? «Ich wohne bei Falk in der Motzstraße», hatte sie geschrieben, nur leider keine Hausnummer hinterlassen, und mit Vornamen kam man am Klingelbrett wohl auch nicht weiter.

Die Fenster des Cafés mit dem seltsamen Namen «Slumberland» waren von der feuchten Körperwärme der Anwesenden grau beschlagen. Hier war noch mörderisch was los, «Frühstück bis 18 Uhr», stand auf einer handgeschriebenen Tafel neben dem Eingang. Auswärts frühstücken, und dann noch bis in den Abend?

Am Tresen drängten sich Gestalten mit schwarz gefärbten Haaren und abgeranzten, bekrickelten Lederjacken. Die zwei einzigen Frauen in ihrer Mitte trugen zerrissene Strumpfhosen. Auffällig war, dass hier alle so dünne Beine hatten. Und dann der Sand, auf dem sie standen und mit den Stiefeln und Stilettos scharrten. Überall war Sand ausgestreut. Ob hier jemandem ein Malheur passiert war? Aber der Sand hier war heller, weißer und feiner als der, den der Hausmeister in der Schule mit einer großen Schaufel verteilte, wenn wieder mal jemand in den Hof gekotzt hatte. Um die Stämme der mannshohen Plastikpalmen war der Sand zu kleinen Dünen aufgehäuft, und vor dem Tresen steckten unzählige Kippen in dieser Sahara.

Birgit sah klasse aus. In entspannter Pose stand sie hinter der Zapfanlage und ließ das Bier in zwei schräg gehaltene Gläser laufen. Meine alte Schulkameradin trug ihr Haar jetzt rabenschwarz gefärbt, an einer Seite abrasiert und an der anderen stachelig abstehend. In den vergangenen zwei Jahren hatte Birgit nicht nur sicher zwanzig Kilo abgenommen, sie hatte sich von Liselotte Pulver in Rio Reiser verwandelt – hey, Ton, Steine, Scherben. Das mit dem schwarzen Kajalstrich, auf dem Unterlid knapp über dem Wimpernkranz, sah gut aus, das wollte ich gleich morgen auch mal ausprobieren.

«Da bist du ja endlich. Darauf einen Sambuca», rief sie, füllte zwei Schnapspinnchen, in die sie Kaffeebohnen schmiss, zündete das Zeug an und blies die blaue Flamme gleich wieder aus. Wir kippten es runter, schmeckte gar nicht so schlecht.

«Wir fahren, fahren, fahren auf der Autobahn», dröhnte es aus den mannshohen Boxen. Bloß nicht! Wenn ich die Augen schloss, sah ich immer noch die weißen Mittelstreifen, die Randstreifen auf dem schwarzen Asphalt und die leuchtenden Reflektoren der Leitpfosten an mir vorübersausen.

Die letzten Strahlen der matten Spätwintersonne hatten mich geweckt. Sie fielen durch das einzige Fenster in einer Ecke des turnhallengroßen Zimmers. Wir hatten bis zum Sonnenaufgang unser Wiedersehen gefeiert, dann hatte Birgit mir auf dem Sofa ein Bett gemacht. Jetzt waren die Sitzelemente unter mir auseinandergerutscht, und ich war kurz davor, mit dem Hintern auf den Boden zu plumpsen. Unwirklich hoch wirkten diese Wände. Der üppige Stuckrand unter der Decke war mit einer dicken Farbschicht zugekleistert, die Gesichter der Putten waren nicht mehr zu erkennen, und die Girlanden zwischen den platt gedrückten Köpfen ähnelten Schläuchen an Zapfsäulen. In den Zimmerecken baumelten Lautsprecher an Ketten von der Decke, auch die aus Dachlatten gezimmerten Bücherregale waren hängend angebracht. Alles in dieser Halle schwebte, die Anlage, die Bücher, sogar ein Rennrad. Man hätte hier also ohne Weiteres einmal barrierefrei den Boden wischen können. Hatte aber schon lange keiner mehr gemacht. In der Wohnung war es still, nur vom Nachbarn ein Stockwerk tiefer wummerten die Heavy-Metal-Bässe. Birgit hatte einen Putzjob bei einer alten Omi erwähnt, um sechs wollte sie zurück sein, hatte sie gesagt.

Barfuß schlich ich übers Parkett, das unter meinen Schritten leise knarzte, und spähte neugierig durch eine große Flügeltür. Dahinter ging es mit einem Zimmer ähnlicher Größe weiter. Hier gab es nur ein einziges Möbelstück, ein zerwühltes Bett. Die Matratze lag in einem Holzrahmen auf dem Boden wie in einem Sandkasten. An der Wand hing ein überdimensional großes Poster: Prince im Rüschenhemd, im Gesicht eine verirrte Locke, der Mund weit aufgerissen, der Arm in unbestimmte Ferne zeigend. Auf der Fensterbank lagen Fotoapparate, darunter ein großer eckiger schwarzer. Als ich den Apparat anhob, hörte ich auf einmal ein Geräusch hinter mir.

«Holla, die Waldfee», sagte eine Männerstimme, und ich erschrak so sehr, dass ich beinahe die Kamera fallen ließ.

Falk kam auf seinem Rennrad durch die Wohnung geradelt, in Pyjamahose, mit bloßem Oberkörper. Er sah verschlafen aus, seine Augen waren verquollen, das dünne hellblonde Haar klebte ihm am Kopf. Ich hatte geglaubt, allein in der Wohnung zu sein, sonst hätte ich mir was über mein Unterhemd gezogen, oder zumindest was darunter.

Mit einiger Fantasie konnte man Birgits Mitbewohner eine gewisse Ähnlichkeit mit dem jungen Jean-Paul Belmondo attestieren. Weniger freundlich betrachtet, wirkte er wie ein glückloser Boxer der Leichtgewichtsklasse, einer, der schon allerhand Haken eingesteckt hat.

«Weißt du, was eine Hasselblad ist?», fragte er, nahm mir den Fotoapparat aus der Hand und hängte ihn sich an dem Lederriemen um den Hals. «Stell dich mal da hin», sagte er dann und bugsierte mich vor den schmalen Spiegel, der zwischen den zwei Fenstern hing, aus denen man über eine

Tankstelle hinweg auf eine breite Straße schauen konnte. Er trat hinter mich, legte seinen Arm um meine Schultern, und während wir uns im Spiegel angrinsten, hob er die Kamera auf die Höhe meines Kopfes und drückte ab. «Selbstporträt mit Irischem Frühling», sagte er und drehte mich zu sich.

«Bist du echt?» Ich verstand nicht ganz. «Echt rothaarig?», fragte er und zog mein Hemd hoch. «Zweifellos!», rief er begeistert aus und küsste mich auf den Mund.

Der Kerl war anscheinend total übergeschnappt. Was war das denn für eine Nummer? Ich wischte mir mit dem Unterarm über den Mund und zog mir das Hemd über die Hüften.

«Hey, der Irische Frühling wird ja rot. Noch röter als seine Haare», sagte Falk. «Willst du einen Kaffee?»

In der Küche hingen unzählige Schwarz-Weiß-Fotos an den Wänden, auf denen immer die gleiche Person zu sehen war: Falk. Eine Menge Selbstporträts vor Spiegeln, auf diversen Fotos hatte er Frauen auf dieselbe Weise in den Arm genommen wie soeben mich. Sehr einfallsreich war er schon mal nicht.

«Ich arbeite seriell», sagte Falk, der anscheinend Gedanken lesen konnte.

«Wie viele Leute wohnen hier eigentlich?», fragte ich.

Er hielt die Tür des Kühlschranks geöffnet und starrte in das Polarlicht, als würde der leere Kasten mit viel Konzentration noch ungeahnte Schätze zum Vorschein bringen.

«Ich wohne hier nur mit Herrn Bruhns.» Damit war wohl meine Freundin Birgit gemeint. Herr Bruhns, das war nicht nett, aber treffend und irgendwie doch witzig. Er hatte ihr die handtuchbreite Mädchenkammer vermietet, in der sie mit dem Kopf neben der Waschmaschine schlief.

«Und mit Frau Becker.» Er zeigte auf eine dürre, schwarz-gelb getigerte Katze, die in der Speisekammer auf einem Regalbrett neben dem Netz mit den keimenden Kartoffeln döste. «Dörte Becker hat mehr Kämpfe überstanden als ein alter Seeräuber.»

Die Katze starrte mich mit ihrem linken Auge an, das rechte war zugenäht. In dem unbewegten, einäugigen Blick dieses hässlichen Wesens lag eine Feindseligkeit, die uns sofort verband. Nachdem sie den Gast ausführlich gemustert hatte, sprang Frau Becker aus der Kammer, schlich auf mich zu und schmiegte sich, Achten drehend, um meine nackten Waden.

«Sie mag es, wenn man sie nicht mag», sagte Falk. «So wie ich.»

Dabei schraubte er an einer komischen Aluminiumkanne herum.

Nein, Filterkaffee, so was Widerliches gebe es bei ihm nicht, und außerdem heiße das nicht Ex-, sondern Espresso. Da war ich ja an einen schönen Klugscheißer geraten.

«Wirf dir was über. Wir gehen auf den Markt, heute Abend kommt Besuch, ich mach Coq au Vin», sagte Falk und verschwand im Bad.

Im Flur hingen noch mehr seiner Fotos, schwarz-weiß und in Farbe. Außer Falk war da noch eine nordische Schönheit zu sehen, in verschiedenen Posen. Manchmal auch nackt. Blondes Haar, ein Pferdeschwanz so dick wie ein Pfund Spaghetti, hohe Wangenknochen, fülliger Busen, flacher Bauch, braune

Haut. Es gab auch Aufnahmen, auf denen sie mit dem Fotografen flirtete, geschminkt wie ein Vamp, mit leicht geöffnetem Mund und halb geschlossenen, in Regenbogenfarben schattierten Lidern. Ich spürte etwas in mir aufwallen, das eine erstaunliche Ähnlichkeit mit dem unpassenden Gefühl der Eifersucht hatte.

«Das ist meine Ex-Bekannte Elke», nuschelte Falk, die Zahnbürste im Mundwinkel, durch den Schaum. «Sie ist Fotomodell.»

Und zu dem irritierenden Reflex, schau an, gesellte sich noch fix ein Minderwertigkeitsgefühl.

Kurz danach zogen wir los.

Auf dem Wochenmarkt traf Falk jede Menge Freunde. «Darf ich vorstellen? Das ist der Irische Frühling, der wohnt gerade bei mir.» Ständig umarmte er jemanden oder winkte irgendwelchen Leuten zu. Obwohl es schon fast Nachmittag war, herrschte hier reges Treiben. Das war wohl eher ein Freizeitvergnügen als das Besorgen von Lebensmitteln. Die Verkäufer an den Ständen wirkten wie alternativ angehauchte Grundschullehrer. Die Kundschaft wurde geduzt, alt wie jung. «Möchtest du nicht noch ein Pfund Rote Bete? Die ist gut für den Blutdruck», fragte ein grau melierter Wuschelkopf einen alten Mann mit Ziegenbärtchen. Am Gemüsestand stellte sich Falk an. Ich solle schon mal beim Geflügel warten. Drei Perlhühner, trug er mir auf, natürlich nur die französischen, und eine Gänsepâté mit Preiselbeeren.

Ich war schnell an der Reihe, bestellte das Gewünschte und rief nach Falk, doch der hörte mich nicht, weil er schon wieder mit irgendjemandem quatschte, der ihm anscheinend gerade einen Witz erzählte. Noch nie hatte ich jemanden so aufdringlich laut lachen hören wie diesen Falk.

Sechzig Mark? Alle Achtung! Na gut, ich konnte ja ruhig was zum Essen beisteuern, schließlich wohnte ich umsonst bei Falk und hatte seinen Kaffee getrunken.

«Was machen wir denn weintechnisch heute?», fragte er, hakte sich bei mir ein und schwenkte unternehmungslustig den Einkaufskorb. Wie ein altes Ehepaar überquerten wir die Straße und betraten einen Weinladen.

Der Verkäufer, behauptete Falk, sei ein guter Freund. Er schloss den Franzosen in die Arme und zog ihn fest an sich.

In dem starren Lächeln des kleinen Mannes mit der grünen bodenlangen Schürze lag ein unübersehbares: «Der hat mir gerade noch gefehlt.» Falk spulte Weinnamen und Jahrgänge herunter und machte sich fachkundig an die Weinverkostung. Er schmatzte, kaute, schnüffelte, redete was von Abgang, Körper, Tanninen und Barrique, während sich die Geduld des Weinhändlers verflüchtigte wie Luft aus einer kaputten Luftmatratze, doch das schien Falk gar nicht wahrzunehmen.

Wie alt war der eigentlich? Höchstens doch ein paar Jahre älter als ich, fünfundzwanzig vielleicht. Zugegeben, originell war er schon. Dennoch, da gab es auch etwas Leutseliges, aufdringlich Gönnerhaftes, das ich sonst nur von den ältlichen Reitfreunden meines Vaters kannte.

Oh Gott, mein Vater! Den wichtigen Anruf hatte ich total vergessen.

«Mach mal schneller, ich muss ganz dringend telefonieren», drängelte ich, während der Franzose die erlesenen Rotweine in Seidenpapier einrollte und in einen Karton packte.

«Geh mal besser da vorn beim Bäcker in die Telefonzelle. Bei mir zu Hause stimmt gerade was mit der Leitung nicht. Hast du Kleingeld?»

Er kramte in der Hosentasche, holte Münzen und einen Zehner hervor und drückte mir zwei Markstücke in die Hand. Wie süß, als würden wir uns schon eine Ewigkeit kennen.

«Warte», rief er mir nach, als ich zur Tür stürmte. «Kannst du mir kurz mit 'nem Fuffi aushelfen?»

An der Decke der Telefonzelle flackerte die Neonleuchte, draußen schien die Sonne. Wie immer stank es nach Zigarettenasche, Ammoniak, ein bisschen auch nach Erbrochenem und hier noch außerdem rauchig nach den Telefonbüchern, deren versengte Rümpfe kopfüber in der Halterung hingen. Das erste Markstück fiel mir aus der Hand und rollte über den kaugummifleckigen Betonboden in die Ritze neben der Tür. Das andere rutschte immer wieder durch den Schacht und klimperte in die Rückgabeschale. Erst als ich es ausgiebig an dem Gehäuse des Fernsprechers rieb, an der Stelle, wo der Lack schon ganz abgeschabt war, blieb es hängen und das Freizeichen ertönte. Haftete etwas vom Lack an der Münze, das den Widerstand erhöhte, oder machte Reibungswärme den Unterschied? Kein Lehrer hatte einem dieses Phänomen je erklärt.

Ich trippelte von einem Fuß auf den anderen. Sobald ich in einer Telefonzelle stand, musste ich pinkeln. Das war schon immer so. Der Harndrang verschwand aber zuverlässig, sobald sich am anderen Ende jemand meldete. Während ich den ekligen Hörer in angemessener Entfernung vor die Ohrmuschel hielt und es tuten hörte, machte ich mich auf ein Donnerwetter gefasst. Vielleicht weckte das Klingeln meinen Vater aus seinem Nachmittagsschlaf, und er fuhr jetzt in Unterwäsche vom Sofa hoch. Oder er kam gerade aus dem Garten zum Flur herein, während die ungarischen Höllenhunde hinter ihm hechelten, noch außer Atem vom Bällchenfangen.

Wie in Vogelperspektive sah ich das dunkle Fachwerkhaus am Waldrand vor mir, die Autos auf dem Parkplatz davor, die Pferde auf der Koppel, die Hundezwinger und die kümmerlich verwachsenen Obstbäume. Mein Vater, Frau Schmidt, Tristan und auch die Pferde und die Hunde waren jetzt so weit weg wie die Schauspieler aus *Dallas*, die jeden Dienstagabend um halb elf von der Bildfläche verschwanden und erst wieder mit Beginn der nächsten Folge zum Leben erwachten, eine Woche später um 21.45.

Wobei mir die Familie Ewing nach sechs Jahren Seifenoper tatsächlich vertrauter war als die spärlichen Verwandten, von denen die meisten nur einmal im Jahr in dem großen, leeren Haus am grünen Rand des Ruhrgebiets zu Besuch kamen. Die Schwester meines Vaters, Tante Susanne, war mir ganz gewiss fremder als Sue Ellen, die ständig besoffene Ehefrau von J. R., dessen bösartige Lache ich nach langem Training zur Freude meiner Mitschüler originalgetreu imitieren konnte.

Ich lauschte weiter in den Hörer, schuldbewusst. Wenn mein Vater eines nicht gebrauchen konnte, dann waren es noch mehr Sorgen. Sorgen hatte er echt schon genug. Hoffentlich hatte er nicht wieder die Polizei angerufen, wie im letzten Herbst, als Lutz auf die Idee gekommen war, mitten in der Nacht zum Frühstücken nach Paris aufzubrechen. Er wollte gern über dem Triumphbogen die Sonne aufgehen sehen.

Ich hatte ihn vor unserer Abfahrt gebeten, meinem Vater noch schnell eine Nachricht zu schreiben, während ich nach meinem Reisepass suchte. Ziemlich angeheitert hatten wir uns dann in Lutzens altem Opel auf den Weg Richtung Aachen gemacht und uns die ersten Stunden mit Singen wach gehalten.

«Mit einem Taxi nach Paris, nur für einen Tag. Mit einem Taxi nach Paris, weil ich Paris nun mal so mag ...»

An der belgischen Grenze fing Lutz plötzlich an zu kichern, und er klärte mich auch gleich auf, worüber.

«Hier schreibt Ihnen Lutz the Ripper. Wenn Sie Ihr kleines rothaariges Mädchen wiederhaben wollen, hinterlegen Sie hunderttausend Mark im Stadtpark», hatte er auf den Zettel gekritzelt, der jetzt auf unserem Küchentisch lag. Wie er mir das erzählte, liefen ihm vor Lachen die Tränen über die Wangen. Im Morgengrauen hatte der Rosé der letzten Nacht in meinem Hinterkopf eine scharfe Sense gedengelt. Meine Zunge war in ein totes Pelztier verwandelt, und ich fror, obwohl Lutz das Gebläse der Heizung längst voll aufgedreht hatte. Ich hätte viel lieber in meinem warmen Bett gelegen, als verkatert im Café de l'Opéra an einem wackeligen Bistrotisch zu sitzen.

Zum Frühstück spendierte Lutz mir einen Café au Lait und einen Croque Monsieur. Er selbst bestellte sich nichts und trank nur Wasser aus dem Hahn im Herrenklo. Das waren ja auch Fantasiepreise in diesem überkandidelten Schuppen.

Unterdessen hatte mein Vater schon längst die Polizei alarmiert. Bestimmt hatte ihn sein humorloser Hausfreund dazu gedrängt. Übernächtigt, wie ich war, musste ich daher nach meiner Rückkehr direktemang mit dem Mofa zur Wache fahren und mich melden. «Die Suppe löffelst du allein aus!»

Wie blöd musste man denn sein, wenn man den Scherz mit dem Stadtpark nicht raffte, fragte ich den Mann in Grün – Angriff als Verteidigung, das hatte ich auf der Hauptschule gelernt.

«Jetzt pass mal gut auf, kleines Fräulein ...», begann der Ordnungshüter und verpasste mir eine ausführliche Abreibung. Wie ich es hasste, wenn mich alte Männer «Fräulein» nannten und duzten. Was ich mir dabei gedacht hätte? Ja, was wohl?

Immer noch tutete es in dem grauen stinkigen Hörer, anscheinend war niemand zu Hause. Schon beinahe wieder ein bisschen erleichtert wollte ich gerade auflegen, als doch noch jemand ranging. Der Hausfreund.

«Es ist deine Tochter!» Diese tonlose Trauerrednerstimme. Im Hintergrund kläfften die Hunde, ich hörte schwere Schritte und ein Stöhnen. Oh Mann, immer Uwe. Anfangs hatte ich mir noch Mühe gegeben, mit ihm klarzukommen, meinem Vater zuliebe. Aber es hatte einfach nicht funktioniert, unsere gegenseitige Abneigung war mit der Zeit immer tiefer geworden. Uwe konnte mit einem pubertierenden, renitenten Mädchen genauso wenig anfangen wie ich mit einem Motorrad fahrenden Büroproll mit Arschlochbart.

«Uwe ist schwul wie eine Wachtel», hatte ich jemanden im Reitclub sagen hören und mich noch gewundert. Warum sind Wachteln schwul?

Aus der Telefonzelle blickte ich hinaus auf die Motzstraße. Unglaublich, überall Uwe-Doubles: Muskelmänner mit rasierten Schädeln, Stiernacken, Brillis im Ohrläppchen, die Ärmel der Holzfällerhemden über dem stählernen Bizeps aufgerollt. *Tom of Finland* nannte man diese markante Spezies des schwulen Übermannes, das hatte Falk mir auf dem Weg zum Markt erklärt. Ihm war nicht entgangen, wie verwundert ich diese Männer angestarrt hatte. Ein ganzes Stadtviertel voller Uwes, hier musste der Nistplatz dieser Vögel sein.

Mein Vater räusperte sich.

«Was gibt es denn?»

«Ich wollte nur sagen, ich bin gut angekommen.»

«Schön.»

Die Leitung rauschte und knackte wie ein Waldbrand im Herbststurm. Ich lauschte. Nichts weiter.

«Bist du noch dran?»

«Ich muss Schluss machen. Uwe hat Hunger.»

Bestimmt stand der schon an der Türschwelle und machte meinem Vater Zeichen. Der klang wie ferngesteuert, seine Stimme war moosig belegt.

«Geht ihr jetzt schon was essen?» Überflüssige Frage. Vorwürfe, Beschimpfungen, wilde Schreierei, alles wäre mir lieber gewesen als diese sedierte Einsilbigkeit. Es war unangenehm, wenn er sich um mich Sorgen machte, aber diese Apathie traf mich schmerzlicher. Wie albern! Was konnte ich denn für die Friedhofsstimmung am anderen Ende der Leitung? Aber wie gern hätte ich ihn jetzt kurz in den Arm genommen. Doch schon begann es, im Hörer zu piepsen, in dem kleinen Fenster über der Wählscheibe flackerten die letzten zehn Pfennig meiner Mark auf.

«Ich hab dich lieb.»

Meine abrupte Liebesbekundung war etwas leise ausgefallen, der ansteigende Wasserpegel in meinen Augen kündigte einen Einsamkeitsanfall an.

«Tu nichts, was ich nicht tun würde», sagte mein Vater und holte tief Luft – da wurde das Gespräch getrennt.

Wow, was für ein geiles Hungergefühl. Schon der würzig-pilzige Geruch, der sich mit dem Rauch über uns und der Kasserolle mit den Hühnchenresten ausgebreitet hatte, war ungemein appetitanregend. Der Joint kreiste um Falks Esstisch, nach jedem Zug schmeckte das Essen noch ein wenig intensiver.

Das Geflügel in der Fettbrühe war erst nicht so mein Fall gewesen. Falk kochte wie mein Vater nach Rezepten des französischen Starkochs Bocuse. Aus mehreren Töpfchen Schmand und Sahne, reichlich Butter, Cognac und einer Flasche Wein hatte er eine salzige Soße gezaubert, in der die kleinen Hühner in Rückenlage schwammen, Beinchen in die Höh.

Birgit war ziemlich angepisst gewesen, als ich gestand, sie leider doch nicht zu der Premiere dieses avantgardistischen Tanztheaters in Kreuzberg begleiten zu können. Ob mir klar sei, dass sie sich für die sauteuren Karten einen Ast gearbeitet hatte?

«Der Irische Frühling muss mir beim Kochen helfen», hatte Falk freundlich lächelnd gesagt. Für ihn gab es keinen Zweifel, dass ich mir sein Gala-Dinner nicht entgehen lassen würde. Er hatte recht. Leute, die für einen tanzten, hatten mich noch nie interessiert, ich wollte lieber selbst tanzen.

«Ach, backt euch doch 'n Eis», rief Birgit im Hausflur und ließ die Tür hinter sich ins Schloss krachen.

«Mach dir nichts draus», sagte Falk und grinste. «Herr Bruhns ist nur eifersüchtig. Du bist heute der Star, die Jungs werden Augen machen.»

Ich ahnte, dass die Dinge hier komplizierter lagen – wer mochte es schon, wenn Freundinnen abgeworben und Pläne durchkreuzt wurden? –, aber mein schlechtes Gewissen war mit dem Knall der Wohnungstür verpufft.

Kaum war Birgit abgezogen, klingelte es, und nach und nach fand sich eine Runde schicker Typen in Falks Bude ein, offenbar auch fotografisch oder sonst wie künstlerisch tätig, vor allem aber Söhne, so wurden sie mir zumindest von Falk vorgestellt.

Nicolas hatte einen berühmten Bühnenbildner zum Vater. Falk zählte die Namen von Regisseuren, Theatern auf, für die der Herr Papa tätig war, Stücke, die man nicht verpasst haben durfte und von denen ich noch nie gehört hatte. Ich kam aus dem gespielten Staunen gar nicht mehr heraus, nickte nur immer mit dem Kopf, wie ein Wackeldackel auf der Hutablage. Nicolas selbst war ein schweigsamer Typ mit ungewaschenem Strubbelhaar, Pausbäckchen und anderen Vorzeichen einer zukünftigen Fettleibigkeit. In seinen schwarzen Anzug, einen speckigen Dreiteiler, war er anscheinend über die Jahre leicht verdreht hineingewachsen. Lasziv fläzte er sich in einen der Regiestühle und schaute unbeteiligt.

Bommels Vater war Komponist. Ob mir John Cage etwas sagte? Klar doch! Fluxus hätte ich allerdings eher für eine Krankheit als für Neue Musik gehalten. Ich versuchte, meine Ahnungslosigkeit mit Begeisterung zu kaschieren. Auch Bommel war eine eher schweigsame Natur, ein langer Lulatsch, der sich beim Eintreten unter dem Türsturz unwillkürlich geduckt hatte. Seine blonde Mähne hatte er zu einem Pferdeschwanz gebunden, der ihm wie ein Reisigbesen bis hinunter über den Gürtel hing. Er war der Typ stummer Surfer-Schwede – mit denen kannte ich mich gut aus, weil die sich in der Regel nicht für mich interessierten.

Ganz anders Claudius, der mich vom ersten Moment an unverhohlen anstarrte. Sein Vater war Anwalt, aber nicht irgendeiner. Er hatte wohl waschechte Terroristen in Stammheim vertreten. RAF, APO, Deutscher Herbst, Baader-Meinhof – verschwommene Filmausschnitte aus der Tagesschau kamen mir in den Sinn und die unscharfen grau-grünen Bilder aus der Fernsehserie Aktenzeichen XY: irgend so ein hohes Tier, tot vor einem Mercedes mit offenen Türen am Straßenrand liegend, dahinter Polizeiwagen und Absperrbänder.

Claudius war schön, so schön, dass ich nach dem ersten Blick in seine Huskyaugen schnell wieder wegschaute. Während er mich weiter fixierte, ruhig und abwartend, begannen meine Wangen, wie überhitzte Herdplatten zu glühen. Intensive Gefühlsregungen, Schuld, Freude, Scham oder Begeisterung – mein Gesicht war kein offenes Buch, es war eine neonbeleuchtete Straßenreklame. Zu dumm nur, dass ausgerechnet Claudius der Einzige war, der mit mir redete, während sich Falk der Zubereitung des Kartoffelgratins in der Küche widmete und die beiden anderen Freunde stumm rauchten. Brav beantwortete ich die ganzen Fragen; seit wann ich schon in der Stadt sei, wie lange ich bleiben wolle und aus welcher Ecke Westdeutschlands ich denn käme. Dabei starrte ich haarscharf an ihm vorbei, an die unbeflaggte Gardinenstange unter der Decke. Genau wie Falk am Morgen hatte auch Claudius mich zur Begrüßung ohne Vorwarnung auf den Mund geküsst. Die Jungs küssten sich auch untereinander. Und dabei war keiner von ihnen schwul, soweit ich das beurteilen konnte. Die Stimmung war familiär und zugleich frivol, eine Kombination, die auf mich die Wirkung eines zuckenden Blinkers in einem Angelteich hatte – schwups, schon zappelte ich als Goldfisch am Haken.

Ob das noch weiterging mit diesem Küssen und Anfassen, und ob das in welchen Konstellationen auch immer im Schlafzimmer enden würde? Vielleicht war da auch nichts, und ich bildete mir die flirrende Stimmung nur ein. Wie hatte es doch gleich im Physikunterricht geheißen? Beobachtererzeugte Realität?

Nachdem Falk das Essen aufgetragen hatte, umkreiste er den Tisch und die Unterhaltung wie ein Hütehund. Spielte den Sommelier, der aufmerksam nachschenkte, und wenn das Gespräch verebbte, streute er ein paar Stichworte ein. In die Rotweingläser hatte er die Initialen seiner Freunde eingravieren lassen. Das hier sollte wohl so eine Art Tafelrunde darstellen, ein ritterlicher Bund mitten in Schöneberg.

«Lass mal das Gras rüberwachsen, ich bau noch einen», sagte Claudius in Falks Richtung, das lange Blättchen hatte er sich schon erwartungsfroh auf die Unterlippe geklebt. Seine Joints waren perfekt konstruierte, skulpturale Meisterwerke. Mir war trotzdem unwohl zumute. Bier, Wein und Schnaps, ab und zu mal eine stimmungsaufhellende Pille, damit hatte ich kein Problem, und mit dem Rauchen hatte ich schon mit vierzehn angefangen, aber Drogen, das war was anderes.

Warum Jussuf am Bahnhof Zoo nicht ausgestiegen war, hatte er mir nicht erklären müssen. Auf keinen Fall hätte ich mich dort nachts allein auf dem Weg zur U-Bahn herumgetrieben. Den Film «Wir Kinder vom Bahnhof Zoo» hatte ich vor Jahren auf einer Klassenfahrt in einem Open-Air-Kino am Steinhuder Meer gesehen und nie mehr vergessen. Offenbar hatte der Streifen seine pädagogische Wirkung nicht verfehlt, denn bei dem Wort Drogen musste ich immer sofort an die zitternden Elendskreaturen, an Kinderprostitution und kalten Entzug denken. Mein Heroin war das Fernsehen, ich war fernsehsüchtig. Aber diese Abhängigkeit sah man mir wenigstens nicht an, sie ruinierte nur meine Freizeit, nicht die Zähne.

Unglaublich, Falk besaß noch nicht einmal einen Fernseher. Was machte der den ganzen Tag? Fotografieren und lesen, behauptete er. Doch auf den Büchern in den schwebenden Regalen lag ein wolliges Staubgebirge. *Fragmente einer Sprache der Liebe*, das Taschenbuch war bestimmt vor Monaten aufgeschlagen neben dem Bett abgelegt worden, die Seiten klebten schon am Parkett.

An diesem Abend ging es auch nicht um Literatur, dafür wurde eine Menge anderer Themen hitzig bearbeitet. Zunächst die politische Großwetterlage, mit Kuba im Zentrum, wo Nicolas, Bommel und Claudius für ein Jahr mit ihren Eltern gewohnt hatten, sie waren dort auch zur Schule gegangen. Mitunter wechselten sie weltmännisch die Sprache und redeten plötzlich Spanisch.

Als Nächstes: Opern. Falk hatte immer neue Platten aufgelegt, *Aida*, *La Bohème*, *Tosca*, stets nur die allerletzte Plat-
tenseite mit dem Schlussakt. Die elegischen Arien, zum
Sterben schön, entfalteten sich in der rauchgeschwängerten
Luft.

La Traviata hatten sie alle zusammen gerade erst in Brüssel
gesehen, auf Einladung von Nicolas' Vater, der das Bühnen-
bild entworfen hatte. Während der Sterbearie rückte Falk mit
dem Stuhl näher an mich heran und legte seinen Arm um
meine Schulter, während Claudius' Knie an meinem Oberschenkel klebte. Maria Callas' Sirenenstimme malträtierte
wie ein Zahnarztbohrer einen mir bis dahin unbekannten
Sehnsuchtsnerv.

Noch nie hatte ich erlebt, dass jemand so andächtig einer
Musik lauschte wie diese Freaks in dem riesigen Berliner
Zimmer.

«Und im April bist du dann also fertig mit der Lehre und
ein tapferes Schneiderlein», sagte Claudius, nachdem ich
von meiner Ausbildung berichtet hatte. Damenschneiderin,
das kam mir auf einmal beschämend provinziell vor. «Dann
können wir also spätestens im Sommer durchbrennen»,
flüsterte er mir ins Ohr. Ich warf ihm einen scheuen Seiten-
blick zu, den er als Aufforderung nahm, mir seinen Joint zu
reichen.

Wie nannte man das? Es gab doch einen Ausdruck dafür,
wenn Jungs ein bisschen so wie Mädchen aussahen und dennoch oder gerade darum so irre sexy.

Genau in diesem Moment hauchte die Callas ihren letzten
Liebesschwur aus. Dann verebbte die orchestrale Wucht, nur

die Streicher trugen noch sanft das musikalische Thema der soeben verstorbenen Lebedame, wurden leiser und leiser, ein Knistern, dann setzte der frenetische Applaus des Publikums ein. Alle hielten die Augen noch für ein Weilchen geschlossen. Und plötzlich musste ich husten. Ich schämte mich für das Kratzen in meiner Kehle. Mit einem großem Schluck Rotwein wollte ich den Anfall unterdrücken, doch der Wein geriet mir in die Luftröhre, und ich prustete den edlen Tropfen als Nieselregen über den Tisch.

Falk holte ein Geschirrtuch aus der Küche und wischte die Bescherung auf. Die Jungs waren wieder wach, ihr bekifftes Kichern erfüllte den Raum.

Lustig! Wie lustig mit einem Mal das Leben war.

«Mach dir keinen Kopf», hörte ich Claudius sagen. Wieder kam der Joint in mein Blickfeld. Tolle Hände hatte er. Am liebsten hätte ich jetzt diese braunen schlanken Finger mit den silbernen Ringen geküsst, die mir da den Joint hinhielten.

Wie sich das wohl anfühlte, wenn die einen berührten?

Da war auch wieder der Hunger, der hatte jetzt etwas Geiles. Gierig begann ich, die letzten kalten Fleischreste von den dünnen Knochen der Hühnchen in der Auflaufform abzuzupfen. Ich leckte mir die fetttriefenden Finger und schaute sie an. Das waren also meine Hände. Ich starrte auf meine blassen Fingernägel mit den kleinen weißen Wölkchen über dem Nagelbett. Der rechte Daumennagel war eingerissen, und die dunklen Sommersprossen auf meinen Handrücken wurden zu plastischen Dekorationselementen. Ich betrachtete den schmalen Goldring am Mittelfinger, als sähe ich ihn zum ersten Mal. Ein Geschenk von meinem Vater zu irgendeinem Geburtstag. Auch er hatte diese sommersprossigen Hände. Hände, die zuschlagen konnten, wenn ich ihn in Rage gebracht hatte mit einer frechen Bemerkung oder mit Widerworten. Seine Hände, die meinen so ähnlich waren wie an Falks Badewannenrand die große, gelbe Gummiente der kleinen.

Den ganzen Abend war von Vätern die Rede gewesen. Ich hatte keinen Promi-Alten, dafür konnte mein Vater in Gesellschaft echt unterhaltsam sein. Eigentlich hätte er ganz gut in diese Runde gepasst, auch wenn er lieber Bier statt Rotwein trank und James Last ihm mehr bedeutete als Bizet.

Ich war jetzt vollkommen bekifft, wedelte mir mit der Hand vor den Augen wie mit einem Fächer. *Carmen*, genau: *Ja, die Liebe hat bunte Flügel ...* Ob es nicht besser wäre, die Operntexte würden im Original gesungen statt auf Deutsch, das war die Frage, die gerade noch die Gemüter erhitzt hatte. Dann kapierte man doch gar nicht, worum es ging. Aber ich verstand auf einmal alles, und dieses Verstehen war so heiter, so unwirklich, so unfassbar lustig, dass ich nur noch lachen konnte. Lachen, das Lachen machte Spaß, und es erzeugte nur noch mehr Lachen. Freude durch Lachen oder war es umgekehrt? Erst war es nur ein Kichern gewesen, doch nun hatte mein ganzer Körper mit Eruptionen zu kämpfen, knapp an der Grenze, ab der es unangenehm wurde. Jetzt wollte ich mich ein bisschen hinlegen. «Lang hinlegen, lang hinlegen ...», sagte ich vor mich hin, während ich das Sofa in der Zimmerecke ansteuerte. Diese Wortkombination erzeugte eine letzte Lachsalve, dann wurde es still. Jetzt musste ich aber dringend wieder dieses Bleigewicht auf dem Brustkorb loswerden.

Die Nadel des Plattenspielers hüpfte schnarrend immer über denselben Endpunkt. Falk sprang von seinem Stuhl auf und zog eine neue Platte aus einer weißen Papierhülle. Ich starrte auf das runde Cellophanfenster.

Und plötzlich kreischte eine laute Stimme durch die Bude, es gab eine gellende Rückkopplung, Falk hatte seine Boxen voll aufgedreht: *Mögt ihr alle Limonade? Ist Purple Schulz das Größte für euch? Jungs, ihr seid auf dem komplett falschen Konzert. Das ist Punkrock, das sind die Toten Hosen aus Düsseldorf* ... BADAMMTADAMMTAMMTADAMM.

«Jetzt soll sich der Irische Frühling aber mal heimisch fühlen», schrie Falk in den Krach hinein. «Düsseldorf ist doch so was wie dein Zuhause, oder?»

Die Jungs beugten sich über mich, und ich sah in vierzehntausend mitfühlende Augen.

«Kennst du die Ratinger Straße?», fragte Claudius. «Da würde ich auch gern mal hin. Liegt nur irgendwie nie aufm Weg.»

«Also, es ist jetzt nicht so, dass ich in Düsseldorf jede Ecke kenne ...», stöhnte ich matt und erntete erneut schallendes Gelächter. Sie lagen nun alle bei mir. Gruppenbild mit Sofa. Die räudige Katze hatte sich auf meinem Schoß zusammengerollt und wärmte als haariges Heizkissen meinen Bauch. Falk begann, mir die Füße zu massieren, und Claudius strich mir über den Kopf.

«Der Irische Frühling ist absolut breit», sagte Falk. Claudius steckte mir noch einmal die Tüte zwischen die Lippen. Es war der totale, platonische Gruppensex. Schön! Wie schön es war, als Außenseiterin in dieser Gemeinschaft von Außenseitern angekommen zu sein.

«Warte mal, ich habe noch was für dich», sagte Falk und verschwand in der Küche.

«Komm, Puppe, Zeit zu gehen. Lass uns die Biege machen», flüsterte Claudius mir ins Ohr. Kein Zweifel, der schönste Mann, den ich je gesehen hatte, und er wurde minütlich schöner, meinte wirklich mich. Mit ihm mitgehen? Auch keine schlechte Idee, doch aufstehen schien mir riskant, und dann kam auch schon Falk mit einer orangefarbenen Schachtel zurück. «Kiffernachtisch!»

Choco Crossies! Eine Delikatesse der Extraklasse. Warum war mir noch nie aufgefallen, wie gut das Zeug eigentlich schmeckte? Harte Cornflakes, die man aus der süßen Vollmilchschokolade herauslutschen konnte. In meiner Mundhöhle sammelte sich sofort eine Art schlammiges Hochwasser.

«Kommt gut», nuschelte ich kauend. Ich schmatzte und schluckte, jeder einzelne Batzen machte satt und wieder aufs Neue hungrig. Seltsam, dass niemand sonst von den Dingern naschte. Wie konnte man so einer Geschmackssensation widerstehen? Schnell warf ich mir noch eine Handvoll ein, und alle lachten wieder. Nur ich nicht, ich hatte den Mund voll. Zackzack-zisch! Ein Blitzlicht zuckte auf: Ich bemühte mich, nicht allzu breit zu grinsen, dachte an Schönheitsköniginnen und blickte verwegen über die Schachtel mit den Choco Crossies hinweg in die Linse von Falks Polaroidkamera. Dann begann sich das Zimmer zu drehen, wie ein

Glücksrad mit mir selbst als Achse. Ich richtete mich auf, und mir wurde schlagartig speiübel, auf eine kunterbunte, magenstürzende Art. Während ich ins Badezimmer rannte, die Hände vor den Mund gepresst, fiel mir ein alter Schulhofwitz ein: Mami, Mami, darf ich mit Brüderchen Fußball spielen? Aber du weißt doch, Brüderchen hat keine Arme und keine Beine. Na, deswegen rollt er doch so gut.

Es gibt ein Land, gar nicht so weit weg ...» Die raunende Märchenonkelstimme im Radio hatte früher vor den Nachrichten immer die erlesensten Köstlichkeiten versprochen. «Es gibt ein Land, gar nicht so weit weg, das heißt Schlemmerland Elite.»

Frau Schmidt hörte in der Küche den Sender, in dem Schlager und Volksmusik durcheinanderdudelten. Die Lieder sang sie bruchstückhaft mit, zu unbekannten Melodien pfiff sie in freier Improvisation. Nach Schulschluss hatte ich oft auf der gefliesten Arbeitsplatte neben dem Herd gesessen und ihr die Zwiebelstückchen und den gehackten Schnittlauch direkt vom Holzbrettchen weggefuttert. Und die Schmidt hatte wie Witwe Bolte mit dem Kochlöffel gedroht: «Pfoten weg, sonst setzt es was.»

Der Mann in der Werbung hatte von einem köstlichen Elite-Pudding-Traum geschwärmt, «der mit den drei Schichten». Der Slogan war mit hellen Flötentönen unterlegt und hatte meine Fantasie angeregt. Als kleines Kind hatte ich einmal in einer unbeobachteten Stunde den runden Lautsprecher des Transistorradios mit Pattex zugeschmiert. Wieso? Die Tube hatte eben herumgelegen, und da war der sonntägliche Trübsinn in destruktiven Gestaltungsdrang umgeschlagen. Das Radio war, bei verminderter Klangqualität, in Betrieb geblieben. Frau Schmidts Musik schepperte auch Jahre später immer noch durch die Lücken der gelben Klebstoffschicht hindurch.

Es gibt ein Land, gar nicht so weit weg ... Mein Traumland war jetzt Berlin, und es zog mich zuverlässig dorthin. Transitmaus hatten mich die Jungs getauft, als ich gleich am Freitagabend nach unserem ersten Zusammentreffen wieder vor Falks Schöneberger Wohnungstür stand. Jedes Wochenende fuhr ich nun nach Westberlin und leider auch wieder zurück. Am Freitag nach Arbeitsschluss gegen drei rollte ich bald auf der A2 Richtung Osten – Dortmund, Bielefeld, Hannover, Helmstedt, Berlin. Die Reisetasche packte ich immer schon am Donnerstagabend. Und am Montagmorgen, kurz nach sieben, war ich wieder die Erste in der Änderungsschneiderei, in dem staubigen Ladenlokal mit neonbeleuchteter Holzverkleidung im Bahnhofsviertel, unter den Pfeilern einer Bundesstraße. Über meine Nähmaschine hinweg sah ich das Altersheim, wie einen schlafenden Drachen in einer Legolandschaft aus Mehrfamilienhäusern. Nebenan der Kiosk, gegenüber die türkischen Obstläden und mittendrin das stets menschenleere Chinarestaurant Lotus. Hier hatten mein Vater und ich uns früher immer die Nummer 78 geteilt, Ente süßsauer, nachdem wir im Kino Lux Filme mit sprechenden Autos in der Hauptrolle geschaut hatten. Dort hatten wir auch ein halbes Jahr jeden Sonntag *Jenseits von Afrika* gesehen, den absoluten Lieblingsfilm meines Vaters. Kaum hatte der Film begonnen – «Ich hatte eine Farm in Afrika» –, begann mein Vater zu weinen, und er schniefte die zweieinhalb Stunden durch. Mich überraschte dieses Fernweh, das so gar nicht zu ihm zu passen schien. Aber wenn es ihn wirklich nach Fremde, Ferne, Wildheit verlangte, war es dafür jetzt auch zu spät.

An den Arbeitstagen lief ein ganz besonderer Film in Endlosschleife in meinem Kopf, einer, in dem mein Auto eine Weltraumrakete war, die mich in Lichtgeschwindigkeit an den Sehnsuchtsort katapultiert, nach Berlin, während ich in Hagen den Abspann meiner Kindheit abwarten musste, bis ich endlich den Gesellenbrief in der Hand hielt.

«Tell me why I don't like Mondays». In dem Song, das hatte Falk mir erklärt, ging es nicht etwa um gewöhnliche Unlust auf die Arbeitswoche, sondern um einen ausgewachsenen Amoklauf in Kalifornien, begangen von einer durchgeknallten Sechzehnjährigen. Ich kam aus dem Staunen gar nicht mehr raus. Was er alles wusste und wie gut sein Englisch war! Ich jedenfalls erledigte montagmorgens meine Arbeit noch im Halbschlaf, in sehnsüchtiger Trance, später in widerwilliger Routine. Dienstag, Mittwoch, Donnerstag zogen sich wie Kaugummi, erst der Freitag brachte die Erlösung. In Gedanken war ich die ganze Arbeitswoche mit dem schwer zu fassenden Phänomen der Zeitgleichheit zweier Welten beschäftigt.

In dem Land, gar nicht so weit weg, tickten die Uhren leiser und liefen dabei schneller. In der Änderungsschneiderei steckte ich unterdessen fest wie in einem Becher Slime. Die Stunden von Freitagnacht bis Sonntagnachmittag vergingen in Berlin so rasant wie ein Kirmesbesuch. Kaum war ich in der Motzstraße angekommen, zog Falk mich zur Begrüßung auf seinen fliegenden Teppich. Dann ging es hinaus in die

Nacht, Halligalli mit den anderen. Unser Riesenrad war der *Dschungel*, die angesagteste Disco der Stadt, in der schon Nina Hagen und David Bowie gesichtet worden waren. In den Dschungel kam man nur mit guten Beziehungen rein, hatte Falk behauptet. Wenn mich jetzt meine Mitschüler sehen könnten, dachte ich, als er mich an der Hand nahm und mich an der Schlange vorbeizog, zum Türsteher, der ihn mit einem jovialen Schulterklopfen begrüßte. In meinen selbst genähten Klamotten kam ich mir allerdings wie das totale Landei vor. Und offenbar kannte ich auch nicht die Umgangsformen, die hier herrschten. «Du bist wohl neu hier», hatte mich der Barmann am ersten Abend gleich zur Begrüßung gefragt. «Du lachst so viel.»

Einmal fiel ich nach drei Mixgetränken, die ich wegen der Limettenschnitze und Minzstängel für Limo gehalten hatte, von der Balustrade rückwärts die Wendeltreppe hinunter und tanzte anschließend, als Attraktion des Abends, mit einer aufgeplatzten Hosennaht am Po einfach weiter.

Wenn wir Hunger hatten, holten wir uns in einem Imbiss ein paar schlaffe Pizzastreifen, die mit wabbeligen grünen Peperoni dekoriert waren, und im Morgengrauen bestellte Falk uns auf dem Flohmarkt an der Straße des 17. Juni ein Nuttenfrühstück: Currywurst mit Pommes. Wir tranken Schultheiss aus der Dose, dazu Sambuca und bei Sonnenaufgang Tequila Sunrise. Schlafen lohnte sich nicht. Bevor ich müde wurde, war es auch schon wieder Sonntagnacht.

Und mit flauem Magen, im Schädel Zuckerwatte, ging es jeden Sonntag wieder zurück. Auf dem Intertank-Parkplatz trank ich Kamillentee aus weichen Pappbechern. Die Transitstrecke war der gefährlichste Teil der Reise. Die Einförmigkeit der Landschaft, das DDR-Tempolimit und das Puckpuck-puck der Bodenplattenfugen schläferten mich ein. In den Stunden bis zum Aufgehen der Sonne fiel ich immer mal wieder in einen kreuzgefährlichen Sekundenschlaf, ein kurzes Abdriften auf die Standspur folgte und dann die Vollbremsung hinter einem Lkw, dass mir das Adrenalin in die Finger schoss. Und kurz nach sieben war ich wieder mit Ausbesserungsarbeiten beschäftigt, in Gedanken an die Jungs in Berlin. Sie dort, ich hier.

Seit Beginn des zweiten Lehrjahrs überließ Frau Prodromidis das Öffnen der Schneiderei mir. Wenn ich morgens in dem Ladenlokal nacheinander das grelle Deckenlicht, die Nähmaschine, den Bügelautomaten und das Radio einschaltete und anschließend in meine Arbeitsroutine versank, ging Falk in Berlin gerade ins Bett. Dann hatte ich achteinhalb Stunden vor mir, in denen neue Reißverschlüsse in alte Hosen genäht, Röcke gesäumt, geplatzte Nähte repariert werden mussten und ich mich zwischendurch total übermüdet mit der schwerhörigen Kundschaft herumschlug. Meine Chefin war Langschläferin, doch ihre treuesten Kunden, die Bewohner des Altersheims, starrten schon im Morgengrauen in der Stehbäckerei nebenan in ihren zweiten Kaffee, und wenn die Schneiderei Prodromidis die Türe öffnete, standen sie mit ihren auszubessernden Kleidern davor. Kaum ein Kundengespräch, das nicht mit dem Hinweis begann, das Stück sei noch so gut wie neu, fast ungetragen. Aus dem Saum der altmodischen Gabardineröcke rieselte der Staub. Zerschlissene Arbeitshosen bekamen Knieverstärkungen, auf die Löcher an den Ellenbogen der Jacketts wurden Lederflicken genäht, oder man setzte gleich neue Ärmel an, ohne Rücksicht auf das variierende Stoffmuster. Wenn das schwere Bügeleisen die Hosenschlitze plättete, dünstete dreißig Jahre alter Drillichstoff mit dem Dampfstoß beißende Harnsäure aus.

Im ersten Lehrjahr hatte ich kaum mehr gelernt, als Garnrollen nach Farben zu sortieren oder heruntergefallene Stecknadeln mit einem Magneten aus Wollmäusen zu ziehen und anschließend den Staub mit einem Wedel aus Straußenfedern zu verwirbeln. Überhaupt diese Massen an Staub! Man fragte sich, wie es kam, dass diese watteweichen Flusengebirge täglich neu entstanden. Nachdem ich die erste Lektion, Unterwerfung und Resignation vor der Monotonie, gelernt hatte und damit absehbar wurde, dass sich die Mühe mit mir lohnen könnte, war Frau Prodromidis dazu übergegangen, mir doch auch noch das Handwerk beizubringen. Freudlos und beiläufig, aber gründlich. Nach der Anfertigung von Abendroben oder Brautkleidern hätte mir der Sinn gestanden, aber die Ruhrbarone feierten hier keine Feste mehr. Die Einzigen, die in dieser Gegend noch aufwendig heirateten, waren türkische Großfamilien. Und deren Geschäfte, dreistöckige Boutiquen mit Schaufenstern voller perlenbesetzter Kirmespuppenkleider und schillernder Disco-Smokings, fanden sich an den Stadträndern.

«Der Kaffee ist fertig, klingt das net unheimlich zärtlich ...», sang jetzt im Radio ein Schlagerfuzzi. Na ja, ging so. WDR 4, Frau Prodromidis' Lieblingssender, der nie verstellt werden durfte, beschallte mich bis zum Feierabend mit Omamusik. Erst war immer der Kaffee fertig, dann wurde das Bett im Kornfeld gemacht, da war ich schon reif für die Insel, schließlich fuhren die Züge nach nirgendwo und in New York war auch ich noch nie gewesen. Die Radiowerbung dazu kannte ich auswendig.

«Waaas, einmal tanken hundert Mark?» Dieser Aufschrei, Werbung für ein spritsparendes Auto, leuchtete mir ein. Mein Lohn, 380 Mark im dritten Lehrjahr, reichte nie länger als bis zum zweiten Wochenende. Wie machten das die anderen nur? Das Benzin, die Drinks, schon ein O-Saft im Café Sidney kostete fünf Mark, und ab und zu musste man ja auch noch was essen. Berlin, das war das Loch in der Tasche, das nur mein Vater stopfen konnte. Der zog jetzt immer häufiger die große braune Brieftasche aus seinem Sakko hervor. «Na gut, Mäuschen, wie viel brauchst du denn?»

Selbst der Konkurs konnte seiner Großzügigkeit nichts anhaben. «Darauf kommt es nun auch nicht mehr an», sagte er, wenn ich reumütig Besserung gelobte. Und darauf kommt es nun auch nicht mehr an, dachte ich, wenn ich im Dschungel einen weiteren Cocktail bestellte. Da schlug die Verwandtschaft also durch. Neu war, dass Geld überhaupt zum Thema geworden war. Darüber zu reden hatte bei uns immer als unfein gegolten. Aber jetzt drehte sich in der Welt meines Vaters alles nur noch ums Geld. Um das Geld, das plötzlich fehlte, und den Rest, der dabei war, sich ebenfalls zu verabschieden.

«Das macht mich alles verrückt», stöhnte er, wenn er an seinem Schreibtisch Zahlen in die Rechenmaschine hämmerte, deren langer Papierstreifen sich auf dem Persertep- pich schlängelte, bis mein Vater ihn in kleine Abschnitte zerriss, die er dann auf dem Boden verstreute – Schnipsel aus dem Maul eines Riesen mit dem unheimlichen Namen Insolvenz. Was waren das eigentlich für Summen, die er da manisch addierte?

Es gab keine Unterlagen, keine Rechnungen, das Einzige, was im ganzen Haus herumlag, waren die sogenannten Fuchsbriefe, Anlagetipps für Unternehmer, und jede Menge leerer Flaschen. Der Schnaps war offensichtlich ein verlässlicherer Freund als Uwe, der sich jetzt immer öfter rarmachte. Wenn er denn doch einmal auftauchte, sammelte er das Leergut ein, und es gab Zoff. «Hör auf zu saufen», schrie er dann. Was mein Vater dann entgegnete, konnte ich in meinem Zimmer im ersten Stock nicht verstehen. Vielleicht sagte er auch gar nichts dazu, er sagte überhaupt nicht mehr viel.

Meine neuen Freunde in der Großstadt wirkten wie gut genährte Nagetiere, die auch im Frühling noch einen Winterschlaf in gesunder Entfernung vom Hamsterrad hielten. Mussten die nicht arbeiten? Sie hatten vielleicht einfach von zu Hause Geld. Na, Falk vielleicht nicht, der war fast immer pleite und hatte keinerlei Probleme damit, mir das Begleichen der Rechnung zu überlassen. Aber von irgendwoher kamen auch immer wieder diese zusammengeknüllten Scheine, die er lässig aus den Hosentaschen fischte wie benutzte Tempotaschentücher.

Für die Stelle als Au-pair-Mädchen in Frankreich, die ich jetzt natürlich nicht mehr antreten würde, hatte man von mir ein polizeiliches Führungszeugnis verlangt, das ich mit einem Auszug aus der Geburtsurkunde beantragen sollte.

Vater Fabrikant, Mutter wohnhaft beim Ehemann, stand da zu lesen. Wohnhaft beim Ehemann, was waren das für Zeiten gewesen? Meine Mutter hatte noch nicht einmal einen richtigen Beruf erlernt. Jung geheiratet hatte sie, und jung war sie auch gestorben.

Und ich, ich hatte keinen blassen Dunst, was ich in Berlin demnächst einmal machen sollte, wo es die coolsten Secondhand-Klamotten im Kilo zu kaufen gab? Schneidern war hier doch total überflüssig. Mit dieser Lehre war es jetzt wie mit allem anderen, außer dem Autofahren vielleicht. Das bisschen, was ich konnte, nützte mir wenig.

Falk hatte mir angeboten, ich könne nach der Gesellenprüfung bei ihm einziehen. Anstrengend, eine eigene Wohnung wäre mir lieber gewesen, aber das war wohl nicht drin, und die Vorstellung, in der großen Stadt mutterseelenallein in einer Bude zu hausen, erfüllte mich mit der Angst vor Einsamkeit.

Hundertfünfzig Tage vor der Prüfung hatte ich direkt neben die Nähmaschine ein Maßband an die psychedelisch gemusterte Tapete gehängt, von dem ich jeden Morgen einen Zentimeter abschnitt. Jeden Tag ging es zehn kleine Millimeter vorwärts, vorwärts Richtung Berlin.

Meine Chefin war ein Ausbund an Verwahrlosung, das hatte sie mit ihrer Kundschaft gemein. Das lange grauschwarze Haar trug sie wirr auf dem Kopf zusammengeknödelt, ihr fehlte unten ein Schneidezahn, und eine Sicherheitsnadel ersetzte den Knopf am Bund des immer gleichen Rockes. Dennoch verband mich mit ihr eine Art Zauberlehrlingsverhältnis. Eleftheria Prodromidis war eine strenge Meisterin,

herrisch, mürrisch, unberechenbar. Die typischen Anfänger-
fehler hatte sie als Katastrophen ungeheuren Ausmaßes be-
handelt, über die sie lamentierend ihre Hände in die Luft
werfen musste. Schließlich hatte ich mich aber doch noch
einigermaßen gelehrig angestellt. Und seltsam, je mehr ich
ihr Wissen annahm, umso mehr wuchs meine Zuneigung
zu Frau Prodromidis. Eine Liebe, die unerwidert blieb. Wenn
mir die Meisterin die wichtigen Handgriffe zeigte, kam sie
ganz nah an mich heran, legte mir von hinten den Arm um
die Schulter, und ich konnte ihren Schweiß riechen, diesen
Altfrauengeruch aus Talkum und Haarfett, in Kombination
mit einer nach Zitrone duftenden Seife aus dem Drogerie-
markt. Ich sehnte mich so sehr danach, dass meine Lehr-
meisterin mich am Ende doch in ihr Herz schloss, und hätte
mir gewünscht, dass sie mit mir meinen Abschluss gefeiert
hätte, mit Zwei bestanden, und das, ohne auch nur einmal
in die Schulbücher geschaut zu haben, das war doch was. Ich
hatte mir bildhaft vorgestellt, wie Frau Prodromidis den Gesellenbrief und danach mich küsste.

Aber an meinem letzten Arbeitstag war meine Chefin gar
nicht erst im Atelier erschienen. «Zähl das Geld in der Kasse.
Leg den Schlüssel auf den Zuschneidetisch und zieh die Tür
hinter dir zu», hatte sie mir am Telefon befohlen, und damit
war ich in die Freiheit entlassen worden.

Unser Haus fiel nach dem Mittagessen in einen Dornröschenschlaf. Der komatische Tiefschlaf meines Vaters rührte von den ein, zwei Frühstücksbieren her, dem Fernet, dem Wein, den er beim Essen trank, und vielleicht auch von den Pillen, die er gegen etwas nahm, das er innere Unruhe nannte. Müde vom Einkauf, von der Kocherei und dem Abwasch legte sich auch Frau Schmidt für eine Stunde auf die Ausziehcouch in ihrem Zimmer. Tristan, der schon seit morgens um vier auf den Beinen war und jeden Tag Punkt zwölf einen halben Ring Fleischwurst verdrückte, ruhte auf seiner Filzdecke vor dem Fernsehapparat, der auch tagsüber lief, seit es die bunten Sendungen der Privatsender gab. Auf der Weide dösten die Pferde in der Sonne und wehrten schweifwedelnd die Fliegen ab. Schauer, ein Zittern unter dem feuchten Fell ließ die Quälgeister kurz auffliegen und sogleich wieder auf den Tieren landen. Die Viecher waren überall, das ganze Haus war voll von diesem fetten, petrolfarben schimmernden Geschmeiß. An jeder Wand, hinter allen Gardinen summte es. Sogar auf dem Gästeklo lag eine Klatsche parat. Im Verlauf des Jahres wurden sie immer träger, sie verschwanden aber nie ganz. Noch im Januar zappelten die letzten Überlebenden kreiselnd in den Küchengardinen, schleppten sich müde über Tische und Sofas und hatten es immer noch auf Wurstplatten, Marmeladenbrote und bloße Haut abgesehen.

Von meinem Bett aus blinzelte ich im Halbschlaf in den stechend blauen Himmel. Das Haus mit dem braunen Teppichboden in den Schlafzimmern und den Verbundglasfenstern mit ihren Plastikgriffen war mir fremd geworden. Warum war mir die Hässlichkeit von Raufasertapete nie aufgefallen? Die niedrige Zimmerdecke drückte mir aufs Gemüt, wie der Deckel auf den kleinen Clown, wenn man ihn wieder zurück in die Kiste drückte, nachdem er an einer Spirale hervorgepoppt war.

Vor ein paar Tagen hatte ich den Gesellenbrief ausgehändigt bekommen, und damit den Entlassungsschein aus meinem Kinderzimmer. «Wir helfen dir beim Umzug. Am nächsten Wochenende kommen wir.» Das Telefonat mit Falk war schon ein paar Tage her, danach hatte ich nichts mehr von ihm gehört. Seit Neuestem besaß er einen Anrufbeantworter, da sollte man draufsprechen. Und obwohl ich ihn nie erreichen konnte, hatte er jeden Tag seine Ansage geändert. Mal mit Musik und mal ohne, irre kreativ. Vorgestern hatte er nur Hallo gesagt, und nachdem ich drauflosgeredet hatte, tönte es irgendwann: «Sorry, das musst du nach dem Piep leider noch mal alles wiederholen.»

Sehr komisch. Bei meinem letzten Anruf hatte er unsere beiden Namen genannt. «Wir freuen uns, wenn ihr uns eine Nachricht hinterlasst.» Das hatte mich mit einem seltsamen Stolz erfüllt.

Zwei besonders wilde Fliegenexemplare sausten im steilen Sinkflug immer wieder gegen die Fensterscheibe, wie demenzkranke Kamikazeflieger. Tat denen dieses lautstarke Aufprallen nicht weh? Das andere Fenster stand weit offen, aber das ignorierten sie stur.

Die Hunde machten der Mittagsruhe ein Ende. Unversehens begannen sie zu jaulen, krachend gegen das Zwingergitter zu springen und wie wild zu bellen. Abrupt verstummten sie, um kurz darauf erneut loszukläffen. Über mir hörte ich meinen Vater in seinem Schlafzimmer herumtappen und das Fenster öffnen. Bestimmt aus Sorge um seine Rabatten. Seine natürlichen Feinde waren die Rehe und die Kaninchen, die im Sonnenaufgang die Tulpen köpften oder in unbeachteten Momenten Massaker unter den Geranien anrichteten. Ich sprang aus dem Bett, lief den Flur hinunter und schaute über die Terrassenbrüstung in den Garten. Anfang Mai war die Obstblüte vorbei, in dem Beet vor der Reithalle trugen die Pfingstrosen bereits kindskopfgroße Blüten in Babyrosa.

Der englische Rasen rund ums Haus war der ganze Stolz meines Vaters. Jeden Morgen suchte Tristan nach Löwenzahntrieben und ersten Anzeichen von Maulwurfshügeln, die es mit der Schaufel platt zu schlagen galt. Am Nachmittag stellte er Dutzende Rasensprenger auf. Der Rasenmäher, den er im Abendlicht vor sich herschob, immer schön exakt hin und zurück, hinterließ im Gras ebenmäßige Bahnen, wie Streifen in einem Brokatstoff, leicht changierend in Hell und Dunkel.

Und da, mitten auf dem Rasen, lag er. Lang ausgestreckt, bäuchlings in der Sonne. Wie vom Himmel gefallen, lag er da und schlief. Blond, nahtlos bronzebraun und splitterfasernackt.

Am Rand der Rabatten sah ich meinen Vater, der sich in seinen Lederpantoffeln an die Szene heranschlich. Seinerseits nur in weißer Unterwäsche zog er einen weiten Kreis um den Nackten in seinem Garten und ließ ihn dabei nicht aus den Augen.

Dann hatte er sich so weit herangepirscht, dass er direkt vor dem Fremden stand. Der Schatten ließ den Liegenden aufblicken. Zack, schon war Claudius auf den Beinen und streckte meinem Vater die Hand entgegen. Und der schlug ein und hielt sie lange fest. Meine Herren! Zwei Männer und ein Handschlag, ein Bild wie von einem Plattencover. Wish you were here ... Es hätte mich nicht gewundert, wenn mein Vater lichterloh zu brennen angefangen hätte.

Die beiden begannen, aufeinander einzureden und dann gleichzeitig zu lachen. Man schien sich auf Anhieb prächtig zu verstehen. Mein Vater zeigte auf das Haus, und Claudius folgte ihm, immer noch nackt, in Richtung Terrasse. Die Hunde begannen erneut zu kläffen; sie hatten, noch vor mir, das Auto auf dem Waldweg gehört. Der Kies auf dem Boden knirschte, dann wurde gehupt: zwei Mal lang, drei Mal kurz – Ho-Ho Ho-Chi-Minh. Ich lief die Wendeltreppe hinunter und vor der Haustür Falk direkt in die Arme. Auf dem Hof stand, hinter dem verrosteten Mercedes, mit dem Claudius gekommen war, ein gewaltiger Pritschenwagen.

«War gar nicht so einfach, dich zu finden, Mausepuppe», sagte Falk und klopfte sich eine Filterlose aus dem weißen Päckchen mit dem blauen Segelboot. Falk vorm Haus und Claudius nackt im Garten: die Landung der Außerirdischen in der Provinz. Falk schaute sich in unserem Haus um, als wäre er auf einem fremden Stern gelandet. Er grüßte den Eberkopf im Flur und musterte spöttisch lächelnd die Trockenblumen auf den Bauerntruhen wie auch die Vitrinen mit den Reiterpokalen und Zinntellern.

«Mannomann, du wohnst ja hinter den sieben Bergen», sagte er dann. «Ich hab in der Stadt Leute auf der Straße angehalten, aber die kannten die Adresse nicht. Den Kerl an der Tanke habe ich dann gefragt, wo die Rautenbergs wohnen. Der Rautenberg?, hat der mich gefragt, und dann gab es sofort die Wegbeschreibung. Und wie ich sehe, ist auch schon unser Umzugshelfer vor Ort. Dann kann's ja losgehen. Bist du dir auch sicher, dass du die Ranch verlassen willst?» Er fragte sie das mit seinem breiten Lächeln der Überheblichkeit, das ich vom ersten Moment an nicht gemocht hatte. «Es lebt sich bestimmt nicht übel auf der Ponderosa.»

Ich führte Falk durchs Haus und zeigte ihm mein Zimmer, wo er sich umschaute und laut losprustete. Er bekam sich vor Lachen gar nicht mehr ein.

«Was willst du von dem Krempel hier mitnehmen?»

Darüber hatte ich noch gar nicht nachgedacht. Die Porzellanpuppen auf der Fensterbank, die grünen Karl-May-Leinenbände, einen guten Regalmeter, die staubigen Plüschtiere, mit denen nie jemand gekuschelt hatte, und das Kissen mit der Stickerei «Halt's Mündchen, Vater schläft ein Viertelstündchen», das Frau Schmidt mir geschenkt hatte, um mich davon abzuhalten, in der Mittagsruhe auf meinen Clogs durchs Haus zu poltern – sollte ich das alles wegwerfen oder meinem Vater als Andenken lassen? Beides kam mir gleich schäbig vor. Mitnehmen wollte ich aber natürlich meine Anlage, meinen Fernsehapparat und den Videorekorder.

Mein Vater allein in diesem Haus, bei dem Gedanken überrollte mich ein bleischweres schlechtes Gewissen.

«Ich schlag vor, du packst einen Koffer, und damit gut»,
sagte Falk. «Nun schau nicht so traurig, ich mein's doch
nicht böse.»

Unten auf der Terrasse tranken mein Vater und Claudius
inzwischen Bier, der Vater im Anzug, Claudius trug immerhin seine Jeans. Wir setzten uns dazu, doch mein Vater beachtete uns kaum. Gerade erzählte er Claudius angeregt vom
Umbau des alten Bauernhauses, der geradezu sein Lebenswerk geworden war. Die Bauarbeiten im Naturschutzgebiet
hatten damals zehn Jahre gedauert, die Krankheit meiner
Mutter nur zehn Monate. Sie hatte von ihrem Traumhaus
nie mehr als die Baupläne zu sehen bekommen. Meine Mutter erwähnte mein Vater nicht, er sprach von dem «knisternden Händedruck», der beim Bauamt das vorschriftswidrige
Schwimmbad auf dem Grundriss in einen Schweinestall
verwandelt hatte. Beim Reden schaute er Claudius in die
blauen Augen. Manchmal verirrte sich sein Blick auch in
Richtung der merkwürdigen, mit einer Kugelschreibermine
selbst gestochenen Tätowierung auf dem braun gebrannten
Oberarm, einer Jugendsünde aus der Zeit auf der Odenwaldschule, von der Claudius wegen sogenannter harter Drogen
geflogen war. Er wusste selbst nicht mehr, was er sich damals
hatte tätowieren wollen, hatte er mir erzählt. Das Ergebnis
war irgendetwas zwischen einem verdrehten Löwenkopf und
welkem Kopfsalat.

Das Telefon klingelte, und mein Vater eilte ins Wohnzimmer. Das musste Uwe sein, endlich der ersehnte Anruf, denn gleich darauf verabschiedete er sich.

«Der Nackte gefällt mir, den anderen Vogel kannst du vergessen», flüsterte mir mein Vater am nächsten Mittag zu, als wir meine Umzugskartons verladen hatten und zuerst Claudius und nach ihm Falk mit dem Umzugswagen vom Hof rollten. Wir lehnten an der geöffneten Fahrertür meines Golfs. Jetzt konnte es losgehen. Anscheinend hatten wir also den gleichen Männergeschmack, mein Vater und ich. Claudius war hübscher als Falk und um vieles souveräner, das war mir auch schon aufgefallen. Aber genau das war es, was mich auf Abstand hielt. An so eine Perfektion traute ich mich einfach nicht ran.

«Halt dich von dem Typen mit der verschlagenen Visage fern, das ist ein falscher Fuffziger.» Na toll, den Rat hätte ich umgekehrt meinem Vater geben sollen, schon vor Jahren, als Uwe bei uns aufgetaucht war. Mein Vater wandte sich ein wenig ab, wischte sich mit seinem großen weißen Taschentuch über die Augen und putzte sich geräuschvoll die Nase. Mit Tränen hatte ich nicht gerechnet. Mir wurde ganz schwummrig, und ich wollte ihn umarmen, aber er drehte sich weg.

«Ich komm dich ganz oft besuchen», sagte ich. Jetzt war auch mir weinerlich zumute.

«Gib mir mal deinen Schlüsselbund», sagte er. Dann fummelte er eine Weile, bis er den Haustürschlüssel vom Ring abbekommen hatte.

«Was machst du denn da?»

Er drehte sich zu mir um, schaute mich lange an, als wollte er sich einprägen, wie ich aussah. Dann räusperte er sich.

«Ach, Mäuschen, wir zwei haben jetzt die längste Zeit zusammengewohnt. Pass gut auf dich auf und fahr vorsichtig.»

Lecker, Hering, zarte Filets in Tomatencreme.»
Falk warf die längliche Konservendose in den Einkaufswagen.
«Mit Schwarzbrot und Butter schmeckt das gar nicht mal so
übel.»

Wir waren die letzten Kunden in dem kleinen Supermarkt.
Draußen auf der Kantstraße waren keine Passanten mehr
unterwegs, es dämmerte bereits, und nur alle paar Minuten
rauschte ein Auto durch die Pfützen auf dem Asphalt. Unser
Einkaufswagen hatte einen Rechtsdrall, das linke vordere
Rad war durch einen Dreckbatzen aus Staub und Klebeband
blockiert. Falk lehnte sich mit dem Oberkörper auf den Griff
und versuchte, vom Regal mit den Konserven in Richtung
der Kasse zu steuern, hinter der sich eine Frau in weiß-rotem
Kittel kaugummikauend die Fingernägel feilte. Die Kassiere-
rin schaute demonstrativ auf ihre Armbanduhr, während wir
vor dem Spirituosenregal die Preise studierten und mit Kopf-
rechnen beschäftigt waren. «Wird dit heute noch wat? In
zwei Minuten jeht hier dit Licht aus. Legt mal 'nen Zahn zu,
ihr Mickymäuse.»

Es war erst Mitte des Monats, und unser gemeinsamer
Kassensturz ergab gerade mal einen Rest von zehn Mark und
zwanzig Pfennig. «Ich kann dir noch was überweisen», hatte
mein Vater am Telefon angeboten. «Aber das dauert eben ein

paar Tage.» Wir telefonierten jeden Tag miteinander. Wenn er mich nicht erreichte, war das blinkende Licht am Anrufbeantworter die Aufforderung zurückzurufen. Meistens rief er mehrmals hintereinander an, er hinterließ aber nie eine Nachricht. Ab und zu hörte man ihn auf dem Band schwer atmen.

Vor dem Supermarkt war der Nieselregen inzwischen in Hagel übergegangen. Hagel im Frühling. Ob das hier am Kalten Krieg oder an der Nähe zu Moskau lag? Falk hielt die Einkaufstüte über sich, ich zog mir meine Jeansjacke über den Kopf. Das letzte Stück der Bleibtreustraße nahmen wir im Dauerlauf.

Falks kleinen Bruder Veit hatte ich noch nicht kennengelernt. Er wohnte mit ein paar Kumpeln in der ehemaligen Familienwohnung und ging nicht gern vor die Tür, hatte Falk erzählt. In dem dunklen Flur türmte sich unter der Garderobe ein Haufen Halbschuhe, der einen intensiven Geruch von Harzer Roller in Zwiebelmarinade ausströmte. Der Korridor der Altbauwohnung war lang wie eine Kegelbahn, links und rechts lehnten zwischen den hohen Türen Fahrräder an den Wänden. Ich folgte Falk in die Küche. Auf dem Tisch stapelten sich verdreckte Pfannen, Töpfe und Schalen zwischen leeren Bierdosen und Schnapsflaschen. Jemand hatte das Geschirr, das nicht mehr in die Spüle passte, liebevoll vor dem Heizkörper verteilt.

Im hinteren Teil der Wohnung hörte man ein Rascheln. Veit kam verschlafen in die Küche geschlurft.

«Darf ich vorstellen, mein kleines Brüderchen. Von Beruf Schwein», sagte Falk. «Mensch, habt ihr keinen Putzlappen?

Hier sieht's aus wie in einem Männerwohnheim am Vatertag.»

Veit versuchte es mit einem gewinnenden Lächeln. Auf der blassen Haut seiner Wangen glühten rote Flecken, die Augen glänzten. Er sah seinem Bruder so ähnlich wie ein eineiiger, aber sechs Jahre jüngerer Zwilling.

Falk kramte in der Schublade des Küchentischs und förderte drei Haushaltskerzen zutage, dann zogen wir um in Veits Zimmer, dort zündete er die Kerzen an, ließ das heiße Wachs langsam auf das Parkett neben der Matratze tropfen und klebte die Kerzen auf dem Boden fest. Die Fischbrote aßen wir im Liegen, hinterher rauchten die Brüder einen Joint. Veit hatte seit unserer Ankunft noch kein einziges Wort gesagt.

«Nimm's nicht persönlich. Das Brüderchen ist nur dauerbreit, der raucht seine erste Tüte immer schon vorm Frühstück», sagte Falk und strich seinem Bruder über die rosige Wange. Ich hatte keine Lust zu kiffen. Breitsein mit Falk langweilte mich, denn ob ich nun mitkiffte oder nicht, meistens wurde es doch nur öde. Wenn die Jungs stoned waren, passierte nicht mehr viel. Dann lagen wir nur noch rum, und jeder hörte sich selbst beim Reden zu. Das Gefühl, von den anderen durch einen klaren Verstand abgekoppelt zu sein, war aber auch nicht gerade toll. Komm doch mal runter, hieß es, wenn ich Vorschläge zum weiteren Verlauf des Tages machte.

In Veits Videokassetten-Sammlung entdeckte ich Monty Pythons «Das Leben des Brian». Das konnte man doch anschauen. Falk kannte ihn auswendig und sprach die lustigsten Stellen laut mit.

«Durch die Türe links. Jeder nur ein Kreuz!», krähte er und wand sich vor Lachen, Veit feixte nur still. Während des Abspanns – «Always Look on the Bright Side of Life ...» – grinste er selig, rollte sich auf seiner speckigen Bettwäsche zusammen und begann, leise zu schnarchen. Seine bloßen Füße zuckten auf der Steppdecke wie die Pfoten eines jungen Hundes, der im Traum Hasen jagt.

Falk wischte mit einem Stück Brot den letzten Rest der Tomatensoße aus der Konservendose. «Früher hat es das Zeug bei uns alle paar Tage gegeben. Angelika wollte nie kochen, und Werner hat sich über den Dosenfraß nicht beschwert. Als Veit dann eingeschult wurde, hat meine Mutter einen Arbeitsplan an die Küchentür gehängt. Ich bin eure Mutter und nicht die Putzfrau, hat sie gesagt. Von da an hat sie an uns und auch an unseren Vater Aufgaben verteilt. Bad putzen, Staub saugen, Wäsche waschen, den Kater füttern und die Blumen gießen, das volle Programm. Mein Vater arbeitete da schon als Assistenzarzt, und weil er nach oder vor dem Schichtdienst im Krankenhaus zu müde war für den Haushalt, hat er das gegen Bezahlung an uns abgetreten. Fünf Mark für jede Dienstleistung. Ich habe gekocht, Veit ging lieber einkaufen.»

Falk stand auf und holte zwei Flaschen Bier aus der Küche, mit denen wir durch die Wohnung schlenderten. Im Wohnzimmer öffnete er eine alte Kommode, in der sich verblichene Schachteln mit Gesellschaftsspielen stapelten, und zeigte mir ein krummes kleines Holztier. «Schau mal, das habe ich geschnitzt, in der zweiten Klasse.»

Er hielt mir ein Foto hin – seine jungen Eltern in Schlaghosen hinter ihren beiden weißblonden Jungs. Neben ihnen stand jemand als Berliner Bär verkleidet, am Eingang zum Zoo. Die beiden Jungs trugen kurze Hosen und sahen auch damals schon aus wie dasselbe Kind in zwei unterschiedlichen Entwicklungsstufen. Veit mit niedlichem Lächeln, seine braunen Beinchen standen stramm durchgedrückt auf dem Boden. Falk hatte sich bereits die windschiefe Pose des Teenagers zugelegt, Standbein – Spielbein, Hände in den Hosentaschen. Die Nase, die Zähne und seine Füße waren schon ziemlich groß und wirkten wie aus einem anderen Bausatz, wie nachträglich angeschraubt. Wenn ich in den Spiegel schaute, sah ich auch an mir selbst noch so allerhand optische Ungereimtheiten. Ob ich jemals diese knubbelige Kindernase loswürde? In welchem Alter war man eigentlich so was wie fertig? Wir setzten uns auf die Fensterbank. Es hatte aufgehört zu regnen, und das Kopfsteinpflaster glänzte im Schein der Straßenlaternen wie nasse Aale. Falk zog mich zu sich heran.

«Schau mal, von hier oben habe ich meinen Bruder das erste Mal gesehen. Werner ist ohne mich zu Angelika ins Krankenhaus gefahren. Ich war sechs und zum ersten Mal allein in der Wohnung, und ich hatte Schiss, dass meine Eltern mit dem neuen Baby einfach abhauen könnten. Da vorne, neben dem Kino, hat Werner dann unseren Käfer geparkt. Ich stand hier am Fenster und hab gesehen, wie er eine hellblaue Plastikwanne aus dem Auto gehoben hat, in der diese lebendige Babypuppe lag.»

Er schlang seine Arme noch enger um mich, und ich legte meinen Kopf in seinen Schoß.

«Als hier mal renoviert wurde, durften wir mit Fingerfarben die Wände bemalen, bevor die Tapezierer kamen. Ich weiß noch genau, wo ich das rote Wikingerschiff hingemalt habe, da hinten rechts. Neben der Flügeltür zu Werners Arbeitszimmer stand damals Veits Gitterbett. Auf der anderen Zimmerseite, vor dem Kachelofen, hab ich geschlafen, in so 'nem alten Messingbett.»

Ich schloss die Augen und sah die Familie vor mir, die einmal hier in dieser Wohnung gelebt hatte und die es nicht mehr gab.

In unseren ersten gemeinsamen Nächten hatten Falk und ich geredet, bis die Tauben auf dem Dachboden zu gurren begannen, der Verkehrslärm auf der breiten Martin-Luther-Straße wieder einsetzte und der Schein der Straßenlaternen vom blassen Winterlicht abgelöst wurde. Falk hatte vor allem von seiner Familie erzählt, von dem kleinen Bruder, um den er sich nach der Scheidung der Eltern hatte kümmern müssen. Die hatten nicht nur die Möbel in der Wohnung zurückgelassen, sondern auch den Dreizehnjährigen, für den der Vater seither die Miete überwies. Falk wohnte da schon die meiste Zeit bei seiner Freundin Elke.

Mich hatte Falk nie viel gefragt. Zuhören war nicht seine Stärke. Wenn andere etwas erzählten, spürte man seine vorantreibende Ungeduld, als wäre er fortwährend auf der Suche nach einer Lücke, durch die er wieder ins Gespräch drängeln konnte. Es war ihm auch nicht entgangen, dass er auf meinen Vater keinen besonders tollen Eindruck gemacht hatte. Wie sollte ihm das auch entgangen sein, wenn mein Vater anrief und Falk ans Telefon ging, legte er einfach wieder auf.

Falks Erinnerungen führten mich auf direktem Weg zurück auf den Arm meines Vaters. Er hatte mich noch herumgetragen, als ich dafür eigentlich schon zu alt war. Affenliebe hatte die Oma das genannt und den Kopf geschüttelt. Ich konnte ihn riechen, diesen Vatergeruch, das Aroma seiner Wildlederjacke, wahlweise Mundwasser oder Schnapsfahne und den Duft eines ziemlich herben Haarwassers. Seine Tobsuchtsanfälle hatte ich schon beinahe vergessen. Ich erinnerte mich jetzt daran, wie er mir das Reiten, das Pilzesuchen, das Wünschelrutengehen und das Bescheißen beim Doppelkopf beigebracht hatte. Er hatte mir das Gefühl gegeben, seine Vaterliebe wäre für die Ewigkeit. Und bis vor Kurzem hatte ich geglaubt, das Dauerhafteste auf der Welt sei Elternliebe. Jetzt war ich mir da nicht mehr so sicher.

«Ich liebe dich, wie ich noch nie geliebt habe», hatte Falk schon in der ersten Nacht zu mir gesagt. Die großen Worte, die ganz große Oper, das hatte mir gefallen. Aber wirklich von ihm geliebt fühlte ich mich auch Monate später nicht.

In dem großen Berliner Zimmer lag auf einer Kommode eine Weihnachtskarte: ein aquarellierter Engel mit weit geöffneten Armen im Abendrot, darunter in einer runden Handschrift: *Ich denke an meine zwei starken Männer. Lasst euch nicht unterkriegen! Eure A.*

«Wir haben seit Weihnachten nichts mehr von ihr gehört», sagte Falk. «Was eine offene Beziehung ist, hat mir Angelika erklärt, da war ich noch so klein, dass ich mir nicht einmal die Schuhe zubinden konnte. Ich erinnere mich an den Tag, an dem sie ins Gästezimmer zog und uns morgens kein Frühstück mehr machte. Wenn du groß bist, wirst du mich verstehen, hat sie damals gesagt. Aber ganz ehrlich, ich versteh's bis heute nicht.»

Angelika wohnte jetzt auf einem Bauernhof im Wendland, in einer Künstlerkolonie, ihr neuer Freund war Maler. Sie hatte immer schon eine künstlerische Ader gehabt. Ihr erster Liebhaber war der Besitzer der Werkstatt gewesen, in der sie mit dem Töpfern anfing.

«Eines Tages war dann ihr Kleiderschrank leer und die Creme auf der Ablage über dem Waschbecken verschwunden. Den Abschiedsbrief hat sie hinter die Tür der Küchenanrichte geklemmt. Werner hat uns den Brief vorgelesen, dann hat er das Küchenfenster aufgerissen und das selbst getöpferte Zeug in den Hof geschmissen, die ganzen Teller und Schalen. Wir haben dann noch ein paar Jahre zusammen mit unserem Vater gewohnt. Und einmal die Woche kam die Putzfrau.»

«Und deine Mutter, hat die sich denn überhaupt nicht mehr um euch gekümmert?» Ich betrachtete noch einmal die lächelnde Frau auf der Fotografie.

«Meine Mutter ist ein flotter Feger», sagte Falk.

Da war es mir schon lieber, keine Mutter zu haben als einen flotten Feger.

«Wir haben Angelika dann noch in verschiedenen Wohngemeinschaften besucht. Im Sommer nahm sie uns manchmal mit nach Spanien oder auf eine griechische Insel. Da wohnte man plötzlich in einer Kommune mit lauter fremden Leuten.»

«Wie gut, dass wenigstens euer Vater für euch da war.»

«Na ja, zuerst schon. Aber zum zwanzigsten Jahrestag der Revolution ist er dann nach Kuba gefahren. Vorher hat er uns zu den Großeltern gebracht. Und nach dem Urlaub hat er sich dann mit Gabriele eine kleine Wohnung in Wilmersdorf gemietet, in die verschwand er, wenn wir abends schliefen. Er machte gerade ziemlich Karriere im Krankenhaus, und Gabriele war da Schwester auf der Krebsstation. Ich musste morgens die Pausenbrote schmieren, und wenn wir verschlafen hatten, habe ich uns am Kiosk vor dem Schulgelände Mars-Riegel zum Frühstück gekauft.»

Irgendwie musste das alles mit dieser freien Liebe zu tun haben. Auf dem Land wäre das Jugendamt gekommen und hätte kurzen Prozess gemacht, wie mein Vater das nannte.

«Aber ab und zu kommt Werner uns besuchen», sagte Falk und erzählte erkennbar stolz, was für eine Koryphäe sein Vater geworden war, Chefarzt auf der Kinder-Onkologie. Mit der neuen Frau und den zwei kleinen Töchtern wohnte er jetzt in Luzern.

Im dunklen Flur pflückte Falk seine Jacke vom Garderobenhaken. «Komm, lass uns gehen.»

Ich sah, wie er die Taschen der wild übereinanderhängenden Blousons und Mäntel abklopfte. In der Außentasche eines Bundeswehrparkas wurde er fündig, er zog ein krumm gesessenes Portemonnaie heraus und entnahm einen Hundertmarkschein.

«Kriegt das Brüderchen am Montag wieder.»

Wir gingen zurück ins Zimmer und betrachteten noch einmal den schlafenden Veit. Wie er so dalag, musste ich an den Säugling in der blauen Plastikwanne denken. Falk machte die Dose mit dem Dope neben der Matratze auf und schaute hinein. Bis auf einen letzten kleinen dunkelbraunen Krümel war sie leer.

«Noch was, worum ich mich kümmern muss.»

Wohin genau wir fuhren, wenn wir *was besorgten*, verriet Falk mir vorher nie. Wenn es um die Beschaffung der sogenannten Waren ging, tat er so, als sei er James Bond in geheimer Mission der britischen Krone. Rief er den namenlosen Unbekannten an, hörte ich ihn am Telefon so albern codierte Sätze sagen wie: «Ist die Tante da? Ich könnte sie um halb acht zum Bahnhof bringen. Wie viel Eiscreme habt ihr noch?» Manchmal verabredete er sich auch zu einer Renovierung und erkundigte sich nach den vorhandenen Baumaterialien. So richtig pfiffig kam mir das nicht gerade vor, aber die Variationsbreite an Codewörtern war schon erstaunlich. Dabei ging es doch immer nur um das eine, ein paar Gramm Haschisch zu ergattern.

In ganz Berlin würden die Telefonleitungen abgehört, hüben wie drüben, hatte Falk mir mit todernster Miene erklärt. Die Bullen, der Staat – mit dem Überwachungsapparat musste man jederzeit rechnen. Bei jedem Knacken in der Leitung stellte ich mir jetzt eine Armada identischer grauer Männer vor, die in unterirdischen Abhörstationen täglich Abertausende Telefonanrufe belauschten, mit der Maßgabe, Drogengeschäfte im Umfang von Falks Zwei-Gramm-Bestellungen zu verhindern. Ich fragte mich, ob man nicht auch mal was besorgen könnte, das einen ein bisschen *wacher* macht. *Speed*, das hörte sich für mich, mit meiner angeborenen Furcht vor Langeweile, meinem Verlangen nach Tempo, plötzlich ganz verlockend an.

Falk bestand immer darauf, bei diesen Beutezügen meinen «Sekretärinnen-Golf» selber zu fahren, und machte sich dabei die ganze Zeit über die Kiste lustig. Wenn schon VW, dann ging eigentlich nur ein Kübelwagen. Den hatte er mal den Amis abgekauft. Military war anscheinend in. Ich kannte das in Tarnfarben lackierte Trumm nur von Fotos, den Wagen selbst hatte ihm seine Ex abgezockt. Diese Elke war in seinen Erzählungen immer ein ganz schlimmer Finger. Sie hatte ihn um eine Mietkaution beschissen und um eine teure Kamera, von der sie nach der Trennung behauptet hatte, sie wäre ein Geschenk gewesen. Nur komisch, in unserer Bude war Elke immer noch ziemlich präsent, an allen Wänden hingen Fotos von ihr: eine Frau, deutlich älter als ich und mir dabei seltsam ähnlich, in perfekten Modelposen aufgenommen, ein ganzer Reigen aus Set-Cards. Eifersucht war immer noch ein Thema für mich. Vielleicht bat ich ihn gerade deshalb ständig, mir von der Verflossenen zu erzählen. Wenn er dann in Erinnerungen zu schwelgen begann, er als Begleiter bei ihren Shootings in Paris und New York, und wie er manchmal das letzte Flugzeug nahm, um ihr nah zu sein, bereute ich meine Fragerei. Mein Puls beruhigte sich nur, wenn er mir den Gefallen tat, sie wieder einmal als durchtriebenes Miststück zu schildern.

Falk parkte direkt vor der Mauer, die in diesem Winkel der Stadt die gegenüberliegende Häuserzeile ersetzte, und verschwand in einer Toreinfahrt. Während der Westen in grauem Dämmer lag, erstrahlte hinter dem wulstigen Mauerrand der Himmel über Ostberlin im gleißenden Licht der hoch aufschwingenden Lampen. Neulich waren wir im Kino gewesen, «Der Himmel über Berlin», ich hatte den Film nicht verstanden. Falk schwärmte für den Regisseur, keiner könne dem das Wasser reichen. Sein Geniekult ging mir schon leicht auf die Ketten, ständig wurde in salbungsvollem Tonfall von Männern gesprochen, deren Namen ich vorher nie gehört hatte. Wenn er und seine Freunde über Sartre, Iggy Pop, Fellini, Godard und Louis Malle sprachen, klang das oft ein bisschen so, als wäre man mit ihnen verwandt oder zumindest seit Jahren befreundet.

Die traurigen Engel in diesem Berlinfilm waren doch derber Kitsch, oder irrte ich mich? Für meinen Geschmack hätte der Auftritt des heroindünnen Sängers mit dem rabenschwarzen Pomadenhaar viel länger dauern können. Und der alte Schauspieler ging mir nicht aus dem Sinn, sein Umherirren auf der sandigen Brache. «Ich kann den Potsdamer Platz nicht finden.» Bei meinem ersten Ausflug an die Mauer hatte ich auf die Plattform vor dem Brandenburger Tor klettern wollen, was Falk affig fand. Das sei nur was für Westdeutsche. Aber er war dann doch mitgekommen, um mir den Aufbau der Maueranlage zu erklären. Todesstreifen, Peitschenlampen, spanische Reiter und Kettenhunde, eine einzige Sadomaso-Fantasie in Wörtern. Die armen Hunde taten mir leid und mit ihnen all diese Menschen dort drüben, die, nur wenige Meter von uns entfernt, ebenfalls an der Kette lagen. Mein voyeuristischer Blick über den verminten, lebensgefährlichen Grünstreifen hatte mich im Nachhinein peinlich berührt. Falk hatte ja recht, es gehörte sich einfach nicht, hier als freier Mensch nach Ostberlin rüberzustarren wie in ein Gefängnis.

Während ich in Kreuzberg auf ihn wartete, zählte ich die farbigen Osterinselköpfe auf der ganzflächig bemalten Mauer, auf die jemand das Wort «Neuseeland» gesprayt hatte. *Was guckst du so, hast du noch nie eine Mauer gesehen?*, las ich und fühlte mich ertappt. Berlin machte mir Angst, immer noch. Und dabei war ich verliebt, in Falk, aber auch noch in Claudius und in diese abweisende Stadt.

Falk kam in seinem froschgrünen Blouson mit Siegerlächeln wieder herangeschlendert. Der Fischzug war anscheinend erfolgreich gewesen. Im Radio sang David Bowie «Dann sind wir Helden für einen Tag», das H von *Helden* kehlig, als hätte er Kreide verschluckt. Kreidestaub, so was in der Art hatte Falk auch von seinem Hausbesuch mitgebracht. Wieder im Auto streute er das weiße Zeug auf eine Kassettenhülle und schob das Pulver mit der blauen Parkscheibe aus dem Handschuhfach zu einer graden kurzen Linie. Schick, jetzt kam das mit dem zusammengerollten Geldschein. Beim Inhalieren brannte es hoch oben hinter der Nasenwurzel. Pulver in der Nase, das war echt ungut und erinnerte mich daran, wie mir neulich beim Putzen der Staubsaugerbeutel geplatzt war und ich eine Wolke Hausstaub eingeatmet hatte. Staub in der Nase, da gehörte der nicht hin, aber jetzt heiligte der Zweck die Mittel. Was wohl gleich passieren würde? Hoffentlich nichts Unangenehmes. Und bei diesem Gedanken begann ich schon zu bereuen, das Zeug übernommen zu haben. Wir fuhren los.

Es wirkt nicht, es wirkt nicht, bei mir wirkt's bestimmt nicht, dachte ich noch. Dann fiel mir etwas ein, was ich Falk immer schon erzählen wollte. In der *Havanna-Bar* ergatterten wir zwei der beliebten Tresenplätze und tranken Rum, ein Glas nach dem anderen. Interessant, ich wurde gar nicht blau. Außerdem fiel mir ständig was Neues ein, richtig gute Ideen hatte ich. Zu denen hatte Falk merkwürdigerweise nichts zu sagen, er tat nichts anderes, als mit dem Kopf zu nicken, wie ein Automat. Wie war das doch gleich mit meinen Zukunftsplänen? Irgendwas mit Entwicklungshilfe wollte ich machen. Andererseits wäre auch Stewardess ein guter Job, fand ich auf einmal, da kam man rum. Aber erst mal würde ich eine Strickmaschine kaufen und wieder was mit Mode machen, natürlich auf einem anderen Level. Oder doch lieber im Altersheim arbeiten? Helfen war doch sinnvoller, als sich immer nur Gedanken um Äußerlichkeiten zu machen. Mode, so ein überflüssiger Quatsch, bei dem ganzen Leid auf der Welt.

Hinter uns saß eine Frau, die sich ständig räusperte. Die hatte anscheinend 'nen Tick, die sollte dieses scheiß Räuspern mal lassen. Als ich mich entnervt nach ihr umdrehte, murmelte sie: «Mensch, bist du Krankenschwester? Du redest so verdammt viel.»

Auf dem Barhocker hatte die Welt eine angenehme Festigkeit gehabt, die sich sofort auflöste, als ich einen Fuß auf die Erde setzte. Ich sank in den Kneipenboden wie in eine Moorlandschaft. Auf dem Weg nach Hause versuchte Falk, mich zu stützen, aber ich brach auf meinen hohen Absätzen immer wieder ein, driftete wie ein Kreisel aus seinen Armen und musste mich an einer Häuserwand festhalten oder prallte mit ausgestreckten Händen gegen ein parkendes Auto. Da nahm er mich hoch wie ein Bräutigam seine frisch Angetraute, und ich schwebte mit ihm über die Motzstraße nach Hause.

«Danke, danke, ich danke dir so sehr, danke schön ...»

Ich konnte gar nicht aufhören, mich zu bedanken. In voller Montur, noch mit Stiefeln an den Füßen warf Falk mich auf die Matratze.

«Ich kann dir gar nicht sagen, wie dankbar ich dir bin ...»

«Dann halt doch einfach die Klappe», zischte er und haute sich neben mir in Klamotten aufs Ohr.

«Bist du mir böse?»

«Nein, sei nur mal still.»

«Hast du mich noch lieb?»

«Ruhe jetzt, schlaf!»

Das war's. Jetzt war mir alles klar. Er hatte gelogen. Er log sowieso die ganze Zeit. Was machte ich hier eigentlich? Ich wollte sofort nach Hause. Was tat ich nur in dieser todtraurigen Stadt? Hier konnte ich nicht mehr bleiben, hier war alles vorbei, da gab es keinen Zweifel. Ich musste weg, sofort. Wie hatte ich mich so irren können – in Falk, in mir, in Berlin? Das hier war falsch, alles war falsch. Wer war dieser Mensch neben mir überhaupt? Wohnte ich nicht eigentlich mit jemandem zusammen, den ich kaum kannte, mit einem völlig Unbekannten, einem Fremden? Ich war allein. Total allein. Mir war kalt, so kalt, als wäre die Wohnung ein Gefrierfach, und dabei zwitscherten die Vögel längst im warmen Sonnenaufgang vor den geöffneten Fenstern. Die sollten mit ihrem Krach aufhören, die Vögel, all diese schlimmen Geräusche sollten aufhören, das war ja unerträglich. So würde ich niemals einschlafen können. Ich würde überhaupt nie mehr schlafen, da war ich mir sicher. Den Rest meines Lebens würde ich wach sein. Und Angst haben. Wenn ich doch nur alles wieder rückgängig machen könnte, wenn ich doch nur wieder zurückkönnte, schrumpfen, wieder Kind sein, klein, und verschwinden.

Falk hatte mich in der Nacht ausgezogen, ich trug nur noch meine Unterwäsche und war ordentlich zugedeckt. Ein Sommerregen pladderte gegen die Fenster, aus einem Loch in der Regenrinne schoss Wasser, als wäre Schöneberg in die Tropen verlegt worden. Kein Laut in der Wohnung, die Möbel im vollen Tageslicht. Falk musste seine Mittagspause längst hinter sich haben. Ich blieb bewegungslos liegen und wartete auf einen erneuten Angriff der Dämonen. In der Magengegend spürte ich noch ein Nachbeben der nächtlichen Panik. Vorsichtig setzte ich mich auf und trank in großen Schlucken das abgestandene Wasser aus der Plastikflasche neben dem Bett. Mein Mund blieb trocken, die Zunge rau. Die Verzweiflung war verschwunden, nicht aber die nebelige Gefühlskälte. Von Entwarnung konnte also keine Rede sein. Die Furcht ließ sich nicht abschütteln, sie war mir bis ins Bett gefolgt. Und gleich würde sie mit mir aufstehen, sich gemeinsam mit mir anziehen und mich begleiten, wohin auch immer. Hatte ich vielleicht etwas Wichtiges vergessen? War etwa vor ein paar Stunden etwas Endgültiges passiert? Ich konnte mich noch genau daran erinnern, was in der Bar und auf dem Heimweg passiert war. Ein Filmriss wäre mir lieber gewesen. Ich hatte

Falk in der Bar vollgequatscht, in meinem Rausch. Okay, er war nicht nett zu mir gewesen, aber ich hatte ihn ja auch echt genervt. Doch das allein war's nicht. Irgendetwas war kaputtgegangen gestern, und jetzt musste ich nach den Scherben suchen, um herauszufinden, was.

Ich rappelte mich auf und kam unsicher auf die Beine. Kopfschmerzen vom Alkohol waren nichts Ungewohntes. Seit ich in Berlin war, trank ich zu viel, beinah täglich, so viel, dass der nächste Tag nur mit ein oder zwei Aspirin zu bewältigen war, wenn überhaupt. Ich stolperte auf das Nachttischchen zu, wo der blaue Lichtpunkt am Anrufbeantworter im Stakkato blinkte. Ein Anruf von meinem Vater und wieder keine Nachricht? Drei Anrufe nach Mitternacht, alle direkt hintereinander. Die erste Aufnahme, das Übliche: dieses schwere Atmen, bis der Hörer unvermittelt aufgelegt wurde. Beim zweiten unterbrach ein leises Gurgeln die tiefen Atemzüge. Beim dritten war es lange still, dann hörte ich ein Schniefen und, kurz bevor sich das Band von selbst abstellte, noch einmal ein Schluchzen. Keine Frage, mein Vater weinte.

Ich tippte hektisch die Telefonnummer ein. Ließ es minutenlang läuten, geh dran, geh jetzt dran, bis ein Knacken in der Leitung den Anruf automatisch beendete.

Verschwinden, das wär's jetzt gewesen. Einfach mal eine Weile weg sein, nach dieser Horrornacht. Zu dumm nur, dass man sich selbst immer mitnahm, wohin man auch ging. Man hatte sich im Nacken, auch dann noch, wenn man in Ruhe gelassen werden wollte, vor allem von sich selbst. Einfach mal kurz anhalten, dieses Leben, die Stopptaste drücken und ganz entspannt wieder zusteigen, wenn sich der ganze Mist verzogen hatte. War doch so, der Kram, der einen heute total verrückt und hibbelig machte, verschwand mit der Zeit oft ganz von allein.

Falk hatte mir neulich von einer Großtante erzählt, die sich in jedem Winter einer Schlafkur unterzog. In einem Sanatorium verabreichten Ärzte ihr Mittel, die sie für einen ganzen Monat in einen Dauerschlaf versetzten. Diese Tante Rosa hatte die Auszeit immer sehr genossen. Sie tat aber auch in den restlichen elf Monaten weiter nichts, als auf einem Diwan zu liegen und Erfrischungsstäbchen zu lutschen. Beneidenswert, so ein Leben, das wäre auch was für mich gewesen, perspektivisch. Bis dahin galt es aber noch einige Jahrzehnte zu überbrücken. Wenn nur dieses Gefühl von Sinnlosigkeit nicht gewesen wäre.

Zu Hause hatten mich die Bekannten meines Vaters gefragt, was ich denn da so vorhätte in dem großen Berlin. Was ich mal werden wolle, beruflich und so. Schneiderin, das könne es doch auf Dauer nicht sein. Was war denn aus denen selbst geworden, aus diesen Onkels und Tanten? Ihr Dasein kam mir nicht sonderlich erstrebenswert vor. Malochen, Geld scheffeln und saufen, sollte das alles gewesen sein? Einfach in den Tag hineinleben, ganz ohne Arbeit, war aber auch in Berlin langfristig gesehen keine Alternative. Woher nur diese verfluchte Mattigkeit kam?

Gerade erst war die Sonne durch die Wolken gebrochen und hatte das kahle Schlafzimmer mit ihren Strahlen erfüllt, da hatte sich die Welt auch schon wieder aus dem Licht gedreht, und die Wohnung lag aufs Neue im Schatten. Wie spät war es eigentlich? Um diese Uhrzeit hätte ich bis vor Kurzem Feierabend gehabt. Tagelang nur im Bett liegen, ausschlafen, solange ich wollte, einfach mal nichts tun, das war während der ganzen Lehrzeit mein Traum gewesen. Dass Schlaf einen noch müder machen konnte als Arbeit, war eine überraschende Erkenntnis, zu der mir nichts anderes einfiel, als mich noch einmal umzudrehen oder meinen Fernseher anzuschalten, den ich ans Fußende unseres Bettes gestellt hatte. Aber tagsüber im Bett fernsehen machte auch nicht gerade Laune. Die schunkelnden Volksmusiker auf dem grünen Rasen des «Fernsehgartens» taugten immerhin als Beweis dafür, dass die Menschheit doch noch nicht über Nacht durch einen Atombombenschlag ausgerottet worden war. Nachrichten waren immer gut, von denen konnte ich gar nicht genug bekommen. Der Sprecher im taubenblauen Asbestanzug, der durch sein eckiges Kassengestell hindurch die Notizen vom Tage von den raschelnden Notizblättern ablas, war geradezu das Inbild des perfekten Spießers. Männer wie er waren in freier Wildbahn, in Gestalt gnadenloser Busfahrer oder abgründiger Physiklehrer, immer mein natürlicher Feind gewesen, außerdem sah er dem Pfarrer unserer Gemeinde so ähnlich wie ein eineiiger Zwilling. Tatsächlich aber beruhigte mich sein zuverlässiges Erscheinen zur immer gleichen Stunde, sein emotionsloses Auftreten und die unwandelbare Vortragsweise. Der Zustand der Welt, das Wettrüsten, die Atomgefahr, der saure Regen ließen das eigene Chaos immerhin zu einem erträglichen, relativ überschaubaren Schlamassel schrumpfen. Allerdings schaltete ich meist den Ton ab, wenn der Nachrichtenmann von Kriegsschauplätzen und Naturkatastrophen berichtete, um nicht noch schlechter drauf zu kommen. Das restliche Programm bestand im Wesentlichen aus Wiederholungen, die ich entweder am Vorabend oder längst schon gesehen hatte, in einem früheren Leben. Die Fernbedienung war verschwunden, und als ich das Ding endlich in der sandigen Ritze zwischen Matratze und Lattenrost fand, waren die Batterien schon wieder leer. Im Ersten sang eine Opernsängerin mit grünlicher Betonfrisur vor lila Tapete, und RTL blieb immer so unscharfkrisselig, dass von den Straßen von San Francisco nur die Titelmusik blieb, und selbst die rauschte.

Ich hatte einfach keinen Plan. Das Allerdümmste war, dass alle anderen inzwischen immerzu etwas vorhatten. Falk arbeitete in einem Fotofachgeschäft am Ku'damm. Sein Chef, Herr Wild, hatte ihn richtig ins Herz geschlossen. Er hatte den Job noch gar nicht so lange, aber schon nach wenigen Wochen durfte er vorn am Verkaufstresen in der ersten Reihe arbeiten, zusammen mit den altgedienten Verkäufern. Erst neulich hatte ich ihn bei Ladenschluss abholen wollen und durch die Schaufensterscheibe beobachtet, wie er eine ältere Dame bezirzte. Abends spielte er mir stundenlang vor, wie er die alten Schachteln einseifte. «Aber gnädige Frau …» Wie er ihnen immer noch irgendein neues Zubehör zum Geburtstagsgeschenk für den Neffen aufschwatzte und sie zur Tür begleitete, wo er die Wilmersdorfer Witwen dann mit Handkuss verabschiedete.

Von dem Bonus, den ihm der Chef am Monatsende zusteckte, immerhin hundert Mark, hatte er mich ins Hotelrestaurant Schweizerhof eingeladen, ein Abend mit flambierter Hummersuppe und Weinbrand zum Nachtisch. Kurz darauf hatte er mir eine kleine Leica geschenkt und mich aufgefordert, Stadtspaziergänge zu machen. Ich sollte einfach nur alles fotografieren, was mir neu und interessant vorkam. Auf der Flurkommode lagen immer ausreichend Filme herum, die er sofort im Geschäft entwickeln lassen konnte. «Du hast echt ein gutes Auge», lobte er mich, als er mir wieder mal eine der Papiertaschen mit Abzügen überreichte. Eine Straßenszene, in der zwei kleine Mädchen in Ballettröckchen auf dem Bordstein saßen und einen römischen Kampfhund, einen Mastino, groß wie ein Pony, mit Currywurststücken fütterten. Das Foto hatte er mit Heftzwecken über die Hi-Fi-Anlage gepinnt.

Die kleinen Primaballerinas waren aber auch echt niedlich. Genau so ein rosa Ballettdress hatte ich auch mal gehabt und so dünne Beine und vielleicht genau dieselben staunenden Kulleraugen. Wie lieb die Mädchen auf dem Bild sich um den Hund an der Straße kümmerten! Das musste schön sein, jemanden zu haben, der bei einem war, einen brauchte. Wo bloß die garstige Katze abgeblieben war, Dörte Becker? Wohl beim Umzug abhandengekommen, meinte Falk, durch die offene Wohnungstür entwischt, während wir die Kisten hochgeschleppt hatten. Vielleicht sollten wir uns im Tierheim Lankwitz mal nach einem Hund umschauen. Im Radio hatten sie da neulich eine Sendung gebracht. Das Asyl war hoffnungslos überfüllt, schwer vermittelbare Hunde wurden spätestens nach drei Monaten eingeschläfert. Die armen Tiere. Falk hatte die Idee mit dem Hund gleich gefallen. Groß sollte er sein und am besten schwarz. Und Nero oder Brutus sollte er heißen. Ich war eher für was Harmloses, vielleicht Felix?

Noch einmal wählte ich die Nummer meines Vaters und ließ es wieder minutenlang klingeln, dann machte ich mich auf den Weg ins Bad. Eines Tages wollte ich Kinder haben, warum eigentlich noch lange warten? Daran, die Pille zu nehmen, dachte ich sowieso nur alle paar Tage. Vor dem Badezimmerspiegel drehte ich mich ins Profil und streckte den Bauch heraus. Kinder mit jungen Eltern hatten es doch eigentlich ganz gut, die waren nicht so spießig und langweilig und konnten sich noch gut daran erinnern, wie es war, selber klein gewesen zu sein. Und Zeit hatte ich mehr als genug, selbst wenn Falk den ganzen Tag in diesem Fotoladen stand. Mit einem Kind würden wir nicht mehr ausgehen, zu Hause bleiben, und das Geld, das er als Verkäufer verdiente, würde dann schon irgendwie reichen. Was brauchte denn so ein Baby schon groß? Pampers und ein paar Hipp-Gläschen.

Mein Abitur konnte ich dann immer noch auf der Abendschule nachmachen. Das Einzige, was dagegen sprach, war, dass ich an den Abenden plötzlich keine Langweile mehr hatte. Nein, auf das Nachtleben wollte ich nicht verzichten, eher schon auf das Leben bei Tag.

Während ich im Bad umherging, klebten die Fliesen unter meinen Füßen. Grey Flannel, Falks Rasierwasser, steckte in einem kleinen Stoffbeutel, der perfekt mit der dichten Staubschicht auf allen Flächen harmonierte. Das mit dem Putzen bekam ich nicht hin; ich wusste einfach nicht, wie das ging. Beim letzten größer angelegten Versuch, für Sauberkeit zu sorgen, hatte ich den Schmutz mit dem Schrubber auf dem Boden eher verteilt als entfernt. Und in der Küche die Kapitulation vor dem Bratfett. Das überzog sogar die Wände, am Herd war es zu dunkelbraunen Schlieren karamellisiert. Solchem Dreck war noch nicht einmal mit Chlorreiniger beizukommen. In der Kloschüssel hatte ich damit immerhin einen echten Erfolg erzielt. Die konzentrischen Jahresringe aus Urinstein hatten sich rückstandslos entfernen lassen. Dieses verdammte Putzen, wie furchtbar deprimierend das war. Nichts, was man eben aufgeräumt hatte, blieb länger als einen Tag an seinem Platz. Wenn Falk sich am Abend in der Wohnung ausbreitete und aufwendig kochte, war die ganze harte Arbeit dahin. Ihm fiel gar nicht auf, wie ich mich in seiner Abwesenheit abgemüht hatte.

Wie Frau Schmidt das zu Hause nur machte? Wenn sie nicht gerade am Herd stand, putzte sie den ganzen Tag, wie auch die meisten Mütter meiner Schulkameraden. Was für ein Leben. Immer im vollen Einsatz für die Aprilfrische, mit dem Ergebnis porentiefer Reinheit, in der man sich ein paar Stunden spiegeln konnte.

Als ich mich vorbeugte, um mit ein paar Blättern Klopapier den Sprühregen der Zahnpasta vom Spiegel zu wischen, klickerten in meinem Kopf Billardkugeln aneinander, Alkohol und Amphetamine. Was dafür sprach, sich noch einmal still hinzulegen. Was hatte ich schon zu befürchten? Einen weiteren verschlafenen Tag. Meine Armbanduhr war stehen geblieben und die Uhr am Videorekorder zeigte seit Wochen zehn vor zwölf. Ich wählte die 01 191 und hörte die sachliche Frauenstimme der Zeitansage.

«Beim nächsten Ton ist es 15 Uhr, 21 Minuten und 10 Sekunden.» Piep.

Bis Falk nach Hause kam, mussten noch mindestens vier Stunden totgeschlagen werden. Hoffentlich war er mir nicht mehr böse. Ob ich mal bei Lutz in Duisburg anrufen sollte? Wenn ich an Lutz dachte, hatte ich sofort wieder seine Stimme im Ohr. Den schleppenden Ton, mit dem sie im tiefen Ruhrgebiet redeten, diesen unaufgeregten Sound, als bekäme man mit einem Bierchen und einem Bütterchen alle Probleme in den Griff. Die Nummer wusste ich noch auswendig. Er ging sofort ran. Und ich legte auf. Ach, es hatte doch alles keinen Sinn. Worüber sollten wir auch reden?

Vor ein paar Tagen hatte ich auch mal Falks Ex angerufen, diese Elke, einfach nur so. Ihre Nummer stand im Telefonbuch. Ich wollte die Ehemalige mal was fragen. Wie die Zeit mit Falk denn so gewesen war und warum sie sich von ihm getrennt hatte. Oder hatte er sie verlassen? *Auseinandergelebt*, hatte Falk gesagt, das konnte ja vieles bedeuten. Sie hatte sich mit ihrem schönen Nachnamen gemeldet, Rosenfeld, angenehm dunkle Stimme. Wer weiß, vielleicht hätte man mit dieser Frau ja mal reden können. Aber mich hatte der Mut verlassen. Nicht auszudenken, was los gewesen wäre, wenn Falk von dem Anruf Wind bekommen hätte.

«Ich muss mich auf dich verlassen können.» Den Satz bekam ich jeden Tag von ihm zu hören, mehrmals. Was meinte er damit eigentlich?

Und was war bloß zu Hause bei meinem Vater los? Warum ging keiner ans Telefon? Die Schmidt musste doch da sein, und wenn sie gerade einkaufen war, stellte sie das Telefon zu Tristan in die Reithalle um. Hoffentlich war nichts passiert. Vielleicht ließ sich dieses unangenehm flirrende Gefühl, mit dem ich erwacht war, mit einer Art Vorsehung erklären. Vielleicht hatte ich auch so eine übersinnliche Begabung wie Claudius? Der hatte behauptet, er habe neulich den Verkehrsunfall vorausgesehen. Eine Minute, bevor der Fußgänger auf seiner Kühlerhaube landete, habe er die Szene wie eine Filmsequenz vor Augen gehabt. Das zweite Gesicht nannte er das. Eine ganze Nacht lang hatten wir wie wild diskutiert. Ich ging davon aus, dass mein Leben zufällige Abzweigungen nahm, willkürlich meinen Launen folgte oder umgekehrt, mein Handeln sich aus dem Angebot an Möglichkeiten ergab. Claudius dagegen glaubte an die Sterne und an das Schicksal, an einen vorbestimmten Weg. Was für eine fürchterliche Vorstellung. Das hieße ja, alles Mühen und Streben wäre umsonst. Dann konnte ich ja gleich liegen bleiben.

Ich rief noch einmal zu Hause an und zählte die Klingeltöne. Und siehe da, beim achten ging Tristan an den Apparat. Er klagte über Zahnschmerzen und nuschelte so sehr, dass ich ihn kaum verstand.

«Warst du denn beim Zahnarzt?»

«Da kriegen mich keine zehn Pferde hin.»

«Gib nicht so an, du hast doch nur noch zwei im Stall.»

«Ich stell dich jetzt mal wieder zurück ins Haus», sagte Tristan kurz angebunden. Er schien wirklich schlimme Schmerzen zu haben, denn eigentlich hielt er am Telefon immer ganz gern ein Pläuschchen.

Jetzt war mein Vater sofort am Apparat. «Was verschafft mir die Ehre?» Seine Stimme klang rau, als hätte er den ganzen Tag noch kein Wort geredet.

«Ich mach mir Sorgen.»

«Na, da sind wir ja schon zwei.»

«Jetzt lass das doch mal. Sag mal ehrlich, was ist denn los bei euch? Ich bekomme dich seit Stunden nicht ans Telefon.»

«Heute stand es in der Zeitung. Aus der Firma wird jetzt was Neues gemacht. Consulting nennen die das. Ich weiß gar nicht, was das sein soll. Ach, sollen sie doch machen, was sie wollen, auf mich hört sowieso keiner. Dabei habe ich doch alles getan, was möglich war. Aber gegen die Japaner sind wir machtlos. Die haben einfach immer billiger produziert, und bei uns ist alles ständig teurer geworden. Erklär das mal den Leuten. Und bei euch im Osten braut sich auch was zusammen. Warst du denn inzwischen mal drüben, in der Zone?»

«Ich? Nee, was soll ich denn da?»

«Die Welt ist komplett durcheinander. Es gibt keine Sicherheit mehr, nirgends. Und ich weiß nicht, wer daran die Schuld trägt. Also, ich zumindest nicht. Oder vielleicht doch? Ich kann nicht mehr schlafen, weil ich mich frage, ob ich irgendwas hätte anders machen sollen. Ach, ich weiß es doch auch nicht. Jetzt heißt es, man hätte wissen können, dass die Großen aus Übersee irgendwann die kleinen Klitschen schlucken. Habe ich aber nicht, und wenn ich ehrlich bin, kapier ich auch nicht, wie das alles gekommen ist. Nur gut, dass dein Großvater nicht mehr mitbekommen muss, wie sein Lebenswerk in kürzester Zeit den Bach runtergeht.»

«An dir wird's nicht gelegen haben. Immerhin hast du den Laden über vierzig Jahre doch ganz super geschmissen.»

«Das Ende der Firma Rautenberg ist erst der Anfang der Pleiten. Der alte Overkamp muss die Mähdrescherproduktion dichtmachen, und die Galvanikfabrik vom Assbeck ist pleite. Das geht jetzt immer so weiter, und irgendwann ist es mit dem ganzen Mittelstand vorbei. Aber dann bin ich nicht mehr da.»

«Wo bist du denn dann?»

Keine Antwort.

«Und was hat das jetzt mit unserem Telefon zu tun?»

«Ich dachte, dass sie jetzt alle anrufen, um zu hören, wie es weitergeht. Da hab ich den Stecker gezogen.»

«Reg dich doch nicht immer so auf. Das ist Gift für dich.»

«Du hast gut reden.»

Einer der Giftstoffe war Uwe. Aber das Fass wollte ich jetzt nicht auch aufmachen. Vielleicht war es gut, dass er jemanden hatte, der sich irgendwie um ihn kümmerte, wie lieblos auch immer. Alles war besser als das Alleinsein. Ob die Angst vorm Alleinsein vererbt werden konnte? Kaum etwas versetzte mich so in Panik wie die Vorstellung, Falk könnte mich verlassen.

Seit meinem Einzug bei ihm hatte der Alltag alles ganz schön verändert. Das heißt, so richtig schön war es eigentlich nicht mehr. Falk interessierte sich für alles Mögliche, nur immer weniger für mich. Er erzählte immerzu nur Geschichten. Seit Neuestem war ein eigenes Fotogeschäft, mit dem er Herrn Wild Konkurrenz machen wollte, das große Thema.

Der Kerl ist unecht, das waren die Worte meines Vaters gewesen. In Gedanken stolperte ich jeden Tag mehrmals über seine Diagnose, falscher Fuffziger. Was sollte ich denn tun? Meine Angst vor der Einsamkeit hatte sich in der Großstadt noch verstärkt.

«Und was gibt es sonst so Neues in der alten Heimat?» Viele Themen hatten wir nicht gerade.

«Wie singt dieser komische Holländer noch: Wann wird's mal endlich wieder Sommer? Also wirklich.»

Die Pferde konnten nicht auf die Weide in dem Dauerregen, klagte er, und im Wald sei es so matschig, dass man ohne Gummistiefel überhaupt nicht vor die Tür gehen könne. Ich versuchte, das Gespräch in Gang zu halten, aber es war nicht zu überhören, dass er keine Lust zu reden hatte. Er hätte sich ruhig mal erkundigen können, womit ich meine Zeit so verbrachte, und mich nach meinen Plänen fragen. Es wäre auch okay gewesen, wenn er mich aufgefordert hätte, mir endlich einen Job oder einen Schulplatz zu suchen. Doch er fragte nie etwas und stellte auch keine Forderungen.

«So, dann wünsche ich dir noch einen erfolgreichen Tag», sagte er.

Aber mir fiel jetzt ein, was ich ihn schon seit Längerem hatte fragen wollen.

«Weißt du eigentlich, um welche Uhrzeit ich geboren bin?»

«Also, du kannst Fragen stellen. Du bist am 2. Januar geboren, das weiß ich noch ...»

«Am 4.»

«Sag ich ja.»

«Aber um welche Uhrzeit?»

«Hm, ich war in der Firma, danach bin ich Reiten gegangen. Irgendwann riefen die aus der Frauenklinik an, und als ich zu deiner Mutter gefahren bin, war es dunkel. Das muss dann wohl am Abend gewesen sein. Oder in der Nacht. Oder morgens, im Februar wird es ja erst spät hell.»

«Im Januar sogar noch etwas später.»

«Januar, Februar ... Das ist alles lange her. Warum fragst du?»

«Nur so. Sag mal, soll ich dich mal besuchen kommen?»

Ich hätte mich jetzt gern ins Auto gesetzt. Sosehr ich mich selbst darüber wunderte: Mein Vater fehlte mir fast so sehr wie die langen Autobahnfahrten. Manchmal drehte ich einfach so eine Runde über die Berliner Stadtautobahn, von Tempelhof nach Wedding und zurück. Ein Geschwindigkeitsrausch stellte sich dabei aber nicht ein, immer war auf dem Ring irgendwo eine Baustelle.

«Ach, Mäuschen, was willst du denn hier?»

«Vielleicht könnten wir zusammen was Schönes unternehmen.»

«Du unternimm mal lieber was Schönes da, wo du bist. Du weißt ja, man muss immer was vorhaben. Ich fahr morgen mit Uwe ins Sauerland. Das heißt, so war das ausgemacht, aber seit ein paar Tagen habe ich nichts von ihm gehört.»

«Der kommt schon wieder. Tut er doch immer.»

«Hoffen wir's.»

Ein feiner Freund. Warum konnte der nicht einfach in der Versenkung verschwinden?

«Na gut. Dann pass schön auf dich auf», sagte mein Vater. Da hörte ich das Quietschen der Haustür und Hundepfoten, die über die Fliesen im Wohnzimmer kratzten.

«Wo bleibst du denn?», brüllte Uwe im Hintergrund. «Ich warte hier draußen schon seit einer Ewigkeit.»

«Na, wer sagt's denn? Da ist er ja.»

«Dann leg ich jetzt mal lieber auf.»

Ein Klacken, dann der Dauerton. Ich ließ mich an der Wand hinabgleiten, hielt noch eine Weile den summenden Hörer in der Hand und versuchte ein bisschen zu weinen. Doch anscheinend hatte ich alle Tränen bereits in der Nacht vergossen. Die Traurigkeit war jetzt eher eine Taubheit und eigentlich noch schwerer erträglich als die nächtliche Verzweiflung.

Mein Zuhause, das würde wohl für immer dieses Spukhaus im Wald sein. Das Haus, in dem ich mich schon lange nicht mehr heimisch gefühlt hatte. Hier in der Motzstraße tat ich es leider auch nicht, hier war es so anheimelnd wie auf einem Rangierbahnhof. Vielleicht lag es an den Dimensionen der Wohnung, vier Meter hohe Wände, ein Wohnzimmer von sechzig Quadratmetern. Mir graute es schon vor dem Winter, wenn diese Hallen mit den zwei braunen Kohleöfen beheizt werden mussten. Ich sehnte mich nach einem Rückzugsort; am liebsten hätte ich mich in einen gemütlichen dunklen Sarg gelegt, wie ein Vampir.

Über der Sofalehne hingen noch Falks Klamotten, die er in der Nacht dort hingeworfen hatte. Er hatte recht gehabt, die Kisten mit meinen Siebensachen hätte ich genauso gut zu Hause stehen lassen können. Meine selbst geschneiderten Kleider kamen mir hier in Berlin nur noch kurios vor. Ich griff mir Falks Hemd, stieg in seine Jeans und zog den Hosenbund mit dem Gürtel zusammen, dann nahm ich den Schlüssel vom Haken im Flur und knallte die Haustür hinter mir zu. Im Laufschritt polterte ich durch das Treppenhaus, wo mir Hans auf dem letzten Absatz entgegenkam. Wenn ich nachmittags die Wohnung verließ, stand unser Hausjunkie immer bibbernd vor irgendeiner Wohnungstüre herum. Er sprach betont leise, langsam und mit einem butterweichen schwäbischen Akzent. Wenn man ihn erst einmal an der Backe hatte, bekam man ihn so leicht nicht mehr los.

«He, wart doch mal kurz, hoscht du einen Moment ...»

Ich tat so, als hätte ich ihn nicht gehört. Nicht nett, aber ging nicht anders. Ein Gespräch mit ihm hätte mich jetzt so zu Staub zerfallen lassen wie Nosferatu der Anblick eines Kreuzes. Hans hauste auf dem Dachboden, direkt über uns, zwischen Falks letztem Wintervorrat an Holzkohlebriketts. Dort hinterließ er mehr Dreck als die ganze Armada der Stadttauben. Falk unterhielt sich manchmal mit ihm, ganz kumpelhaft, wie mit einem alten Freund. Wenn er selbst gerade etwas Geld übrig hatte, steckte er ihm auch mal einen

Zehner zu, mit einer gönnerhaften Geste, für die ich mich immer schämte. Der Junge war nicht unsympathisch, so ungefähr in Falks Alter, es fiel mir schwer, ihn anzuschauen. Die hohlen Wangen, diese tief liegenden Augen, die ganze klapperdürre Gestalt; wie konnte man nur so abstürzen? Aber eins musste man Hans lassen, er hatte für einen Rauschgiftsüchtigen einen geradezu beamtenhaft geregelten Tagesablauf. Im Morgengrauen verließ er das Haus und war meist am frühen Nachmittag schon wieder zurück. Am Abend verschwand er noch einmal und besorgte sich den Stoff, den er für die Nacht brauchte. Ab zehn war die Haustüre unten verschlossen. Wer keinen Durchsteckschlüssel besaß, der kam bis zum Morgen nicht mehr herein und nicht heraus. Der Schlüssel hatte zwei Bärte, an jedem Ende einen. Wenn man mit ihm aufschloss, ließ er sich nur herausziehen, indem man ihn durch das Schloss hindurchsteckte und auf der anderen Seite nach dem Zuschließen herauszog. Wer nachts bei uns noch zu Besuch vorbeikam, musste sich telefonisch melden, ein Klingelbrett gab es unten nicht. Dann beugte sich Falk über die Fensterbank und warf dem späten Gast den Schlüssel, in ein Paar Wollsocken eingewickelt, auf die Straße. Um die Zeit hörte man Hans immer schon auf dem Dachboden husten.

Ich hatte keine Ahnung, wohin ich fahren wollte, und auch nur einen blassen Schimmer, wo Falk am Abend zuvor meinen Golf geparkt hatte. Irgendwo in der Nähe der Havanna-Bar musste er stehen. Eine gute halbe Stunde lief ich um die Bar herum, bis ich das Auto endlich auf dem Bürgersteig entdeckte. Falk hatte es vor einem Baum geparkt, quer vor einer Einfahrt. An der Windschutzscheibe klebte schon ein regendurchweichter Strafzettel. Ich stieg ein. Der stechende Geruch der Politur, mit der den schwarzen Plastikelementen beim Verkauf Glanz aufgesprüht worden war, hing immer noch in der Luft. Chemische Aromen von Polyester und Benzin mischten sich mit dem Gestank der kalten Kippen in dem überquellenden Aschenbecher. Als Beifahrerin wäre mir kotzübel geworden, für die Fahrzeughalterin war es der Duft der Freiheit. Hinterm Lenkrad ging es mir sofort besser. In einer Blechkiste mit Gummireifen, die sogar Blitze ableiten konnte, war man in Sicherheit. Ich drehte den Zündschlüssel, sofort sprang der Kassettenrekorder an, eine samtweiche Männerstimme, Suzanne.

Leonard Cohens Song von der Wunderfrau, die einen mit Tee und Orangen fütterte, lullte mich ein wie ein Wiegenlied. «Hör nicht immer die gleichen Lieder», hatte Falk mich gewarnt. «Du hörst sie dir sonst leer. Alben sind Gesamtkunstwerke, die muss man als Ganzes hören.» Immer wusste Falk, was ich tun und was ich lassen sollte.

Ich schloss die Augen und wünschte mir einen Freund, der mit mir verreisen würde. Blindlings, weil er meinen perfekten Körper mit seinem Geist berührt hatte, wie es in dem Lied hieß. Schöne Idee. Hände hätten mir auch schon gereicht. Wann hatte mich Falk eigentlich das letzte Mal angefasst?

Reggae dröhnte durch die Haustür bis ins Treppenhaus. Die Türklingel drang da nicht durch, denn es dauerte ziemlich lange, bis Claudius mir öffnete, in Boxershorts, mit verstrubbelten Haaren.

«Mensch, du bist's. Was machst du denn hier? Du siehst ja aus wie ausgekotzt. Komm rein.»

Er nahm meinen Kopf in beide Hände und gab mir einen entschlossenen Kuss. Es war genau die richtige Entscheidung gewesen, nach einer kleinen Stadtrundfahrt zu Claudius zu fahren. Wie ein ins Trudeln geratenes Segelflugzeug kreiselte er durch den Flur vor mir her. Reggae passte rätselhafterweise ganz prima zu Claudius, er konnte sogar dazu tanzen.

«Mir geht's nicht so gut, kannst du das vielleicht etwas leiser drehen?»

«Hab schon gehört. Ist wohl eine lange Nacht gewesen. Vielleicht solltest du erst mal ein bisschen schlafen. Oh, nein, bitte nicht weinen. Es wird alles gut. Leg dich aufs Sofa, ich bring dir eine Decke.»

Sein Trost löste einen inneren Krampf, der den Nervenzusammenbruch bisher gerade noch zurückgehalten hatte. Mir liefen die Tränen über die Wangen wie einem bockigen Kleinkind, und auch meine Stimme hatte plötzlich das trotzige Timbre einer Vierjährigen.

«Ich weiß nicht, was los ist, ich kann nicht mehr. Ich hab so eine Angst und keine Ahnung, wovor. Ich habe das Gefühl, als ob gleich was Schlimmes passieren würde.»

Claudius hob die Nadel vom Plattenteller.

«Jetzt nimmst du erst mal eine Mütze Schlaf, dann sieht die Welt schon wieder ganz anders aus. Versprochen.»

Er verschwand im hinteren Teil seiner Wohnung, die mindestens doppelt so groß war wie unsere Motzstraßenbude. Das ganze Haus gehörte seinem Vater, seine Schwester Johanna wohnte ein Stockwerk unter ihm auf ebenfalls zweihundert Quadratmetern.

In der Zimmermitte lagen auf einem langen Tisch seine neuesten Fotos ausgebreitet. Schauspielergesichter und markante Schriftstellerköpfe. Ich hatte mich geirrt, als ich dachte, Falks Freunde würden immerzu nur nutzlos abhängen. Claudius war ganz gut im Geschäft, und dass sein Vater als Promi-Anwalt die Kulturszene bediente, half da sicher. Doch es war nicht das Vitamin B allein. Er hatte Talent, und das nicht nur handwerklich. Es gelang ihm mühelos, bei Shootings eine intensive Beziehung zu den Menschen aufzubauen, die er fotografieren sollte. Auch meine Fotosession ein paar Tage zuvor war so was wie ein Flirt gewesen.

«Wasch dir mal die Schminke ab», hatte er gesagt und war mir mit beiden Händen durch die Locken gefahren. Auf die Leinwand, die als breite Rolle von der Decke hing, fielen genau in diesem Moment weiche Sonnenstrahlen. Er hatte mich umkreist wie eine Spinne ihre zappelnde Beute. Den Kopf vorgestreckt, war er immer wieder in die Hocke gegangen und hatte mir Anweisungen gegeben, die ich brav befolgte.

«Kinn tiefer, Schultern zurück, öffne mal leicht den Mund. Schau mich an!»

Erst war es mir noch peinlich gewesen. Ich hatte tatsächlich das Gefühl, durch die Kamera hindurch ausgezogen zu werden. Claudius verknipste mehrere Filme, und nach einer Weile legte ich wie selbstverständlich einen Seelenstrip hin. Ich hatte mich für ihn nackt gemacht, ohne mich auszuziehen. Darum hatte er mich nicht gebeten.

Ob er auch mit dem Mann mit der breiten Stirn und der dunklen Brille geflirtet hatte? Auf dem Foto rauchte der eine Zigarre, der Qualm umgab seinen mächtigen Schädel wie ein Heiligenschein, und er hielt dem Betrachter ein Whiskyglas entgegen, als würde er ihm zuprosten und ihn auf einen Drink einladen. Auf der anderen Seite des Tisches lagen die Bilder eines Schriftstellers mit Doppelkinn und Glupschaugen, der in all seiner Hässlichkeit staatstragend imposant wirkte.

«Falk hat mir von eurer letzten Nacht erzählt. Er musste was für den Laden ausliefern, und da hat er mir auf dem Weg ein paar Kartons mit Fotopapier vorbeigebracht, die er von seinem Chef geschenkt bekommen hat.»

Claudius trug eine Decke unterm Arm, die mit blütenweißer Hotelbettwäsche bezogen war, mit der deckte er mich auf seinem Sofa zu. Dass Falk auch Lieferdienste machte, war mir neu. «Was hat er denn genau gesagt? Ich glaube, er ist sauer auf mich.»

«Du machst jetzt mal die Augen zu, und ich koch dir einen schönen Bachblütentee.»

Damit verschwand er in der Küche. Der Tee schmeckte nach nichts, aber die Wärme tat gut.

«Du musst die nächsten Tage viel trinken. Also vor allem Wasser und, ganz wichtig, keinen Alk. Und du musst darauf achten, was du isst. Keine Nachtschattengewächse, die ziehen dich nur noch mehr runter.»

«Ich glaub, so was esse ich sowieso nicht.»

«Ey, Nachtschattengewächse, schon mal davon gehört? Das sind Tomaten, Paprika, Kartoffeln. Das lässt du jetzt alles mal besser weg.» Er massierte mir die Schläfen mit Tigerbalsam, was mein Selbstmitleid nur noch steigerte. Hier wollte ich für den Rest meines Lebens liegen. So wie Claudius jetzt hatte früher Frau Schmidt an meinem Bett gesessen und mir Hühnersuppe eingeflößt, Löffel für Löffel. Mit Tee und Orangen gefüttert werden, genau wie in dem Song. Wie hatte ich nur diese einmalige Chance verpassen können? Denn futsch war sie, die Claudius-Chance, daran bestand kein Zweifel.

«Ich könnte doch so was wie deine beste Freundin werden», hatte Claudius neulich gesagt, als er mir im Freibad mit seinem Handtuch den Rücken abrubbelte. Immerhin, eine beste Freundin hatte ich noch nie gehabt.

«Und jetzt versprich mir, dass du dir nie wieder irgendeine Chemie reinziehst. Von allem, was nicht Natur ist, lässt du mal besser die Finger. Was denkt der sich eigentlich dabei, dir so einen Scheiß zu geben? Bei Speed kannst du dir Backpulver oder, schlimmer noch, Kloreiniger in die Birne ballern und verblöden. Dir bekommt doch noch nicht mal Kiffen.»

«Was hat dir Falk denn heute von der letzten Nacht erzählt? Meinst du, er will mit mir Schluss machen?» Ich schämte mich dafür, wie sehr meine Stimme zitterte.

Claudius' Aquamarinaugen weiteten sich.

«Wie kommst du denn darauf? Du bist die beste Partie, die er je gemacht hat. Nö, der bleibt dir erhalten, da mach dir mal keine Sorgen. So, und nun schlaf.»

Er gab mir einen Kuss auf die Stirn und zog die gelben Seidenvorhänge zu.

In der Küche dudelte klassische Musik, so aufgeräumt fröhlich, wie Klavierkonzerte immer nur als Frühstücksbegleitung klingen. Claudius saß in einem fadenscheinigen Opa-Bademantel am Küchentisch und las Zeitung. Seine bloßen Füße lagen auf der Tischplatte neben dem Teller mit den Rühreikrümeln.

«Na, wie geht's denn heute? Du siehst ja schon wieder ganz tacko aus. Aber nach zwanzig Stunden sollte der Trip auch vorbei sein.»

Tatsächlich. Die schiefe Gefühlsebene war über Nacht wieder zurückgekippt, die innere Wasserwaage meldete, dass alles wieder grade hing. In Claudius' Wohnung konnte man sich richtig zu Hause fühlen. Der hatte es gut, der hatte ein Talent zum Wohnen. Und arbeiten konnte er auch. Wohnen und arbeiten, beneidenswert.

Seine Fotojobs fand er nicht anstrengender als die Nächte im Dschungel – behauptete er zumindest. Alles, was bei uns in der Motzstraße beige und braun war, war hier weiß: der Stuck, die Türen, sogar das Klo. Andere Verhältnisse waren das, und dann auch wieder nicht. Claudius lebte genauso wie ich vor allem vom Geld seines Vaters. Nur hieß das bei ihm Apanage. Den Ausdruck hatte ich sofort übernommen.

Es musste sich bei ihm allerdings um ganz andere Summen handeln, Claudius hatte sogar eine Putzfrau. Eine Kubanerin, hübsch und exotisch und kaum älter als er.

Der neue Tag lag wie ein flach ausgerollter Plätzchenteig vor mir und versetzte mich in Hochstimmung. Nach dem Frühstück hatte ich mir vorgenommen, Falk anzurufen. Er sollte sich keine Sorgen machen, wenn ich erst am Abend nach Hause kam.

Claudius war genauso gut gelaunt wie ich. «Mal schauen, was dein Horoskop heute sagt. Steinbock: Sie sind heute wenig sachlich. Gefühle, Wünsche und Bedürfnisse, die Ihnen vielleicht kaum bewusst sind, suchen sich einen neuen Ausdruck. Jetzt ist die richtige Zeit, einmal loszulassen. Lassen Sie in der Liebe Überraschungen zu.»

Oh, là, là, Claudius schnalzte anerkennend.

«Aber hier noch: Ein offenes Gespräch mit einem verständnisvollen Menschen kann Ihnen mehr Klarheit über das eigene Innenleben bringen, als Sie denken. Siehste! Na, dann leg mal los. Here I am, baby.»

«Lieber nicht, ich glaub, ich hab gestern schon genug gequatscht. Jetzt habe ich Hunger.»

«Gleich gibt's was Feines, aber pass mal auf, das steht noch was: Geschäftliche Verhandlungen sollten Sie heute aufschieben.»

«Aufschieben, darin bin ich gut. Meinst du, ich könnte ohne weitere Verhandlungen einen Kaffee bekommen?»

«Ich frag mich, warum eigentlich Steinbock? Das Sternzeichen passt überhaupt nicht zu dir. Du bist keine Pedantin und auch nicht halsstarrig. Krebs, zwei Schritte vor und drei zurück, das wäre es schon eher. Obwohl, ich glaube, du bist in Wirklichkeit sogar ganz zielstrebig. Du hast nur gerade die Peilung verloren. Wenn du mal nicht ein Zwilling bist: Da weiß der eine vom anderen nicht, was er tut. Wir müssen unbedingt herausfinden, was dein Aszendent ist.»

Jetzt war er richtig in Schwung geraten. Er füllte mir eine Schale mit Milch und Kaffee. Seitdem wir eines Nachts in einer Kreuzberger Eckkneipe zufällig einen traurigen Mittfünfziger in einem verwaschenen Pulli kennengelernt hatten, ließ sich Claudius von dem für alle Lebenslagen die Sterne deuten. Der Typ hatte uns erzählt, wie die Berlinzulage ihn vor Jahren aus dem Badischen in die Stadt gelockt hatte. Trockenbauer seien damals gefragt gewesen. Alles sehr üppig, sie hatten ihm sogar eine Wohnung gestellt, Frau und Kinder konnten nachziehen. Doch dann hatte er in Berlin die Sterne entdeckt. Jetzt lebte er allein in einer Erdgeschosswohnung am Nollendorfplatz und blickte mittlerweile hauptberuflich ans Firmament. Hundertfünfzig Mark nahm er für ein handgezeichnetes Horoskop, für das man ihm nicht nur den Geburtsort und sein Geburtsdatum liefern musste, sondern auch die genaue Stunde. Claudius machte jetzt den Eindruck, als würde er die Formel seines Lebens in den Händen halten. Einen mit Buntstiften gezeichneten Kreis, in geometrisch exakte Tortenstücke geteilt, an dessen Rand kryptische Zeichen notiert waren. Die Sache mit den Sternen war bei ihm zu einem echten Spleen geworden.

«Der Aszendent ist das Wesentliche, ohne den geht's nicht», sagte er jetzt ernst, schlug ein Ei in die Pfanne, dann noch eins, und rührte konzentriert in der Pampe herum.

«Das ist die Richtung, in die du gehst, deine Bestimmung. Der ist noch viel wichtiger als der Deszendent. Wir brauchen dringend die genaue Uhrzeit deiner Geburt Hast du deinen Vater denn inzwischen gefragt?»

«Der kann sich ja nicht mal mehr an den genauen Tag erinnern. Es ist einfach niemand mehr da, der noch weiß, wann ich geboren bin. Jetzt guck nicht so erschrocken. Ist doch kein Drama. Dann muss ich eben ohne die Sterne weitermachen.»

Rührei ist eine Kunst, hatte mein Vater immer gesagt und sich gerühmt, das beste im ganzen Ruhrgebiet zu machen. Fluffig, saftig, aber nicht schleimig, hellgelbe Batzen, keine angebräunten braunen Fusseln. Claudius' Eierspeise konnte es durchaus mit dem väterlichen Meisterstück am Sonntagmorgen aufnehmen. Er sah, wie es mir schmeckte, und strahlte.

«Bin ich nicht wie eine Mutter zu dir?» Gleich schaufelte er mir noch eine Portion aus der Pfanne auf den Teller. «Ach, Mist, pardon, das war ein blöder Spruch.»

«Ist schon okay.»

«Also meine Mutter ist wirklich nicht die Idealbesetzung, aber so ganz ohne stelle ich mir auch nicht leicht vor. Fehlt sie dir sehr?»

Ja, ja, das arme mutterlose Kind. Auf die Frage nach meiner Mutter hatte ich immer das Gleiche geantwortet. Wie kann man etwas vermissen, das man nicht kennt? Zeit, sich was Neues einfallen zu lassen.

«Ja, sie fehlt mir eigentlich immer.»

Die Wahrheit lag, wie so häufig, irgendwo in der Mitte.

«Vielleicht ist es ja auch ganz schön, so eine Leerstelle zu haben», sagte Claudius mit diesem Augenaufschlag, der sofort einen Strauß bunter Fantasien aufblühen ließ. «Da passt alle Sehnsucht hinein.»

Diese phänomenalen blauen Augen. Diese Augen, die einen so sentimental machten. Wie konnte man denn nur so verführerisch aus der Wäsche gucken? Wo lernte man das?

«Warte mal, ich zeig dir was.» Claudius sprang auf, lief aus der Küche in die Dunkelkammer und kam mit einem Stapel Kontaktbögen zurück, die er mir auf den Schoß klatschte.

«Schau mal, das bist du. So niedlich wie Marilyn Monroe.»

Ich ging die belichteten Filmstreifen durch, ich in Schwarz-Weiß. Die Fotos waren ganz anders geworden als die Bilder, die Falk immer von mir machte. Auf denen sah ich am Ende doch nur seiner Ex-Freundin ähnlich und nie mir selbst.

«Marilyn? Willst du mich verarschen?»

Er verschwand noch einmal und kam mit einem Bildband zurück, aus der Zeit, als sie noch Norma Jean hieß und nicht einmal blond gewesen war, nur ein hübsches junges Mädchen mit rötlichem Haar.

«Echt mal, du bist so süß wie sie.»

Was daran stimmte, war, dass ich nicht nur so knubbelnasig wie die junge Schauspielerin war, ich schaute auch genauso naiv in die Linse. Keine Ahnung, ob ich mir auf den Bildern gefiel, aber das kapierte ich: Er hatte nicht nur festgehalten, wie ich aussah, sondern auch, wer ich war.

«Das hier ist mein Favorit», sagte er und tippte auf ein mit einem Kreuz markiertes Bild, auf dem ich mit halb geschlossenen Augen einen Schmollmund machte.

«Echt jetzt? Da seh ich doch so traurig aus.»

«Das bist du eben, traurig und ängstlich. Erzähl mal, wovor hast du eigentlich so eine Angst?»

«Ich weiß nicht. Vorm Alleinsein vielleicht.»

«Wir sind doch alle allein. Und bleiben es auch. Jeder, immer, in jeder Lebenslage. Unser ganzes Leben lang, bis wir in die Grube fahren. Hilft alles nichts, das muss man eben akzeptieren.»

Ich schaute ihn erschrocken an, aber in seinem verführerischen Blick war kein Trost zu finden. Im Gegenteil, diese kalte Erkenntnis schien ihn nur noch zu beflügeln.

«Aber es gibt Menschen, die sind wie diese Nachtschattengewächse, von denen ich dir gestern erzählt habe, vor denen muss man sich hüten. Die ziehen einem die ganze Energie ab. Die sind wie ein schwarzes Loch.» Er schaute mich an. «Was willst du eigentlich von Falk? Hast du dich das schon mal gefragt?»

In diesem Augenblick musste ich an die Holzeisenbahn denken, mit der ich als Kindergartenkind auf dem Teppich der Großeltern gespielt hatte. An den Enden der Lok und der Waggons waren kleine Magnete befestigt. Wenn man die Wagen verkehrt herum hielt, strebten sie auseinander. Auch die größte Kraftanstrengung konnte sie nicht zusammenbringen, sie machten dann nur kreiselnde Ausweichbewegungen. Wenn man sie aber richtig herumdrehte und in einem gewissen Abstand auf dem Boden platzierte, vereinigten sie sich mit einem magischen «Klick».

Als ich über den Tisch nach der Milchtüte langte, streifte ich seinen Arm. Claudius griff nach meiner Hand. Unsere Münder waren wie diese Magnete, und eine unsichtbare Kraft führte die Pole zusammen.

Der Kuss quer über den Tisch war eine Tunnel-
fahrt ins Dunkel, mit geschlossenen Augen. Und als am Ende
der Reise die Sonne wieder aufging, in einem einzigen Blick,
sprangen wir auf, rannten ins Schlafzimmer und machten
eine Kehrtwende hinter der Tür. Er hob mich hoch und
presste mich gegen die Wand. Mit einer Hand hielt er meine
Armgelenke fest, mit der anderen zog er mir das Hemd hoch
und die Hose herunter. Noch ein Kuss, dann warf er mich
über die Schulter, machte ein paar Schritte zum Bett und ließ
mich auf die Matratze fallen. Nachdem er sich langsam ausgezogen hatte, blieb er unbewegt vor dem Bett stehen, um
sich von mir betrachten zu lassen. Neu, dachte ich. Das ist
neu. Alles ist neu, ich und er, und gerade waren wir noch
beinahe Unbekannte füreinander gewesen. Als hätte ich nie
zuvor einen nackten Mann gesehen. Tatsächlich hatte ich
auch noch nie einem Mann beim Ausziehen zugeschaut.
Keiner hatte sich jemals im hellen Tageslicht vor mir ausgezogen. Ich kannte nur das Gewurschtel unter den Decken,
das schnelle Abstreifen der Klamotten im Halbdunkel oder
bei ausgeschaltetem Licht. Einmal hatte mich Falk gebeten,
für ihn zu strippen, ein Reinfall, ich hatte mich in meiner
Strumpfhose verheddert und war mit heruntergelassener
Unterhose im Schlafzimmer lang hingeschlagen.

Claudius legte sich zu mir. Ich wollte ihn an mich ziehen, aber er nahm meinen Arm und legte ihn wieder neben mir ab. Mit der ausgestreckten Hand zeichnete er meine Körperkontur nach, vom Knie bis zum Scheitel, ohne mich dabei zu berühren. Ich konnte die Wärme seiner Handfläche spüren, obwohl sie nur über mir schwebte. Dann fuhr er mir mit dem Daumen sanft über die Lippen und legte seine Hand auf meinen Bauch.

Meine Tränen leckte er einfach ab. Was auch immer er tat, so merkwürdig es war, es fühlte sich an, als hätte ich lange darauf gewartet. Als wäre er der Erste, der mich ansah und sah, wie ich wirklich war. So war es schon bei unserem ersten Zusammentreffen gewesen. Während die anderen Jungs mit sich beschäftigt waren, hatte Claudius mich gesehen. Auch jetzt ließ er mich nicht aus dem Blick. Nicht einmal beim Küssen schloss er die Augen.

Liebe machen, was für ein bescheuerter Ausdruck. Nur waren die anderen auch nicht besser. *Sex* oder *Verkehr haben* klang nicht weniger eklig als *ficken* oder *bumsen*. Den absolut schlimmsten Ausdruck hatte ich mal in einer dieser typischen Berliner Eckkneipen gehört, da hatte so ein alter Taxifahrer tatsächlich von *bürsten* geredet. Liebe konnte doch gar nicht gemacht werden, sie war einfach da, nämlich hier. Gerade jetzt kam sie in diesem Zimmer über uns. Und es war, als würden wir miteinander tanzen. Wir tanzten in einem eigenen, langsamen Rhythmus. Ich ließ mich führen und verführen. Unter uns dehnte das Bett sich aus und wurde zu einer unbekannten weiten Landschaft. Strahlend hell, mit weißen Hügeln und Schluchten, die schließlich von einem Erdbeben erschüttert wurde. Und wie nach jedem großen Beben war es danach erst einmal ganz still, so still, dass ich mein Blut in den Ohren rauschen und unsere Herzen schlagen hörte.

Dann begann Claudius zu lachen. Dieses rasselnde, pfeifende Raucherlachen, das ich vom ersten Tag an so gemocht hatte. Das so ansteckend war, weil es verwegen klang, gefährlich ungesund. Ein mitreißender Lachanfall, wie früher in der Schule, in der sechsten Stunde Mathe, wenn der Erste zu kichern anfing, dann alle anderen und man am Ende lachte, bis man sich fast in die Hose machte. Ich lachte, dass mir der Bauch wehtat und ein Seitenstechen dem Rappel ein Ende machte. Dann war es plötzlich, als würde der Filmvorführer die Rolle in doppelter Geschwindigkeit laufen lassen. Ich machte einen Purzelbaum und fiel rückwärts auf den Perserteppich. Auf allen vieren ging es durch den Flur. Im Atelier landete ich bäuchlings auf dem Arbeitstisch. Mit einer lässigen Bewegung wischte Claudius die Bilderstapel, Ordner und Bücher von der Tischplatte. Stifte prasselten aufs Parkett. Als er mich umdrehte, fand ich keinen Halt an der Tischkante, wollte mich mit dem Fuß auf dem Bürostuhl abstützen, der aber Rollen hatte und sich selbstständig machte. Claudius hielt mich fest und griff mir ins Haar, erwischte nur eine Strähne, und ich rutschte zu Boden. Seine Finger gruben sich in meine Haut und hinterließen rote Striemen, Fingernagelgraffiti. Er packte so fest zu, dass ich das Aufblühen der blauen Flecke spüren konnte. Dann stemmte er mich hoch, und wir drehten zwei, drei Walzerschritte in Richtung Sofa.

Er stopfte mir ein Kissen unter den Po, und schon sah ich meine Beine über seinen Schultern wippen, meine Füße mit den weißen Tennissocken. Sexy sah das nicht gerade aus, aber verwegen. Claudius drückte mein Gesicht in das Sofapolster, dann sah ich nichts mehr. Ich wollte auch nichts mehr sehen. Der Film in meiner Kamera war schon voll. Allein das Hörspiel überforderte mich. Und doch gab es keinen Grund, mich zu schämen. Dabei schämte ich mich sonst immer. Es störte mich noch nicht einmal, dass ich schwitzte, schwitzte wie noch nie, aber das war nichts gegen Claudius, der schwitzte noch viel mehr. Wir glitschten aufeinander herum wie die Ölsardinen.

Und als der Schweiß trocknete, begannen wir zu frieren, als wäre es auf einmal Winter geworden. Claudius nahm mich an der Hand und zog mich hinter sich her, zurück zum Bett, wo alles wieder von vorn losging, in einer Art Federbettverhedderung – wir beide eine einzige Roulade der Geilheit. Aufgeplatzte Lippen, meine glühenden Wangen von Bartstoppeln wund gerieben. Blickversprechen, unsere Hände wie zum Gebet verflochten. Hochwasseraugen, unsere Gesichter im Tränenregen. Geräusche wie im Zoo, Paviangebrüll, Papageienschreie, Büffelbrunst und Kinderkichern, hysterische Lachkrämpfe, alles zugleich und so laut es nur ging.

Da klingelte es an der Wohnungstür, jemand klingelte Sturm, gleich darauf klingelte auch das Telefon. Ob das Falk war? Und wennschon. Der Anrufbeantworter war auf laut gestellt. Die Nachbarn, ein Stockwerk höher, live: «Das ist ja nicht zum Aushalten! Seit Stunden geht das jetzt schon!»

Wir reagierten mit einem erneuten Lachausbruch. Das arme frustrierte Pärchen da oben. Das hier war auch für die neu. So neu wie für mich.

«Komm, Baby, denen zeigen wir's.» *Baby!* Ich fasste es nicht. Er hatte echt Baby gesagt! Wie in einem dieser Filme mit Richard Gere, das gefiel mir. Tausendmal besser als Falks *Engelchen*, von *Irischer Frühling* mal ganz zu schweigen. Eigentlich hatte ich in letzter Zeit alles dafür getan, dass aus dem Mädchen endlich eine ernst zu nehmende Frau wurde. Jetzt mutierte ich wieder zum Säugling. Egal, mir gefiel das. Und wie.

Irgendwo auf dem Boden musste sie liegen, die Zigarettenpackung. Ich tastete neben dem Bett herum. Die Feuerzeugflamme erhellte das Schlafzimmer. Ein Schlagschatten fiel auf Claudius' flache Brust, auf die kleine nussbraune Brustwarze, die hellblaue Sehne an seinem Hals und den silbernen Ring in seinem Ohrläppchen. Dann lagen wir wieder aufeinander in der Beinahedunkelheit der Stadt, regungslos. Ich betrachtete seinen Mund, die leicht geöffneten Lippen, die mich den ganzen Tag und die halbe Nacht lang geküsst hatten. Zerlegt fühlte ich mich und wieder neu zusammengesetzt, mit Claudius verwachsen. Nicht nahtlos, die Schnittstellen der weißen und braunen Haut waren unübersehbar. Doch wir waren zu einer Art Fabelwesen verschmolzen, mit vier Beinen und vier Armen, unzähligen Fingern, zu einem Wolpertinger mit rotblondem Haar, zwei Köpfen, Brüsten und einem Schwanz. Aber ausgestopft waren wir nicht, da waren noch die zwei funkelnden Augenpaare, die sich nicht aus dem Blick gelassen hatten, bis wir erschöpft aufgegeben hatten und eingeschlafen waren.

Schwer zu sagen, wie Falk das hier aufnehmen würde. Nur gut, dass ich meine Kisten in der Motzstraße gar nicht erst ausgepackt hatte. Morgen früh würde ich meine Zukunft in Angriff nehmen, aufräumen, alles klären. Im Bad ließ ich kaltes Wasser über meine glühenden Wangen laufen. Der Spiegel zeigte immer noch mich, dabei hätte ich mich nicht gewundert, jemand ganz anderen dort zu erblicken als das Mädchen, das mir am Morgen noch über dem Waschbecken beim Zähneputzen entgegengeblinzelt hatte. Ich kam mir größer vor, als wäre ich in den letzten Stunden gewachsen, und war doch gleichzeitig leichter geworden, federleicht. Claudius hatte mich in die Luft geworfen, und da schwebte ich jetzt. Aber ich konnte sie schon spüren, die Angst, die sich anschlich, die Furcht vor der nächsten Bruchlandung.

Leise huschte ich wieder zurück ins Bett und betrachtete den Schlafenden. Als ich mich an ihn schmiegte, spürte ich seine Wärme und dachte, heiß wie ein Kachelofen. Und was für weiche Haut, glatt und samtig zugleich, wie Maulwurfspelz.

Mir fielen gerade wieder die Augen zu, als er sich plötzlich von mir losmachte. Er rückte von mir ab und verschränkte die Arme hinterm Kopf. Sofort rutschte ich auf und schlang ein Bein über seine Hüfte. Er drehte sich zur Seite, und ich folgte ihm in die gemütliche Löffelchenstellung. Ich war schon wieder halb weggedämmert, als er die Nachttischlampe anknipste.

«Tut mir leid, aber ich bin überhaupt nicht mehr müde. Ich glaub, ich geh noch mal los. Bleib ruhig liegen», sagte er und war mit einem Satz auf den Beinen.

Eine Weile stand er noch unentschlossen im Zimmer, dann bückte er sich nach seiner Unterhose. «Du kannst einfach die Tür hinter dir zuziehen.»

Wo wollte er denn jetzt noch hin, mitten in der Nacht? Warte mal kurz, wollte ich sagen, etwas Zeit gewinnen. Ich musste jetzt nur ganz vernünftig klingen. Keine Panik! Dann rauschte im Bad das Wasser. Claudius duschte, nicht zu glauben, er duschte. Wusch uns, die gemeinsamen Stunden, unseren Geruch, einfach ab.

Es wurde wieder still, und ich wartete darauf, dass er noch einmal zu mir ins Schlafzimmer käme. Aber er nahm nur die Jacke vom Haken, ich hörte das Klackern des Schlüsselbunds auf der Kommode, die Wohnungstür fiel ins Schloss.

Der Schmerz, verlassen zu werden, war überwältigend. Ich rollte mich wie ein Igel zusammen, schloss die Augen und sah ihn vor mir. Claudius, nackt wie in den letzten Stunden. Claudius über mir, unter mir und Claudius, wie er in diesem labyrinthischen Berlin verschwand. Ein Alien, das sich aus mir herausgewühlt hatte und mich mit aufgebrochenem Brustkorb zurückließ.

Der Krach war schon auf der Treppe zu hören, ein paar Stockwerke tiefer. In Falks Wohnung tobte ein Orkan, der das Türblatt erzittern ließ. Während ich nach dem Wohnungsschlüssel suchte, wurde unter dem Türschlitz geräuschvoll Luft eingesogen. Ich sperrte auf und sah ein haariges Monster in Richtung Wohnzimmer flitzen, wo gleich darauf eine heulende Sirene erklang. Sekunden später setzte das Wesen im Anlauf zum Sprung an, und ich prallte gegen den Türstock. Im Wohnungskorridor stand ein dunkler Geist vor mir. Mein Schrei war so schrill und so laut, dass ich mich gleich noch einmal erschrak und der Hund wohl auch, denn er verschwand sofort wieder im hinteren Teil der Wohnung. Auf der Suche nach dem Lichtschalter trat ich in etwas Weiches, rutschte aus, ging in die Knie und fing mich mit den Händen ab, die ebenfalls in etwas Breiigem landeten. Im trüben Schein, der durch die offen stehende Tür fiel, war eine ungeheure Verwüstung zu erkennen. Dann ging das Treppenhauslicht aus. Gefolgt von dem Tier, das sich lautlos wieder angeschlichen hatte, tappte ich in die Küche und spülte mir unter heißem Wasser die Hände ab. Im Licht der Küchenlampe zeigte sich das ganze Ausmaß des Schlamassels, der jetzt auch zu riechen war. Auf dem Sisalläufer türmten sich Scheißhaufen auf, zwei davon hatte ich platt getreten. Senffarbene Fußspuren führten hinter mir in die Küche, wo der Tisch umgestoßen war. Die Butterdose in Scherben, eine leere Konservendose neben einem gefledderten Brotlaib, das Skelett eines Wanderschuhs auf Konfetti von Cornflakes. Im Flur lag der Garderobenständer quer über unseren Jacken, Mänteln, Schals und Mützen, die zu meliertem Füllmaterial geschreddert waren. An der Wand zerfloss, unter den Fetzen von Falks Fotos, ein quittegelber Urinhalbmond.

Das Chaos erzeugte eine fremde Stille. Ich lehnte mich an die Spüle, schloss die Augen und lauschte dem einzigen Geräusch, dem Tropfen des Wasserhahns. Als ich die Augen wieder öffnete, hockte der Hund reglos in der Zimmerecke. Er hatte den krummen Rücken an die Wand gepresst und beobachtete mich. Er sah reglos zu, wie ich die Mülltüten aus der Kammer holte, mir die gelben Gummihandschuhe überstreifte und auf dem Boden kauernd den Unrat einsammelte. Er verfolgte, wie ich mit Wurzelbürste und heißer Seifenlauge versuchte, die Schlieren aus dem Teppich zu entfernen, und dabei die Scheiße nur immer tiefer in die groben Teppichfasern rieb. Er zwinkerte nur kurz, als ich vor Wut aufheulte, und bewegte sich auch dann noch nicht von der Stelle, als ich mich zum Weinen flach auf den Küchenboden legte.

Doch dann begann er zu hecheln, erst ganz leise, dann lauter, die violette Zunge hing ihm zitternd aus dem Maul, als wollte er Luft trinken. Trinken? Ich füllte das erste Gefäß, das ich fand, ein Erbstück aus Meißen, mit Wasser und stellte die Schüssel vor dem Hund ab. Der rührte sich nicht.

Ich streckte meine Hand aus – hier, trink doch. Erschrocken wich er zurück, als hätte ich eine Peitsche geschwungen, und zog den Kopf ein, duckte sich, kauerte sich noch etwas mehr in die Ecke und sah mit dunklen Augen zu mir auf. Hunden soll man nicht in die Augen schauen, aber dieser hier hatte nichts dagegen, der schien den Blickkontakt sogar zu suchen. Was der für Tatzen hatte, so groß wie Berliner Ballen, die man in Berlin Pfannkuchen zu nennen hatte.

Ich ging vor ihm in die Hocke und plätscherte ein wenig mit den Fingern in der Wasserschale. Da senkte er langsam den Kopf und begann, mit breit ausgestellten Vorderläufen zu saufen. Schlapp-schlapp, schlapp-schlapp, als würde mit Eimern Wasser aus einem Kahn geschaufelt. Er trank und trank und hörte gar nicht mehr auf. Ob der irgendwo ein Leck hatte? Ich bückte mich und schaute dem Tier zwischen die Beine. Aha, es handelte sich also um einen Rüden. Zottelige Haarsträhnen an den Schlappohren, an Brust und Schenkeln strähnig verklebt. Das ganze Fell wie mehlbestäubt, schwer zu sagen, was für eine Farbe darunter war. Nur der Kinnbart, der immer noch auf und ab ins Wasser tauchte, war eindeutig rot, orangerot, wie Flugrost an einer Getränkedose.

Da saßen wir in der Küchenecke voreinander, gleich groß, vielleicht sogar ähnlich verzweifelt, beide verloren, während draußen vor dem dreckigen Kastenfenster die Sonne aufging.

«Komm, wir gehen.»

Ob der Hund eine Leine hatte? Ich durfte meinen Pass nicht vergessen. Wo war der bloß? Nicht auf dem Ofen und auch nicht in der Reisetasche. Die oberste Schublade der Flurkommode klemmte, sie war vollgestopft mit grauen und gelben ungeöffneten Briefen. Was waren denn das für Sicht-fensterbriefe? Finanzamt Schöneberg, der Polizeipräsident von Berlin, GASAG, BEWAG. Auf den unzähligen Schreiben der Hausverwaltung stand auch mein Name. Ich fetzte das oberste auf. Letzte Zahlungsaufforderung über 2048,64 DM, exakt vier Mieten. Dabei hatte ich seit Mai meinen Anteil immer pünktlich an Falk überwiesen. Ich steckte die Briefe in die Schultertasche, und siehe da, unten in der Schublade lag auch der Pass. Dann warf ich einen Blick in mein Portemonnaie. Fünf Mark, zwanzig Pfennig. Der Fünfziger fehlte. Was mir gehört, ist jetzt auch deins, hatte Falk bei meinem Einzug gesagt und war damit wohl auch davon ausgegangen, dass es sich umgekehrt genauso verhielt.

Im Flur fand ich ein Halsband aus schweren Metallgliedern, das sich der Hund mit geschlossenen Augen über den Kopf ziehen ließ. Geduldig wartete er, bis ich den dazugehörigen Strick daran festgeknotet hatte. Er roch fast menschlich, irgendwie männlich ungewaschen, wie ein Gefangener. Kaum hatte ich mit ihm an der Leine den ersten Schritt getan, da galoppierte er auch schon los, mit weit ausholenden Gummitiersprüngen. Er zog mich zur Tür hinaus und wurde auf der Treppe von Absatz zu Absatz schneller. Das Halsband würgte ihn, er röchelte und legte trotzdem immer mehr an Tempo zu. Ich konnte ihn einfach nicht bremsen, loslassen ging aber auch nicht. Wir schossen quer über den Hof, an den Mülltonnen vorbei, aus dem Tor und in eine Horde Schulkinder, die kreischend auseinanderstoben. Und weiter ging's zur Kastanie vor dem Supermarkt, die der Hund rechtsherum nahm und ich links. Der Strick rutschte mir mit einem Ruck heiß durch die Hand. Ich hörte eine Fahrradklingel und eine wütende Stimme, die schrie: «Wem gehört dieser Scheißköter, verdammte Kacke?»

Der Hund sprang in großen Sätzen los, duckte sich haarscharf zwischen den Stoßstangen hindurch und entwischte zwischen hupenden Autos hindurch auf die gegenüberliegende Straßenseite.

«Der war im früheren Leben bestimmt 'ne Katze, die ham ooch sieben Leben», sagte eine Alte, die an diesem warmen Sommermorgen einen Persianermantel trug und mit dem ausgestreckten Arm auf den Kiosk zeigte, wo der Hund hechelnd vor der Tafel mit dem Eisangebot saß.

Auf dem Weg zum Auto stellte ich fest, dass er eigentlich ganz folgsam war, solange man von ihm nicht verlangte, an der Leine zu gehen. Er kannte das Kommando «Bei Fuß», machte an der roten Ampel unaufgefordert Sitz, erhob sich beim Aufleuchten des grünen Männchens wieder und wich mir auch dann nicht von der Seite, als er Artgenossen begegnete, einem Schoßhündchen mit Stirnschleife und einer lahmen Dogge. Nachdem ich die Hutablage im Kofferraum des Golfs abmontiert hatte, versuchte ich, ihn mit einladenden Gesten zum Einsteigen zu bewegen. Hopp, hopp. Bei jedem Hopp duckte er sich noch ein wenig mehr, bis er ganz flach auf dem Bürgersteig lag. Wenn ich eine schnelle Bewegung oder einen Schritt auf ihn zu machte, zuckte er immer wieder schreckhaft zusammen. Erst als ich die Beifahrertür öffnete, sprang er sofort ins Auto.

Hocherhoben saß er neben mir, lehnte sich in den Kurven schwer an meine Schulter und blickte unverwandt dem Horizont entgegen, wo auf der Avus, schon mehrere Kilometer vor dem Grenzübergang Dreilinden, die roten Bremslichter der Lkws den Montagmorgenstau ankündigten.

Du kannst dir nicht vorstellen, wie der küssen kann. Solche Küsse müssen doch was bedeuten, was meinst du? Aber warum hat er mich zum Abschied nicht noch einmal geküsst? Oder wenigstens in den Arm genommen?»

Der Hund schnaufte und versuchte, seine große Schnauze in der Kunstlederumrandung des Schaltknüppels zu versenken.

«Kann doch sein, er wollte gar nicht, dass ich gehe. Aber warum sollte ich dann die Tür zuziehen? Bestimmt war er einfach nur verwirrt. Kein Wunder, ich bin ja auch total durch den Wind.»

Nachdem mir aufgefallen war, dass der Hund zu allem, was ich sagte, nickte und mich dabei aufmerksam anschaute, hatte ich nicht mehr aufgehört, mit ihm zu reden.

«Wahrscheinlich hatte er ein schlechtes Gewissen, wegen Falk. Oder er brauchte wirklich nur ein bisschen frische Luft. Vielleicht musste er noch jemanden treffen.»

Der Hund blinzelte und machte ein grunzendes Geräusch.

«Aber wen sollte er denn mitten in der Nacht noch treffen?»

Jetzt schmatzte er und begann dann konzentriert, die Cockpitpolitur vom Armaturenbrett abzulecken.

«Das war doch was Besonderes. Oder bilde ich mir das nur

ein? Vielleicht macht der das ja immer so, und es ist seine Masche, Mädchen verrückt zu machen.»

Und schon wieder stiegen Tränen auf. Der Hund legte seinen Kopf schief und stieß leise Fiepgeräusche aus.

Ein paar Stunden später kamen wir in der alten Heimat an.

«Sieben Stunden Fahrt, da sind wir aber mal gut durchgekommen. Jetzt musst du dich nur vor deinen Kollegen hier in Acht nehmen. Die sind nämlich nicht ganz dicht», warnte ich meinen Beifahrer, als wir die letzte Kurve durch den Wald mit den Schlaglöchern nahmen. Und da hörte ich auch schon die Wachhunde meines Vaters kläffen. Als das Haus hinter dem großen Kirschbaum auftauchte, umsprangen sie den Golf wie ausgehungerte Hyänen einen Fleischtransporter.

Mein neuer Freund kletterte umständlich vom Beifahrersitz und duckte sich zitternd im Fußraum. Ein Held war er schon mal nicht. Ich parkte den Wagen vor der offenen Haustür und wartete darauf, dass mein Vater die Bestien einsammeln würde, die nun geifernd am Auto hochsprangen und Sabberfetzen an den Fenstern hinterließen. Im Hausflur sah ich einen Schatten, die Küchengardine wurde einen Spalt breit beiseitegeschoben, fiel aber sofort wieder zurück. Das Hundegebell überschlug sich, und ich begann zu hupen, erst ein paarmal kurz, dann immer länger. Erst als ich die Hand nicht mehr von der Hupe nahm, trat Uwe vor die Tür. Das heißt, er trippelte auf der Stelle, wippte auf den Zehenspitzen, schlackerte mit den Armen, ließ die Schultern kreisen und wiegte den Kopf hin und her. Das kannte ich schon, mit diesen Aufwärmübungen aus seiner Zeit als Leichtathletikchampion hampelte er immer herum, wenn mein Vater auf sich warten ließ. Wenn er schließlich auftauchte, wirkte er im Schatten von Uwes athletischem Körper noch zerbrechlicher, wie in sich zusammengefaltet. Doch mein Vater ließ sich nicht blicken. Uwe machte noch ein paar Kniebeugen, erbarmte sich dann endlich und pfiff nach den Hunden, die sofort folgten. Mit federndem Schritt geleitete er die Tiere, die sich links und rechts an seine Jogginghose schmiegten, zum Zwinger. Ich wartete mit dem Aussteigen, bis die drei hinter der Reithalle verschwunden waren. Mein Reisekamerad blieb im Auto liegen und starrte mich, den Kopf auf dem Vordersitz, unbewegt an.

In der Diele roch es muffig. Im Esszimmer stand noch das Geschirr vom Frühstück auf dem Tisch. Im Wohnzimmer lagen Zeitschriften auf dem Teppich, auf dem Couchtisch zerlesene Zeitungen, Post und Prospekte und auf dem Sofa eine alte orangefarbene Wolldecke, die ich noch nie gesehen hatte.

Hatte die Schmidt etwa Urlaub? Es fehlte die vertraute Ordnung, die über Eck gelegten Zierdeckchen auf den Beistelltischen und die silberne Schale mit dem dänischen Buttergebäck. Aus der Bodenvase mit den verdorrten Chrysanthemen stieg der süßliche Geruch von vergammeltem Blumenwasser. Die Fenster waren auch schon länger nicht mehr geputzt worden.

Mein Zimmer war abgeschlossen, genauso wie das Schlafzimmer meines Vaters im Stockwerk darüber. Hinter der Tür blieb es still, keine Reaktion auf mein Klopfen. Merkwürdig, noch nie hatte mein Vater Türen abgeschlossen. Noch nicht einmal die Badezimmertür verriegelte er. Als er noch ein kleines Kind gewesen war, hatte seine überstrenge Mutter ihn einmal in den Keller gesperrt und dort vergessen, einen ganzen Tag lang. Meine Zimmertür abzuschließen, gehörte zu den wenigen Dingen, die mir immer ausdrücklich verboten waren.

Als ich die Treppe hinunterkam, fuhr Uwe gerade den neuen BMW rückwärts aus der Garage. Ein flunderartig tiefgelegtes Modell. Mein Vater, der immer nur dunkelblauen Mercedes gefahren war, hatte die peinliche Karre in Froschgrün Uwe zuliebe gekauft. Nur widerwillig ließ der jetzt die Scheibe ein paar Zentimeter herunter. Starr auf den Tacho blickend, fragte er: «Was kann ich für dich tun?»

Wie er das hinbekam, mich mit einem einzigen beschissenen Satz zur Bittstellerin zu machen.

«Hast du vielleicht meinen Vater gesehen?»

Uwe nickte in Richtung Haus, führte eine Faust mit abgespreiztem Daumen zum Mund und machte gluckgluckgluck.

«Er hat zum Mittagessen mal wieder zu tief ins Glas geschaut.»

«Hat Frau Schmidt heute frei?»

«Das lass dir mal von deinem Vater erklären, ich muss mich beeilen, ich muss ins Krankenhaus. Aber wenn du ihn siehst, kannst du ihm sagen, ich kümmere mich um alles.»

Es hätte mich schon interessiert, worum Uwe sich kümmern wollte. Und warum nahm er eigentlich nicht sein eigenes Auto?

«Weißt du, warum mein Zimmer abgeschlossen ist?»

Uwe lehnte sich zurück und spielte am Schaltknüppel herum.

«Ist mir neu, dass du hier noch ein Zimmer hast. Bist du nicht nach Berlin gezogen?»

Er ließ den Motor aufheulen und schoss an mir vorbei, rückwärts die Einfahrt hoch, wendete ruckartig den Wagen neben dem Teich und verschwand mit durchdrehenden Reifen auf dem mit Rollsplitt ausgebesserten Waldweg.

Ich ging ins Haus, holte aus dem Kühlschrank Aufschnitt, der neben dem Senf und einem Becher Margarine schon in allen Regenbogenfarben schillerte, und lockte damit den Hund aus dem Auto.

Wir drehten eine Runde über die Weiden und durch das benachbarte Tal, am Hof von Bauer Wessel mit den nach Schweinegülle stinkenden Silos vorbei, und liefen dann den Berg hoch, wo ich mich auf eine Bank setzte, von der man einen weiten Blick über das Dorf hatte. Mist, die Zigaretten lagen im Auto. Still sitzen, ohne dabei etwas zu tun, fiel mir schwer. In der Motzstraße gab es alte Frauen, die den ganzen Tag an ihren geöffneten Fenstern saßen und auf die Straße starrten, die massigen Unterarme auf umhäkelte Kissen gestützt. Was auch immer aus mir würde, so eine Glotze-Oma auf jeden Fall nie. Der Hund sprang auf die Bank, setzte sich leise hechelnd neben mich und genoss die Aussicht.

Ruhrgebiet, in Berlin dachten sie dabei immer an verrußte Siedlungen, Fördertürme, Hochöfen und an den Husten der Bergarbeiter. Dabei war die Gegend hier grün, fast idyllisch. In Berlin hatte ich mir angewöhnt, Tag und Nacht eine

Sonnenbrille zu tragen, weil das alle so machten. Aber selbst durch die dunkel verspiegelten Gläser sah die Landschaft hier lustig bunt aus, wie das Brett des Leiterspiels aus meiner alten Spielesammlung. Die Einfamilienhäuser waren die Würfel. Dagegen erinnerten die Tannen an die grünen Kegel aus dem Hütchenspiel. Die hohen Wohnblöcke spannten sich am Horizont wie ein Kartenfächer auf, in den eben erst immer neue Blätter gesteckt worden waren. Und im Zentrum des Spielfelds stand die Firma Rautenberg. Der alte Teil mit dem Schlot in rotem Backstein, daneben die moderne Fertigungshalle, an die sich das fünfstöckige Bürogebäude aus Glas und Beton anschloss. Im obersten Stock, rechts hinter dem Balkon, lag das Büro meines Vaters, in dem der Gründerzeitschreibtisch stand, der schon seinem Vater gehört hatte. Der Firmengründer, Sonntagsschullehrer, stellvertretende Bürgermeister hatte jahrzehntelang von einem Ölporträt herab zugeschaut, wie der Sohn telefonierte, die Postmappen durchackerte, Gäste empfing, Verträge unterzeichnete.

An schulfreien Tagen durfte ich mir am Büdchen gegenüber der Firma eine Tüte «saure Gurken» und die neuen Abenteuer von Donald Duck kaufen und mich damit auf die Couch der Sitzgruppe fläzen, auf der mein Vater sonst mit den Geschäftspartnern die Verhandlungen führte. In der Minibar gab es neben Bier, Whisky und Cognac und den kleinen Underbergfläschchen immer auch ein paar Flaschen Fanta, extra für mich. Was in diesem Büro, in der Firma da unten, jetzt wohl vor sich ging? Die Arbeiter mit ihrem Pomadenhaar und den groben Händen hatten mir immer Vertrauen eingeflößt. All die Leute, denen ich in der Fabrikhalle oder auf den Bürofluren begegnet war, hatten so ausgesehen, als wüssten sie genau, was zu tun war, nicht nur im nächsten Moment, sondern auch für den Rest ihres Lebens. Alle waren sie gläubige Christen. Es galt ein ungeschriebenes Gesetz, dass in der Firma Rautenberg nur Gemeindemitglieder eingestellt wurden und nur deren Kinder eine Ausbildung machen konnten. Die Sprösslinge der Arbeiter zogen dem Vater nach an die Werkbank, die der Angestellten landeten automatisch an einem der Schreibtische. Jetzt waren sie alle arbeitslos oder anderswo in Lohn und Brot. Herr Schropp, der Buchhalter, hatte sich nicht nur um die Firmenangelegenheiten gekümmert, sondern auch um Vaters Strafzettel und seine Rechnungen. Zu ihm wurde ich geschickt, wenn Zeugnisse zu kopieren waren oder ein Reisepass beantragt werden musste. Dann nahm er den Hörer von der Gabel und regelte die Dinge, egal, worum es ging, in wenigen Minuten. Ob Herr Schropp noch immer in einer Wolke von *Old Spice* im Aufzug herumfuhr? Und was war aus diesem Supervisor geworden? Ich konnte mich noch gut daran erinnern, wie mein Vater ungläubig vom plötzlichen Auftreten eines Mannes erzählt hatte, der ihn an einen Showmaster erinnerte. Man hatte ihn nicht in den Plan des Betriebsrats eingeweiht, nicht verraten, dass auch er, der Chef, an einem sogenannten Workshop teilnehmen sollte. Spiele zur Teamförderung wurden da abgehalten, und alle Angestellten bekamen eine Swatch-Uhr geschenkt, auf deren Zifferblatt der Spruch «Geht nicht, gibt's nicht» stand.

«Was für ein Bockmist», hatte mein Vater damals gesagt und dabei ausgesehen wie nach einem Schachmatt, so erschlagen, wie ich ihn nie zuvor erlebt hatte. Geht nicht, gibt's nicht, das war noch eine Weile ganz gut gegangen.

«Sei froh, dass du kein Junge geworden bist. Sonst müsstest du dich demnächst mit dem ganzen Kram hier herumschlagen.» Dass ich einmal die Firma leiten würde, war immer schon undenkbar gewesen. «Dazu hast du kein Talent. Du bist zu wenig verbindlich. Und die Metallindustrie ist eine Männerdomäne. Da bekommt man als Frau keinen Fuß auf den Boden.»

Wie klein mir der Ort auf einmal vorkam, das ganze Panorama war geschrumpft. Auch der Heimweg erschien mir viel kürzer als früher. Was waren das für Distanzen hier in dieser Spielzeugwelt? Wie weit mochte ich gerade gegangen sein? Von der Motzstraße zum KaDeWe, oder noch weiter, die Tauentzienstraße hinauf, bis zum Kranzlereck?

Auf dem Feld hatte Tristan das Heu gemäht, aber es war nicht eingeholt worden, der Regen der letzten Tage hatte es verdorben. Hinter dem Wäldchen stand der Trecker mit dem Anhänger quer vor dem Acker. Ich freute mich darauf, Tristan wiederzusehen. Endlich mal jemand, der sich auch über mich freuen würde. Der Hund würde ihm sicher gefallen. Tristan war ein echter Tierfreund. Ich würde ihn bitten, mir den Gartenschlauch anzuschließen und mir bei der Wäsche des Hundes zu helfen. Ein paarmal rief ich seinen Namen, aber keine Antwort. Was machte dann aber der Trecker hier draußen? Sonst parkte Tristan ihn nach der Arbeit immer an derselben Stelle auf dem Hof. Wie er überhaupt alles stets akkurat und auf den Punkt genau verrichtete. Bei Sonnenaufgang wurden die Pferde gefüttert, so ab fünf Uhr nachmittags durfte man nichts mehr von ihm wollen, da lag er meist vor der Glotze und trank sein Bier, und um sieben ging das Licht bei ihm aus. Jetzt war es erst kurz nach vier. Ich betrachtete meinen ramponierten Begleiter, er war mir den ganzen Weg über nicht von der Seite gewichen, und beschloss, ihn zu mögen. Von allen Hunden der Welt hätte ich mir den zuletzt ausgesucht. Schön war er nicht und viel zu haarig für meinen Geschmack. Mal sehen, wie er frisch gewaschen aussehen würde.

Auch bei der Reithalle keine Menschenseele. Der ganze Hof war leer, niemand da. Das hatte es noch nie gegeben.

Das Haus lag jetzt still. Alle Türen und Fenster waren verschlossen. Die tapsige Rottweilerhündin kam nicht aus ihrer Hütte, sogar die Höllenhunde des Vaters hatten zu bellen aufgehört. Nur ab und zu jaulten sie noch auf, wie Draculas Wölfe in Transsilvanien.

Unheimlich war gar kein Ausdruck.

Die Schulter schmerzte, und die Quetschung am Oberarm nervte. Ich war auf den morschen Pflaumenbaum vor Frau Schmidts Zimmer geklettert und hatte durchs Fenster gespäht. Sie war tatsächlich weg, ihre Sachen waren alle fort. An der Stelle, an der Spitzwegs Armer Poet gehangen hatte, rahmte ein graues Staubquadrat die Raufasertapete ein. Nur das Bett mit der nackten Matratze und das durchgesessene Sofa, mit dem mein Vater das Zimmer einmal möbliert hatte, standen noch da.

Ich hatte mich vom obersten Ast auf das Dach fallen lassen und war wie ein Sioux über die Schindeln geschlichen, die unter meinem Gewicht knackten, genauso wie früher. Es war absolut verboten und deshalb immer irre aufregend, über das Dach zu klettern. Ich konnte es einfach nicht lassen, obwohl ich jedes Mal erwischt wurde.

«Man hat dich schon wieder auf dem Dach gesehen», sagte mein Vater dann. «Hast du sie eigentlich noch alle? Wenn du da runterfällst, landest du im Rollstuhl.»

Der Anbau führte zu der Terrasse im Obergeschoss, wo die Tür üblicherweise auf Kipp stand. Ich hatte den Arm durch den Schlitz gezwängt und den Fenstergriff in die Horizontale gedreht, bis sich die schräg gestellte Tür einen kleinen Spaltbreit öffnen ließ, wobei ich ihn mir eingequetscht hatte. Als ich mich aus der Klemme befreit hatte, war ich so wütend, dass mir vor den Augen rote Sternchen tanzten. In meiner Wut hatte ich mich mit Anlauf gegen die Tür geworfen, mehrmals, bis sie tatsächlich mit einem hässlichen Geräusch nachgab. Danach hatte ich schwimmen gehen wollen, um den schmerzenden Arm und die Schulter zu kühlen. In der Halle hatte es noch nach Chlor gerochen, aber im Becken war kein Wasser mehr. Die nackten blauen Kacheln waren blind von Kalk und der Boden des Beckens mit einem moosgrünen Algenschleier überzogen.

«Die Heizkosten bringen mich noch um», hatte mein Vater bei einem unserer letzten Telefonate geklagt. Was auch daran lag, dass die ehemals moderne Fußbodenheizung sich selbst im Hochsommer nicht mehr abschalten ließ und das Thermostat im Schwimmbad, egal wie lange man daran herumdrehte, auf dreißig Grad eingestellt blieb.

Und jetzt lag ich hier, im Gästezimmer, draußen schien immer noch die Sonne, und dieser Scheißtag nahm einfach kein Ende.

Mir tat alles weh, innen und außen. So konnte man doch nicht einschlafen.

«Ich bin zu müde, um schlafen zu gehen», sang die Knef, die ich neulich im Supermarkt Bolle leibhaftig und mit Sonnenbrille beim Einkaufen gesehen hatte. Da sah sie wirklich so zerdrückt und zerknittert aus, als hätte sie seit zwanzig Jahren kein Auge zugetan.

Nur gut, dass wenigstens der Hund auf der anderen Bettseite schlief, leider schnarchte er dabei so laut wie ein Besoffener. Er war von der Dusche geschafft, die wir gemeinsam nahmen, nachdem ich ihn ins Haus geholt hatte.

Klar, der Schlaf lindert Probleme, doch es waren ja genau diese Probleme, die mich einfach nicht schlafen ließen. Vielleicht doch noch ein bisschen telefonieren? Aber Falk anzurufen oder eine Suchaktion nach Claudius zu starten hatte ich mir verboten. Bevor ich mich mit dem zurückgelassenen Durcheinander befasste, musste ich erst einmal das Chaos sichten, das hier in meinem alten Zuhause herrschte. Wäre die Schlafzimmertür meines Vaters nicht abgeschlossen gewesen, hätte ich mir eine Schlaftablette aus seinem gut gefüllten Medikamentenschrank klauen können. So wie früher, wenn mich die Angst vor der Klassenarbeit erst vom Üben und dann vom Schlafen abgehalten hatte. Auf die Wirkung der Pillen war immer Verlass gewesen. Ich liebte das süße Gefühl, wenn der beruhigende Wirkstoff das Hirn wie Zuckerwatte umwickelte und für ein paar Stunden gründlich verklebte. Eine ganze Handvoll Schmerztabletten hätte ich jetzt gebrauchen können, mein Leib schmerzte, als wäre ich in Großmutters Heißmangel geraten.

Morgen beim Frühstück würde ich meinen Vater in aller Ruhe fragen, was hier eigentlich abging. Warum er sich in dieses Eremitendasein mit dem Hausfreund verkroch, was mit der Schmidt und mit Tristan passiert war und wo seine ganzen Bekannten geblieben waren. Bei uns war doch immer was los gewesen; im Reiterstübchen hatten abends die Reiter mit den Bauern und den Damen zusammengesessen und gesoffen. Wenn alle gut drauf waren, schwoften dann die Herren mit Vaters Freundinnen zu den Klängen von Roger Whittaker und Barry Manilow. Zum ersten Mal fiel mir auf, dass ich von diesen Freundinnen, Schnucki, Fiffi und Otti, nicht einmal die richtigen Namen kannte. Was war nur aus Bibi geworden, die ihren alten Dackel immer wie eine Schlummerrolle auf dem Arm herumgetragen hatte? Und was aus der frommen Helene, die meistens pleite war und sich ständig Geld von meinem Vater gepumpt hatte, wie der überall herumerzählte? Überhaupt ließ er an den Freundinnen kein gutes Haar, nannte sie verächtlich alte Schachteln, dabei waren die meisten jünger als er. Nur über die bezaubernde Jeannie, eine ledige Apothekerin, verlor er nie ein schlechtes Wort, denn die versorgte ihn so zuverlässig mit den schlaffördernden und auch den stimmungsaufhellenden Pillen wie sonst nur sich selbst. Und dann war da immer noch Kiki gewesen, die jeden Nachmittag am Rand des Reitparcours saß und meinen Vater beim Training anhimmelte. Sie war angeblich adelig, was man wohl schon an ihrem mächtigen Kropf ablesen konnte, der von einer Art rosa Mäusespeck überzogen war. Von all diesen Tanten, die meinem Vater über so lange Zeit und, soweit ich das beurteilen konnte, ohne Erfolge nachgestellt hatten, keine Spur. Mein Vater war jetzt wirklich so verlassen, wie er sich immer vorgekommen war, wenn er mal wieder einen gewissen Alkoholpegel überschritten hatte und in dieser hilflosen Starre aus Selbstmitleid und Melancholie versunken war.

Ich wurde davon wach, dass mir jemand den Rücken kraulte.

Er roch wie immer nach Bier und Schnaps, nach dem Haarwasser der Marke Silvikrin und dem kalten Zigarettenrauch, den er als Nichtraucher aus den Eckkneipen mit nach Hause brachte. Das Zimmer lag fast im Dunkel, die Sonne ging gerade hinter dem Blümchenvorhang unter. Ich hatte den Kopf ins Kissen vergraben und stellte mich schlafend. Er saß auf der Bettkante und fuhr mit seinen Fingern über meinen Nacken die Wirbelsäule hinab. Seine Fingernägel berührten dabei nur sanft meine Haut. Ein Gänsehautschauer rieselte mir über den Rücken. So hatte er das immer gemacht, als ich noch klein war, klein und unschuldig. Irgendwann musste ich mich aber schuldig gemacht haben.

Darüber geredet hatten wir nie, und ich war das Gefühl nicht losgeworden, dass er mir die Sache mehr verübelte als ich ihm. Das alles war nun auch schon wieder ein paar Jahre her. Seit jener Nacht hatte er mich nicht mehr in den Arm genommen. In meinem Kopf gab es eine Schublade für meine Verfehlungen, in die hatte ich den Zwischenfall gesteckt und ihn dort bis zur Abschlussfahrt in der Zehnten verschlossen gehalten. Nachts im Schlafsaal auf Fehmarn hatte Anja im Stockbett über mir von einem Onkel erzählt, der sie, da ging sie noch in die Grundschule, in einer Gartenlaube auf seinen Schoß gezogen und sich an ihr gerieben hatte. Und plötzlich konnten sich fast alle Mädchen an irgendeinen ekeligen Vorfall innerhalb der Familie oder im Bekanntenkreis der Eltern erinnern. Die Bekennerstimmung war ansteckend gewesen. Natalie hatte von einem Freund ihrer Eltern berichtet, der bei ihnen ein und aus ging und sie und ihre Zwillingsschwester immer Nymphchen nannte. Der kniff sie, wenn gerade keiner hinguckte, in die Brüste. Der Mann von Astrids älterer Schwester hatte sich mit ihr Pornohefte anschauen wollen.

Sie hatte ihren Eltern davon erzählt, die hatten ihr genauso wenig geglaubt wie die eifersüchtige Schwester. Mit manchen Storys ging es mir so wie diesen Eltern, ich nahm sie den Mädchen einfach nicht ab. Die von Christiane zum Beispiel, wie sie einmal mit dem Opa allein im Haus der Großeltern war, und der Opa war, als sie gerade duschte, im Badezimmer aufgetaucht, um sie mit einem Waschlappen abzufummeln, auch untenrum. Die Geschichte hörte sich irgendwie ziemlich erfunden an.

Aber konnte ich mir eigentlich selbst trauen? Vielleicht war das, woran ich jetzt dachte, in Wirklichkeit nie passiert und nur Einbildung. Konnte doch sein, dass ich nur glaubte, mich daran erinnern zu können. Mein Vater und ich, nachts allein im dunklen Wohnzimmer. Mein Vater, der mit den Armen rudert, und für einen Moment sieht es so aus, als würde er das Gleichgewicht verlieren. Die übervollen Aschenbecher, die klebrigen Ringe auf dem Eichentisch, überall leere Flaschen, ein letzter Wagen, der vom Hof rollt, die Nadel des Plattenspielers hüpft in der Rille. Mein Vater, der auf mich zugewankt kommt, mich umarmt. Seine Zunge in meinem Mund. Mit dieser Story hätte ich ganz weit vorn gelegen, keine Frage. Damit hätte ich mich aus dem Strafraum der ewigen Außenseiterin mitten ins Spielgeschehen der Mädchen-Clique geschossen.

Und als wären die verbotenen Gedanken wie in einer Comicblase sichtbar über meinem Kopf aufgeploppt, zog mein Vater seine Hand zurück, strich mir noch einmal übers Haar, erhob sich ächzend von der Bettkante und machte ganz leise die Tür hinter sich zu.

Wie gut, dass ich diese Geschichte damals für mich behalten hatte. Worte gehen nie wieder weg, hatte meine Großmutter früher immer gesagt, wenn ich mich für eine Frechheit entschuldigen wollte. Außerdem verhielt es sich mit solchen Bekenntnissen doch auch nicht anders als mit Liebesbekundungen. Erst war man total scharf darauf, etwas loszuwerden, und kurz danach wollte man es nicht ausgesprochen haben. Jetzt war ich froh, dass der Geist in der Flasche geblieben war. Irgendein Mädchen hätte mein Geheimnis bestimmt zu Hause ausgeplaudert, und dann wäre die Sache herumerzählt worden, bis es alle im Dorf gewusst hätten. Dabei war der Kuss, sollte es ihn wirklich gegeben haben, doch was vollkommen anderes gewesen als das, was die Mädchen sich da erzählten.

Ein einmaliger Akt der Verlorenheit, eine Verwechslung. Es gab wirklich keinen Grund, daraus ein großes Ding zu machen.

Mein Vater hatte sich vielleicht einfach nur geirrt. So wie man sich schon mal im Hotel in der Zimmertür irren kann, an der Garderobe den falschen Mantel greift oder auf einem unübersichtlichen Parkplatz versucht, das falsche Auto aufzuschließen. Ich wünschte mir nur, dass er die Sache inzwischen vergessen hatte.

Wo er nur dieses kitschige, mit bunten Vögeln und Blumen verzierte Waschbecken erstanden hatte? Die muschelförmige Porzellanschale hing wie ein Fremdkörper in dem mit ausrangierten Möbeln vollgestopften Gästezimmer. Möglich, dass meine Mutter das Becken noch selbst ausgesucht hatte. Auf den Fotos in den silbernen Rahmen, die wie unsignierte Autogrammkarten im ganzen Haus herumstanden, trug die blonde junge Frau, die auf fast allen Aufnahmen glücklich lachte, Blusen mit farbenfrohen floralen Mustern und wild geblümte Kleider. Vermutlich hatte sie sich eher ein Dornröschenschloss gewünscht als diese Ruhrpott-Ranch.

Mein Vater sprach nie über meine Mutter, weder vor mir noch vor anderen. Ich konnte mich nicht erinnern, ob ich mich mal getraut hatte, ihn zu fragen, wie sie so gewesen war. Es schien für ihn zu schmerzhaft zu sein, auch nur den Namen seiner toten Frau auszusprechen. Auch meine Großmutter hatte mich mit Erinnerungen verschont, und mein Großvater war damals, nach dem Tod seiner Jüngsten, ohnehin so gut wie verstummt.

Beim Herumstöbern in dem begehbaren Kleiderschrank meines Vaters hatte ich vor Jahren einmal stapelweise Kleidungsstücke entdeckt. Die Pelzmäntel und sogar ihre Unterwäsche aus hautfarbener Spitze hatte er aufbewahrt. Die teuren Modellkleider mit Etiketten aus In- und Ausland hingen in Kleidersäcken neben seinen Smokings und Dinnerjackets.

Beim Vorstellungsgespräch in Frau Prodromidis' Änderungsschneiderei hatte ich den Klamottenfund als Grund dafür angegeben, warum ich eine Schneiderlehre machen wollte. So schöne Sachen wie die gab es bei uns nirgendwo zu kaufen, so was wollte ich nähen lernen, hatte ich ihr erklärt. Tatsächlich war ich von den Kleidern so fasziniert, weil ich glaubte, eine Spur zu meiner abwesenden Mutter gefunden zu haben. Diese Sachen hatte sie also einmal getragen auf ihrer Haut. Immer wieder hatte ich sie an mein Gesicht gedrückt, aber nur das chemische Aroma der grünen Mottenstreifen gerochen. Dass ich in nichts hineingepasst hatte, war eine echte Enttäuschung. Ähnlich war ich ihr schon mal nicht, das zeigte mir der Spiegel im Kleiderschrank. Nur ein flaschengrüner Trenchcoat aus Lackleder hatte mir halbwegs gepasst. In unserer Gegend hätte ich mich aber nie getraut, so etwas Auffälliges zu tragen. Der Mantel lag wohl noch in meinem alten Zimmer, zusammengefaltet in der Schrankwand. In Berlin, im Dschungel, konnte ich mit so etwas punkten, die späten Sechziger waren gerade wieder angesagt.

Aus dem Wasserhahn kam ein leises Fauchen, dann ein bräunliches Rinnsal, mit dem ich mir das Gesicht wusch. Wann hatte in diesem Zimmer das letzte Mal jemand geschlafen? An Übernachtungsgäste konnte ich mich nicht erinnern. In dem überdimensionalen Spiegel über dem Becken, das war wohl ich, zwergenhaft klein sah ich aus. An meinem rechten Oberarm und unterhalb der Schulter hatte sich ein stattlicher Bluterguss gebildet. Das hatte ich nun davon, das Einrennen von Türen wirkte in Filmen doch immer so leicht. Aber was war das? Auf der anderen Seite prangte am Oberarm ein ganz ähnliches Mal. Ich schaute mir über die Schulter, hob mein Haar hoch und entdeckte am Haaransatz eine Blessur, groß wie ein Fünfmarkstück. Die Stelle, an der Claudius mir eine Haarsträhne ausgerissen hatte, war dunkel verkrustet. Ich drehte mich um und schaute über die Schulter. Mein ganzer Rücken war voller roter Striemen, auf dem Hintern blühten hellblaue Hämatome. Das war ja ein Ding! Und das hatte mir gefallen? Ich konnte mich nicht erinnern, Schmerzen empfunden zu haben, aber jetzt brannte nicht nur die Haut, mir tat jeder Knochen weh. Mein Gott wie ich aussah – irgendwie geil.

«Das ist meine Tochter, die fährt gleich wieder», sagte mein Vater, als ich ins Esszimmer kam.

«Ach du lieber Gott», rief die Fremde, die ihm gerade ein Frühstücksei auf den Tisch gestellt hatte, in einer Lautstärke, die mich erschreckte.

«Frau Brolla hilft mir im Haushalt», sagte mein Vater und sah mich an, als wollte er sich für etwas entschuldigen.

«Brodka!», schrie die stämmige Frau, die einen kurzärmligen weißen Schwesternkittel trug. Auch ihre Haut und die Haare waren ganz farblos, nur die Augen waren so dunkel wie die Kohlebrocken in einem Schneemann. «Was haben wir denn da für ein nettes Töchterchen? Und so jung. So hübsch. Ein richtiges Goldstück.»

Ihre Stimme traf direkt auf mein Zwerchfell. Es war, als

160

hätte jemand am Frühstückstisch eine Kreissäge angeworfen.

«Das ist aber schön, dass die Tochter mal den Papa besuchen kommt», brüllte sie und streichelte meinem Vater über den Kopf. Dann rauschte sie hinaus.

«Tee oder Kaffee?», schallte es aus der Küche, während dort mit den Schubladen gerumst und die Türen der Einbauschränke zugeknallt wurden.

«Sag mal, wie redet die denn mit dir?»

«Ich glaube, sie ist schwerhörig. Sie kommt aus Polen, aus Krakau, wie Oma.»

«Du hast mir gar nicht erzählt, dass die Schmidt nicht mehr da ist.»

«Die Schmidt war zu teuer. Die konnte ich mir nicht mehr leisten.»

«Jetzt sag bloß, du hast ihr gekündigt? Das glaub ich nicht.»

«Tristan ist schuld», sagte mein Vater. «Er wollte mit ihr auf den Misthaufen.» Er machte eine Kunstpause und ließ drei, vier Süßstoffpillen in seinen Tee fallen. «Du kennst ja Tristan. Sein Moped hatte einen Platten, und er musste unbedingt ins Dorf, um einen Lottoschein auszufüllen. Da hat Frau Schmidt ihn im Auto mitgenommen. Oben vorm Wäldchen hat er ihr dann ohne Vorwarnung ins Lenkrad gegriffen und wollte mit ihr zur Koppel abbiegen. Er dachte wohl, er könnte mit der mal was erleben.»

Mein Vater hatte sich eine Brötchenhälfte mit dicken rosa Wurstscheiben belegt, die feucht glänzten. Er aß in einem ungeheuren Tempo und redete dabei einfach weiter.

«Probier mal die Saure Rolle, die hat Frau Brolla heute Morgen ganz frisch geholt.»

«Tristan wollte der Schmidt an die Wäsche? Das glaub ich nicht.»

Ich erinnerte mich daran, wie er einmal vor dem Mittagessen mit einem Piccolo in die Küche gekommen war, um vier Richtige im Lotto zu feiern, einen Gewinn von vierzig, fünfzig Mark. Oder dass er der Schmidt manchmal ein paar Mohnblumen brachte, weil das ihre Lieblingsblumen waren. Mein Kavalier, hatte sie ihn dann genannt. Unvorstellbar, dass Tristan sich jahrzehntelang Hoffnungen gemacht hatte.

Ich glaubte meinem Vater kein Wort. Außerdem wäre Frau Schmidt mit Tristan spielend fertig geworden, in jeder noch so absurden Situation.

«Du bist noch jung. Du kannst das nicht verstehen. Es ist nicht einfach für einen Mann, allein zu sein.»

«Und jetzt wohnt diese Schreikuh bei dir?»

«Nein, die Blörka kommt nur ein paar Stunden in der Woche. Es war schwierig, jemanden zu finden, der sich um mich kümmert, sagt Uwe. Sie ist Krankenschwester, die Einzige, die sich auf die Annonce gemeldet hat.»

«Jemand sollte aber auch mal wieder sauber machen. Siehst du nicht, wie dreckig es hier ist?»

«Das wird sie schon hinbekommen, sagt Uwe. Wir sind doch jetzt nur noch zu zweit.»

«Wer ist denn wir? Du und Tristan?»

«Tristan ist im Krankenhaus. Dem haben sie den Magen ausgeräumt. Uwe hat ihn gestern besucht.»

«Was hat das denn mit der Misthaufenstory zu tun?»

«Nichts», nuschelte mein Vater mit vollem Mund und schmierte sich die Leberwurst daumendick auf eine Scheibe Pumpernickel. «Es fing mit den Zahnschmerzen an. Er hatte schon Backen wie ein Hamster, da durfte Uwe ihn endlich zum Zahnarzt fahren. Er hat ja so eine schreckliche Angst vor Ärzten. Sie haben ihm dann alle Zähne gezogen, viel war da ohnehin nicht mehr zu holen. Am Ende musste dann so ein Abdruck gemacht werden, für die Prothese. Und als sie ihm die weiche Masse an den Gaumen pappten, hat er sich an dem Gummizeug verschluckt. Die Helferin hatte wohl zu viel davon auf den Abdrucklöffel geschaufelt.» Mein Vater biss herzhaft in das Leberwurstbrot. «Zwei Tage später konnte er sich vor Bauchschmerzen nicht mehr rühren. Da hat Uwe den Notarzt gerufen, und im Krankenhaus ist er sofort operiert worden. War ziemlich knapp. Einen Pfropfen haben sie aus ihm rausgeholt, so groß wie ein Sektkorken.»

«So was hab ich noch nie gehört.»

«Ich auch nicht», sagte mein Vater, nahm die Serviette vom Schoß, wischte sich den Mund ab, schaute an sich herunter und versuchte, mit dem Fingernagel einen wachsweichen Tropfen Eigelb vom Hemd zu kratzen. In Höhe des Bauchnabels fehlte ein Knopf. Seit ich ausgezogen war, hatte er noch einmal ordentlich zugelegt.

«Ich steh ganz gut im Futter.» Er klopfte sich auf den prallen Kugelbauch. Inzwischen war Frau Brodka wieder ins Zimmer gewalzt.

«Ein echter Mann muss einen ordentlichen Schatten werfen», schrie sie meinem Vater ins Ohr, während sie ihm ein paar Salamischeiben auf den Teller gabelte. Ich wartete ab, bis sie wieder in der Küche verschwunden war.

«Wo hast du denn gestern gesteckt? Ich war schon am Nachmittag hier. Ich habe dich gesucht, aber deine Tür war verschlossen und die von meinem Zimmer auch. Und dann hat mich dein Freund auch noch aus dem Haus ausgeschlossen. Hör mal, ich musste in mein eigenes Zuhause einbrechen. Hast du das gar nicht mitbekommen?»

«Wie denn? Ich war doch im Krankenhaus.»

«Gestern?»

«Ich bin ständig im Krankenhaus. Ich bin krank. Ich bin viel kränker, als ich aussehe, sagt Uwe.»

Er schaute mich an, als wollte er sichergehen, dass ich ihm auch wirklich glaubte, mit einem Gesichtsausdruck, der kindlich wirkte, mich aber auch an die grimmigen Alten aus der Muppet Show erinnerte, die aus der Loge heraus ihre bissigen Kommentare abgaben.

«Unsinn, Tristan ist im Krankenhaus, und du warst gestern hier. Ich glaube, Uwe hat dich in deinem Zimmer eingeschlossen.»

Ich erschrak vor mir selbst. Was war denn das für ein Ton? Redete man so mit seinem Vater? Jetzt behandelte ich ihn selbst schon wie einen unmündigen Trottel, genauso wie diese fremde Frau.

«Ich brauche Ruhe, viel Ruhe. Aber ich rege mich immer auf. Alles regt mich auf, all das ...» Er zeigte aus dem Fenster auf die Weide, und plötzlich wusste er nicht mehr weiter. «Ich weiß nicht, was ich ohne Uwe tun würde. Er regelt den Haushalt, den Einkauf, versorgt die Hunde und mich. Neulich waren wir beim Anwalt, wegen dem Testament, und da hab ich gleich auch alles andere bestimmt. Es kann ja immer mal was passieren, sagt Uwe.»

Ich wollte ihn noch fragen, was er damit meinte, von wegen Testament und Uwe habe alles andere bestimmt, aber die ganze Fragerei war irgendwie ermüdend. Er wirkte ohnehin so müde, und ich mochte ihn nicht bedrängen. Sollte er doch tun, was er wollte. Allerdings klang es eher so, als täte er, was man ihm sagte. Aber wenn Uwe für ihn sorgte, musste wohl auch irgendwie für Uwe gesorgt werden. Hauptsache, ich durfte hier wieder weg. Was hatte ich mir nur von meinem Heimatbesuch versprochen? Das hatte ich schon vergessen.

«Und als Tristan ins Krankenhaus kam, musste Uwe sich auch noch um die Pferde kümmern.»

Stimmt, die Pferde, die hatte ich noch gar nicht gesehen. Das Wetter war prächtig, die Sonne schien, aber auf der Weide standen sie nicht.

«Ohne Tristan ging gar nichts mehr. Ich wollte nicht, dass sie zum Abdecker gebracht werden. Die riechen das doch. Das Blut, den Tod. Doktor Bergmann ist dann gekommen und hat sie erlöst und Dickie gleich mit.»

Stimmt, die Hofhündin war auch nicht mehr da.

«Sie hatte Krebs, ihr ganzer Unterleib war schon klumpig, voll mit Metastasen, sagt Uwe.»

Mein Vater seufzte und legte die Hände in den Schoß, wie zum Gebet. Der dicke Rottweiler, jetzt sah ich ihn wieder vor mir, wie ich ihm früher Kunststücke beizubringen versucht hatte, ohne Erfolg. In den letzten Jahren war er nie mehr aus dem Zwinger gelassen worden, nur Tristan hatte noch mit dem Hund geredet, wenn er ihm einmal am Tag Futter hinstellte.

«Oh Mann, ist das traurig», sagte ich, und es war traurig.

Er sackte noch ein wenig mehr in sich zusammen und war schon halb unter den Tisch gerutscht. Ich ließ die Tränen einfach laufen. Mein Vater suchte in seiner Hosentasche, zog ein Stofftaschentuch hervor, das schon ziemlich verdreckt war, und reichte es mir.

«Ich bin müde. Besser, ich leg mich mal ein bisschen hin.» Er pflückte das Taschentuch aus meiner Hand und wischte sich damit über den Nacken und die Stirn. Seine Gesichtshaut, die ich jetzt wie zum ersten Mal sah, war fast so rot und runzelig wie ein altes Radieschen.

«Jetzt? Gleich nach dem Frühstück?»

Das war jetzt echt nicht der richtige Moment, um die grauen Briefe aus der Umhängetasche zu holen, aber irgendwann musste es ja sein. Ich präsentierte ihm die Rechnungen und Mahnungen aus der Motzstraße, wie die Bankrotterklärung meiner Volljährigkeit. Er schaute apathisch auf den Stapel.

«Zeit für Medizin», rief Frau Brodka, die wie der Kuckuck aus dem Uhrengehäuse aus der Küche herausgeschossen kam und meinem Vater ein Dessertschälchen mit bunten Dragees hinstellte. Kein Zweifel, die Alte hatte uns die ganze Zeit belauscht, trotz des Küchenkrachs. Mein Vater kippte die Pillen auf der Tischdecke aus. Dann fegte er sie zusammen und warf sie sich wie eine Handvoll Smarties ein, alle auf einmal.

«Das sind Vitamine», sagte er, «und Knoblauch ist auch

dabei, der ist gesund. Wenn man ihn als Tablette nimmt, stinkt man nicht so aus dem Hals.» Er kaute die Pillen und schluckte. Dann richtete er sich wieder auf, faltete die Briefe auseinander, sortierte sie und legte den Umschlag mit dem goldenen Wappen obenauf.

«Graf Henckel von Donnersmarck», las er. «Darunter macht es meine Tochter nicht. Ein Graf als Hausbesitzer. Der Polizeipräsident, das Land Berlin. Das Elektrizitätswerk und die Gasanstalt. Alle Achtung, da hast du dir aber richtig noble Gegner gesucht.»

Und plötzlich war er wieder da, so wach, als hätte man ihn mit einem Überbrückungskabel an eine Autobatterie angeschlossen. *Zurück in die Zukunft*, das war der Titel des letzten Films gewesen, den wir uns zusammen im Kino Gloria angeschaut hatten.

«Vielleicht sollte ich mal bei der Hausverwaltung anrufen», murmelte ich, «aber ich weiß nicht, was ich denen sagen soll.»

«Wir können das zusammen machen», schlug mein Vater vor. Er klang jetzt schon fast wieder unternehmungslustig.

Während ich mit dieser Verwaltung telefonierte, lehnte er an der Wand neben dem Telefontisch und soufflierte mir, was ich sagen sollte. Laut, so laut, dass die Bürotante es natürlich mitbekam.

«Da haben Sie aber noch mal Glück gehabt, dass Sie einen Vater haben, der sich so um Sie kümmert», sagte die Pute, nachdem sie klargestellt hatte, ich solle das Mietkonto innerhalb einer Woche ausgleichen, dann werde man die Klage zurückziehen.

«Sieh zu, dass du den Seger loswirst, und such dir eine eigene Bude.»

Mein Vater addierte mit der Rechenmaschine an seinem Schreibtisch die offenen Beträge und kramte dann in dem Durcheinander seiner Schubladen herum.

Schließlich fand er das Scheckheft und zeichnete langsam und konzentriert eine zittrige 4000 in das Kästchen des Eurocheques.

«Das war's, Mäuschen. Jetzt kann ich nichts mehr für dich tun.»

Der Hund hatte im Gästebett auf mich gewartet. Als er uns die Treppe hochkommen hörte, freute er sich so sehr, dass er wie ein gigantischer Pelzflummi durchs Zimmer schoss, wobei der Nachttisch umfiel, und der Porzellanschirm der Lampe zerbrach.

«Für den brauchst du eine Haftpflichtversicherung», sagte mein Vater, der hinter mir hergekeucht kam, außer Atem von den paar Treppenstufen. Der Hund wuselte um meine Beine, sprang an mir hoch und leckte mir über die Nase. Dann sah er meinen Vater, rannte schwanzwedelnd zu ihm hin und machte artig Sitz, als der den Zeigefinger hob. Er wurde ganz ruhig und schloss die Augen, als ihm der Bart gekrault wurde.

«Was bist du denn für ein Kind der Liebe?», fragte mein Vater das Tier, das sich umgehend hinlegte und sich den Bauch streicheln ließ. «Für einen Mischling ist der gar nicht mal hässlich. Da ist doch ein Riesenschnauzer mit drin, vielleicht auch ein Labrador und ein Schäferhund.»

Tierarzt hätte mein Vater werden sollen, das wäre bestimmt ein schöneres Leben gewesen. Aber er hatte ja diese Firma von seinem Vater übernehmen müssen, dem nach dem Krieg aus irgendwelchen Gründen verboten war, sie weiterzuführen. Dabei hatten ihn Mensch und Maschine nie interessiert.

«Wie heißt denn das Männlein?»

«Männlein», sagte ich. Gute Idee. Ich musste lachen, und auch der Hund lächelte. Zumindest sah es so aus, wie er da auf dem Rücken liegend mit hängender Zunge zu uns aufschaute. Männlein, was für ein bekloppter Name. Spitze, darauf wäre ich im Leben nie gekommen.

«Mir ist schlecht», sagte mein Vater unvermittelt und schob ab in Richtung Schlafzimmer.

Die Hundefutterdosen waren in der Garage aufgestapelt, neben den ganzen Türmen aus Winterreifen, die dazugehörigen Autos waren längst verschrottet. In einer Chappidose voll vertrockneter Fleischreste steckte noch ein silberner Suppenlöffel von dem Besteck, das Frau Schmidt immer nur an Feiertagen eingedeckt hatte. Männlein verschlang die roten Brocken in Gelee in wenigen gierigen Bissen, galoppierte zu meinem Auto und sprang an der Beifahrertür hoch. Quer vor dem offenen Hundezwinger parkte Vaters grüner BMW. Uwe war zurück. Jetzt aber nichts wie weg hier. Den Hund brachte ich am besten schon einmal in meinem Golf in Sicherheit.

Bevor ich mich von meinem Vater verabschiedete, drehte ich noch eine Runde durchs Haus. In der Küche stand schon das Mittagessen neben dem Herd, eine geöffnete Dose serbische Bohnensuppe. Hundefutter für den Vater. Auf der Fensterbank stapelten sich die Medikamente, die mein Vater früher diskreter im Schlafzimmer gehortet hatte. Jede Menge Schachteln, auf die Herzen und Darmwindungen gedruckt waren. Diazepam, das hatte er mir früher manchmal verabreicht, wenn ich vor einer Klassenarbeit wieder so aufgeregt war, dass ich mich übergeben musste. Einen Streifen mit den hellblauen Tabletten ließ ich in meiner Umhängetasche mitgehen. Schade, Captagon war nicht dabei, das war mir neulich mal im Dschungel angeboten worden und hatte mich echt unternehmungslustig gemacht.

Im Wohnzimmer war das Foto von meiner Mutter mit mir als winzigem Säugling vom Kaminsims verschwunden. Die einzige Aufnahme, auf der wir zusammen abgebildet waren. Auch ihre Porträts an den Wänden und auf den Kommoden – alle weg. Das kleine Bronzepferdchen stand immer noch auf dem Schreibtisch, das steckte ich mir in die Tasche. An den Tag, an dem er den Preis gewonnen hatte, konnte ich mich noch gut erinnern. Daran, wie die Schmidt mich für das Turnier fein herausgeputzt hatte, mit einer Schleife im Haar und weißen Kniestrümpfen. Wie ich auf der Zuschauertribüne neben Tristan saß, der bei der Siegerkür Freudentränen in den Augen hatte. Als mein Vater den Kopf neigte, um sich die Medaille um den Hals hängen zu lassen, war ich losgerannt. In der Zeitung hatten sie am nächsten Tag ein Foto gebracht: mein Vater auf der Siegertreppe in die Kamera strahlend, anstelle des Pokals die Tochter im Arm.

In seinem Schreibtisch mussten noch die Zeitungsausschnitte sein. Auf der Tischplatte lag ein zusammengefalteter Brief in Frau Schmidts windschiefer Handschrift.

«... und das fällt mir nicht leicht, nach so langer Zeit, nach über fünfundzwanzig Jahren. Aber ich möchte von niemandem Anweisungen bekommen außer von Ihnen, und ich kann mich auch nicht wie eine Dienstmagd behandeln lassen ...»

Draußen flitzten japsend die Wachhunde über den Rasen, und als ich mich umdrehte, sah ich Uwe breitbeinig auf der Terrasse stehen, die Hände in den Hosentaschen. Er starrte mich schweigend an. Ich versuchte, ihn nicht zu beachten, und ging hoch, um meine Sachen zu holen. Jetzt stand die Tür zu dem Zimmer offen, das einmal meins gewesen war. Hier hatte er sich also eingerichtet. Wie im Katalog eines Möbelhauses sah das aus. Bett, Tisch, Stuhl, Einbauschränke, alles aus Nussbaum, eine Yuccapalme und in der Mitte ein ordentlich gemachtes Bett, ein Doppelbett mit weißer Satinbettwäsche.

Im dunklen Zimmer meines Vaters schob ich erst einmal die Vorhänge beiseite, die eine Batterie leerer Schnapsflaschen verdeckt hatten. In der Luft hing der würzige Duft seines Aftershaves und die Süße von ausgeschwitztem Alkohol. Vor dem Fernseher lag ein Haufen dreckiger Unterwäsche, auf schockierende Weise verschmutzte Unterhosen. In der Minibar neben dem zerwühlten Bett fand ich eine eiskalte Flasche Wodka, halb geleert. Ich schrak auf. Im Badezimmer führte mein Vater plötzlich laute Gespräche mit sich selbst, die sich anhörten, als wäre er mit jemandem gerade in Streit geraten. Dann flog die Tür krachend auf, und als er auf sein Bett zuwankte, sah er mich an, als erwarte er die Antwort auf eine drängende Frage.

«Du musst mich ausziehen», sagte er und sackte auf der Bettkante in sich zusammen.

«Auf keinen Fall. Hier muss sich auch niemand ausziehen. Du hast dich doch eben erst angezogen.»

«Ich habe Hunger.»

«Quatsch, wir haben gerade erst gefrühstückt, und du hast echt viel gegessen.»

«Wie spät ist es? Meine Uhr ist weg.»

«Welche Uhr?»

«Deine.»

«Meine Uhr ist hier», sagte ich und zeigte auf die Casio an meinem Arm.

«Deine, meine, alle sagen was anderes. Ich werde beklaut. Meine Uhr ist weg, alles verschwindet.»

Auf seinem Handgelenk war tatsächlich nur ein runder weißer Fleck auf der Haut zu sehen. Aber ich war mir sicher, dass er die Uhr beim Frühstück noch getragen hatte, und begann, sie zu suchen. Auf dem Fernsehsessel ein Klamottenberg und auf dem Nachttisch ein Stapel Zeitschriften, *Wild und Hund*, *Reiterrevue*, *Hörzu*, *Quick* und die *Bunte*. In der Schublade Kleingeld, Knöpfe, Stifte, ein alter Klappwecker. Im Regal über dem Bett standen ein paar zerlesene Taschenbücher wie betrunken aneinandergelehnt, und der Medizinschrank war bis auf den Blutdruckmesser leer. Fast leer war auch sein Kleiderschrank. Kein einziger Anzug mehr da. Die Reitbekleidung, die unzähligen karierten Sakkos mit den Lederellenbogen, die Hemden mit den variierenden Kragenformen, alles war weg, ebenso die Schlipse in den modischen Breitengraden der letzten Jahrzehnte. In den Regalen lagen nur noch die gemusterten Pullis einer italienischen Marke, die Uwe und er neuerdings im Partnerlook trugen.

«Wo sind denn deine ganzen Sachen geblieben?», fragte ich entgeistert.

Er lag nun steif auf dem Bett, wie ein Playmobilmännchen.

«Jetzt siehst du es auch. Keiner glaubt mir. Ich sage doch, ich werde beklaut. Warum glaubt mir denn keiner?», rief er und schrie es dann durch das ganze Haus: «Beklaut werde ich.»

Jetzt hörte ich Schritte auf der Treppe.

«Sie kommen», sagte er mit plötzlich angstverzerrter Miene, änderte aber in Sekundenschnelle die Tonlage, als er die Pflegerin hereinstürmen sah.

«Was ist hier los?», kreischte Frau Brodka.

«Warum helfen Sie mir denn nicht?», herrschte er sie an. «Sie sollen mich ausziehen.»

Sie kniete sich wortlos hin, löste die Schnürsenkel und zog ihm die Schuhe aus.

«Meine Tochter muss jetzt gehen», sagte er und schaute mich mit wässrigen Augen traurig an.

«Das ist heute eine Aufregung», sagte Frau Brodka, während sie ihm die Hose öffnete. «Der unangekündigte Besuch bringt uns ganz durcheinander, nicht wahr?»

Ich wandte mich ab und ging hinaus.

«Fahr vorsichtig, Mäuschen», rief mein Vater mir nach.

Vor der Tür holte ich erst einmal tief Luft. So durcheinander hatte ich ihn noch nie gesehen. Bestimmt konnte unser alter Hausarzt helfen, am besten, der käme gleich mal vorbei. Ich ging hinunter in die Halle. Doktor Hentrichs Nummer stand noch in dem Notizheft auf dem Telefontischchen. Doch kaum hörte ich das Freizeichen, wurde mir der Hörer aus der Hand genommen.

«Abmarsch!», herrschte Uwe mich an und zeigte auf die Tür.

«Warte doch mal, wir müssen einen Arzt holen. Er braucht Hilfe. Ich glaube, er dreht durch.»

Uwe lief voraus zur Tür und riss sie weit auf.

«Für deinen Vater ist gesorgt und jetzt tschüss. Aber warte mal ...»

Er kam auf mich zu, und ich zuckte zurück. Für einen Moment dachte ich, er würde mir wieder eine runterhauen, so wie in den Sommerferien vor Jahren, als ich abends zu spät nach Hause gekommen war. Aber er riss mir nur die Tasche von der Schulter, kramte darin herum und holte das Pferdchen hervor.

«Das hat er mir geschenkt.» Na ja, das stimmte nicht ganz. Aber er hätte es mir geschenkt, das wusste ich. Ich war nur nicht dazu gekommen, ihn zu fragen. Uwe starrte mich an, er hielt meinen Blick wie ein Kaufhausdetektiv, der eine Kleinkriminelle in flagranti ertappt hat. Dann zog er langsam Vaters goldene Omega aus der Tasche.

«Und was ist das?»

Doktor Hentrichs Arztpraxis lag gegenüber meiner alten Schule. Keinen Schultag hatte es gegeben, an dem ich auf dem Weg von der Bushaltestelle zum Schultor nicht an die chromblitzenden Folterinstrumente unseres Hausarztes denken musste. An die Spatel und Löffel, die nierenförmige Spuckschale, den kleinen schwarzen Gummihammer und an Frau Hentrichs zupackende Hände. Daran, wie sie mich festzuhalten versuchten, wenn ich laut schreiend vor der Spritze mit dem Glaskolben und der langen Nadel ausbüxen wollte.

«Wie kann man sich beim Impfen nur so anstellen? Das ist doch nur ein kleiner Piks.»

Beim letzten Fluchtversuch hatte ich es sogar bis in den Garten der Arztvilla geschafft, wo mich dann der Rauhaardackel der Hentrichs in die Wade biss.

«Die Wunde ist schnell vernäht. Dazu braucht es keine Betäubung», hatte Doktor Hentrich gesagt, und als das Bein verbunden war, hatte ich die Impfung kaum mehr gespürt.

Das Haus des Doktors war frisch gestrichen, in einem saftigen Gelb, wie Vanillepudding. Kurz nach zwölf, die Praxis im Anbau hatte schon geschlossen. Ich ging am Jägerzaun um das Grundstück herum und klingelte am Gartentor. Herr und Frau Hentrich erschienen an der Haustür, als Paar, wie die Landmaus und die Stadtmaus aus meinem alten Bilderbuch. Sie in der weißen Schürze, er mit roter Fliege am Hemd, alles wie immer. Die beiden schienen nicht übermäßig erfreut, mich zu sehen.

Aus der Diele drang der Geruch von Sauerkraut. «Wir wollten gerade zu Tisch gehen.»

Die Arztgattin huschte ins Haus zurück. Doktor Hentrich bat mich nicht herein. Er blieb mit mir an der Tür stehen, die Arme vor der Brust überkreuzt, die Hände unter die Achseln geklemmt.

Der Gesundheitszustand meines Vaters, begann er dann, gebe ihm Anlass zur Sorge. Frau Schmidts Kündigung war ihm auch schon zu Ohren gekommen. Er hatte bereits mit unserem Pastor Wendt gesprochen und abgemacht, dass zwei Mal in der Woche die Gemeindeschwester nach dem Rechten schauen sollte.

Ausgerechnet Schwester Elfriede! Damit war also alles, was bei uns zu Hause vor sich ging, verlässlich Stadtgespräch.

«Der Ärger in der Firma, und ja, das muss ich jetzt mal offen sagen, auch der ständige Kummer um dich, das alles hat ihn doch sehr mitgenommen.»

Wann hatte mein Vater eigentlich damit begonnen, schlecht über mich zu reden? Als kleines Mädchen war ich sein ganzer Stolz gewesen, sein Füchslein, sein Goldfasan. Es musste wohl die Pubertät gewesen sein, die seine Einstellung zu mir so gründlich verändert hatte.

«Was für ein Kummer?», fragte ich, doch der Monolog unseres Hausarztes war nicht zu unterbrechen.

«Dass du einfach ausgezogen bist und ihn allein gelassen hast, hat ihm einen schweren Schlag versetzt.» Er blickte mich an. «Mädchen, weißt du eigentlich, was du ihm angetan hast? Dein Vater braucht dich.»

Patzig fragte ich zurück, ob ihm bekannt sei, dass der Freund meines Vaters bei uns eingezogen war. Aber Doktor Hentrich tat, als hätte er Uwes Namen noch nie gehört.

«Dein Vater war stets für dich da. Er hat alles für dich getan nach dem Tod deiner Mutter. Du weißt, dass er sie sehr geliebt hat. Es war nicht einfach für ihn als alleinerziehenden Vater.» Er schüttelte seinen kahlen Kopf, als würde er über einer schwierigen Mathematikaufgabe brüten. «Vielleicht hat es der Herr so gewollt.»

Ich schilderte ihm meine Zweifel, ob Frau Brodka und Uwe sich ordentlich um meinen Vater kümmerten. Wie sich die ganzen Pillen, die er immer schon nahm, mit der Ration an täglichem Schnaps vertragen würden, wollte ich von ihm wissen. Da schaute mich der Arzt strafend an, als würde ich gerade mit Vorsatz den Ruf meines Vaters ruinieren.

«Warte mal kurz», sagte er, verschwand im Flur und kam dann mit einer Visitenkarte zurück. «Doktor Grünberg praktiziert im St.-Josefs-Hospital, ich habe deinen Vater mal zu ihm überwiesen, vielleicht kann der dir helfen.»

Er rückte seine Fliege zurecht und gab mir noch einen väterlichen Rat. «Hör auf mich, Mädchen. Komm nach Hause und mach dein Abitur nach, dein Vater wünscht es sich so sehr. Lauf vor den Herausforderungen des Lebens nicht davon, du bist doch kein dummes Kind mehr. Kümmere dich um ihn, sonst wirst du es dir später nicht verzeihen.» Er reichte mir die Hand und schob mich dann sanft in den Vorgarten. «Henriette und ich beten für deinen Vater. Der Herr sei mit dir.»

Totalsperrung, meldete das Radio, zwanzig Kilometer Stau vor dem Grenzübergang Helmstedt. Wir waren in der glühenden Augustsonne schon eine Weile keinen Meter mehr vorangekommen. Ich hatte die Fenster heruntergekurbelt und das Gebläse auf Stufe fünf gestellt. Männlein wehte die warme Luft um die Nase, er hechelte rhythmisch. Die Leute um uns herum waren ausgestiegen, liefen die Reihen der Autos entlang und hielten mitten auf der Fahrbahn Ausschau nach Polizei oder Krankenwagen. Neben mir saß ein junger Mann im Schneidersitz auf der Kühlerhaube und kaute an einem Brötchen. Er winkte mir zu, als ich das Radio lauter drehte.

«I sneak around the corner with the blueprint of my lover ...» Letzten Sommer hatte ich die Maxi-LP gekauft, ich war extra mit dem Zug bis nach Dortmund gefahren, weil in unserem Kaff gerade der Plattenladen dichtgemacht hatte. Ein Jahr war es erst her, dass es nichts Schöneres gegeben hatte, als nachts mit Lutz ins Freibad einzubrechen, dieses Lied im Kopf, und nackt die Wasserrutsche kopfüber runterzusausen. Damals hatte es in meinem Leben noch nichts Schlimmeres gegeben, als dabei erwischt zu werden und im Morgengrauen von der Polizei in einem Mannschaftswagen nach Hause gebracht zu werden.

Ein Jahr war das her. Wenn die Zeit weiter so raste, würde ich bald in Rente gehen, ohne auch nur einen Tag gearbeitet zu haben.

Was hieß das eigentlich, Blueprint? Blaugedrucktes? So wie Kleingedrucktes? Die blauen Pillen aus dem Vorrat meines Vaters hatte ich noch auf dem Parkplatz vor Doktor Hentrichs Praxis eingeworfen, gleich zwei. Mit dem Effekt, dass meine Gedanken jetzt nur noch im Schritttempo vorbeizogen. So wie der Rettungswagen mit dem Blaulicht, der sich durch den zögerlich entstehenden Korridor schlängelte. Was wohl passieren würde, wenn man ausscherte und mit hundert Sachen über den Standstreifen raste, mit Karacho an Stau und Unfall vorbei? Warum machte das keiner, warum beugten sich alle der herrschenden Ordnung? Wie das überhaupt funktionierte, dass sich im Straßenverkehr jeder an die Regeln hielt. Dafür, dass da draußen so viele gemeingefährliche Idioten herumliefen, gab es auf den Straßen erstaunlich wenig Chaos.

Als die Autos wieder anrollten, erinnerte ich mich plötzlich daran, wie mein Vater mir mal von einer Party auf Tante Puttis Wasserschloss erzählt hatte, zu der er Uwe mitgenommen hatte. Uwe sollte ihn fahren, weil der nie etwas trank, außer Cola, ohne Schuss. Erst spät, die Stimmung war schon ausgelassen, war meinem Vater aufgefallen, dass er Uwe seit der Ankunft nicht mehr gesehen hatte. Auf der Suche nach ihm hatte er alle Räume inspiziert, aber der Freund war nirgends auffindbar. Schließlich fand er ihn in der Küche. Uwe war von den Bediensteten der Hausherrin gleich nach der Begrüßung von der Abendgesellschaft getrennt und an dem großen Küchentisch platziert worden, zu den anderen Chauffeuren. So hatte mein Vater die Geschichte erzählt und sich gar nicht mehr einbekommen vor Lachen. Inzwischen war mir klar, dass auch diese Story gelogen war, komplett erfunden. Das hätte er wohl gerne gehabt, dass Uwe sich von ihm zum Dienstboten machen ließ. Aber Uwe hatte längst die Führung übernommen. Er hatte sich ins Leben meines Vaters eingeschlichen und nach und nach unentbehrlich gemacht. Er hatte dafür etwas warten müssen, aber nun ging der Plan auf, langsam und stetig wie ein ganz solider Hefeteig.

«Machen Sie das linke Ohr frei. Den Laufzettel mit Kugelschreiber ausfüllen, fahren Sie rechts raus. Öffnen Sie das Handschuhfach. Legen Sie die Rückbank um.»

Wenn ich die Kontrollstelle passierte, war ich jedes Mal wieder so aufgeregt, als würde ich von der Polizei gesucht. Durchaus denkbar, dass einem aus reiner Willkür eines Tages die Einreise verweigert würde. Wohin sollte ich dann? Erst als der Stempel in den Pass gedonnert worden war, ich endlich über die Transitstrecke rollte und die Fugen der Bodenplatten unter mir das vertraute Herzschlaggeräusch machten, bu-bumm-bu-bumm-bu-bumm, fühlte ich mich wieder in Sicherheit. Transit, das war's. Den einen Ort verlassen und am anderen noch nicht ankommen, das war Freiheit. So hätte es immer weitergehen können.

In der Motzstraße fand ich direkt vor dem Supermarkt einen Parkplatz. Auf dem Lüftungsgitter vorm Eingang saß ein Junge im Schneidersitz auf einem Bundeswehrschlafsack. Seine Haare waren blau gefärbt, phosphoreszierend, genauso wie die Schwanzspitze des weißen Schäferhundes, der auf seinem Schoß döste. Gut drauf waren die beiden. Der Junge grinste eine Oma an, die vorbeiwackelte und angestrengt so tat, als hätte sie ihn nicht gesehen.

«Haste mal 'nen Taler?» Der Punk lachte wie Michel aus Lönneberga. Bestimmt war er noch nicht lange volljährig, wenn überhaupt.

Im Portemonnaie hatte ich noch ein Fünfmarkstück, aber das brauchte ich selbst.

«Kannst du mal kurz auf meinen Hund aufpassen?», bat ich den Jungen.

«Lego», sagte er, griff in die Tüte, die er zwischen den Beinen hielt, und gab Männlein einen Bahlsenkeks.

Die Dosen im Sonderangebot waren im Supermarktkorridor zu einer Pyramide aufgestapelt. Ja!, rief mir das Hundefutter in blauen Lettern entgegen. Ich nahm zwei, eine für Männlein und eine für den Punkerhund, und für den Rest von dem Fünfer bekam ich noch ein Schultheiss und eine Bifi.

«Och, nee, nicht noch mehr Chappi», stöhnte der Junge, als ich ihm die Dose hinhielt. Er öffnete seine Sporttasche, die bis oben hin voll mit Hundefutter war.

«Warum glauben die Leute alle, ich würde Hundefutter trinken?»

«Fang!» Ich warf ihm das Bier zu. «Auch noch 'ne Bifi?»

«Danke. Dein totes Tier kannste behalten. So was esse ich nicht. Bifi, die Minisalami! Aufreißen, reinscheißen, wegschmeißen. Das Zeug ist doch Dreck.» Er zeigte neben sich auf seinen Schlafsack. «Setz dich. Wir können uns das Bier auch teilen.»

Aber da begann Männlein, aufgeregt zu hecheln, heftig zu wedeln und an seinem Strick zu zerren. Jemand legte mir von hinten die Hände vor die Augen.

«Engelchen, wo bist du nur gewesen?»

Männlein freute sich wie ein Trennungskind am Tag der Zusammenführung seiner Eltern. Immer wieder sprang er an Falk und mir hoch, schmiegte sich an meine Knie, presste seinen Kopf an Falks Unterschenkel und zwängte sich zwischen uns, als wir nach Hause gingen, eng umschlungen.

«Ich liebe dich», flüsterte Falk mir ins Ohr, als wäre das ein Geheimnis, das ich nicht weitersagen durfte, nahm mich in den Arm und führte mich ab. Ich war so überrumpelt, dass ich dem Jungen noch nicht einmal Tschüss sagte.

«Was für ein schönes Paar!», rief uns der Wirt von dem griechischen Restaurant Athos zu, der mit einem Glas Ouzo vor der Tür saß. Wir teilten uns im Athos eine Portion Moussaka, und nach einem Liter Retsina kam es mir so vor, als hätten wir alles geklärt.

Das Geld für die Miete hatte Falk in die Anschaffung des Fotoautomaten gesteckt, weil er bei der Bank keinen Kredit bekommen hatte. Das Gerät hatte man Günter, einem schon etwas in die Jahre gekommenen Arbeitskollegen, der es leid war, bei Wild zu schuften, sensationell preisgünstig angeboten. Das war die Gelegenheit, sich selbstständig zu machen. Die Maschine konnte in kürzester Zeit Filme entwickeln, in so gut wie jedem Format und in hervorragender Qualität, und genau das war die bahnbrechende Idee: Sofortentwicklung von Filmen, rund um die Uhr, für Laien wie für Profis. Fotografen wie Claudius würden die Bilder aus dem

Dschungel gleich nach dem letzten Mojito als Eilaufträge abgeben und noch vor dem ersten Milchkaffee am Morgen die Abzüge an den Auftraggeber liefern können. Claudius – als ich den Namen hörte, begann es in meinem Magen kalt zu kribbeln. Falk redete wie aufgezogen. Sie hatten echt Glück gehabt, denn nun hatte er auch noch das passende Ladenlokal gefunden, direkt am Ernst-Reuter-Platz, in bester Lage. Es lief also alles wie geschmiert, nur dass Falk es einfach nicht geschafft hatte, die Hälfte der Mietkaution für das Geschäft aufzutreiben. Von seinem Vater war keine Hilfe zu erwarten, der hatte gerade in der Schweiz gebaut, und seine Mutter hatte selbst nichts auf der hohen Kante. Am Ende hatte er Günter dazu gebracht, ihm was zu leihen und die Investitionen für den Laden erst einmal vorzustrecken. Allerdings hatte er ihm dafür seine wertvollen Fotoapparate als Pfand geben müssen. Günter hatte es gut, der hatte geerbt, die Eltern waren beide tot und hatten ihm ordentlich was hinterlassen.

«Weiß auch nicht, warum sich die, die es haben, mit der Kohle immer so anscheißen.»

Mit der Zeit hatte Falk einfach so eine Art Brieföffnungsphobie entwickelt. Immer diese vielen Rechnungen und Mahnungen. Und er musste doch seine Kräfte für den Sprung in die Selbstständigkeit aufsparen. «Aber du kannst dich jetzt wieder locker machen. Das mit der Miete und dem anderen Kram regle ich gleich morgen.»

Ein Mietrückstand von vier Monaten, dabei konnte diese Geschäftsidee doch erst ein paar Wochen alt sein. Wie ging das zusammen?

«Du hättest mich ruhig mal einweihen können in deine Pläne.»

«Aber ich weiß doch, wie du immer in Panik gerätst, wenn es ums Geld geht. Ich wollte dich eben überraschen, dich einfach ins Auto setzen und dir den fertigen Laden präsentieren.»

Das Auto war ein alter Citroën DS, himmelblau, den er gemeinsam mit Günter angeschafft hatte. So ein Gangsterauto aus Frankreich war schon lange sein Traum gewesen. *Foto-Fuchs* sollte die Firma heißen. Das Logo, ein Fuchs, der ein Auge zudrückte, wollten sie noch aufs Auto kleben: *Der Foto-Fuchs – schnell, schlau, schau!*

Sicher, den Vierundzwanzig-Stunden-Service mussten sie erst einmal zu zweit stemmen. Monate würde es dauern, bis sie sich Angestellte leisten konnten, bis dahin hieß es Ärmel hochkrempeln.

Nach dem Besuch einer Firma für Fotopapier in Lankwitz hatte er also gleich mal im Tierheim vorbeigeschaut. Ich sollte mich nicht einsam fühlen, wenn er bald so viel arbeiten musste. Eigentlich hatte nur vorgehabt, sich die herrenlosen Hunde mal in Ruhe anzuschauen und dann mit mir wiederzukommen.

«Aber dann war es wie bei uns: Liebe auf den ersten Blick.»

Der große schwarze Mischling war ihm sofort aufgefallen. Er war der einzige Hund unter den zahllosen Waisen gewesen, der den Besucher nicht mit lautem Gekläff begrüßt hatte. In einer Ecke seines Käfigs hatte er gekauert und auf den Boden vor sich gestarrt, als hätte er schon längst aufgegeben. Nur noch wenige Tage, dann hätten sie ihn eingeschläfert, hatte der Tierpfleger gesagt. Falk hatte ihn Puccini getauft, aber Männlein war auch okay.

«Alles, wie du willst, Engelchen.»

Er redete und redete und stellte mir keine Fragen. Mir war das nur recht.

Er hatte mal «Zusammen sind wir unausstehlich» auf den Spiegel im Bad geschmiert, mit meinem neuen Chanel-Lippenstift, den ich danach wegschmeißen konnte. Aber: ein schönes Paar, das war auch dem Wirt aufgefallen. Und ich mochte es, ein Paar zu sein. Ich war so erleichtert, wieder durch die Motzstraße zu gehen, dass es sogar noch zu einer finalen Aussöhnung auf der Matratze kam. Beim Einschlafen, Arm in Arm, den Hund zwischen unseren Füßen, fühlte ich mich beinah glücklich.

Doch zwischen drei und vier, in der nüchternen Stunde, als der Rausch verflogen war, tauchten die Ängste, die ich am Abend unter den Tisch getrunken hatte, wieder auf, und bei Sonnenaufgang schwirrten mir die Sorgen erneut um die Ohren. Ich sah meinen Vater auf dem Bett liegen, ausgezogen von dieser Frau, hörte Uwes Stimme, wie er mich vor die Tür setzte, erinnerte mich an Doktor Hentrichs strenge Ermahnungen und wusste immer noch nicht, wie die Uhr in meine Tasche gekommen war. Und war es nicht verrückt, dass Falk so überhaupt nicht wissen wollte, wo ich in der Zwischenzeit gesteckt und was ich gemacht hatte? Nicht eine einzige Frage hatte er mir gestellt. Aber ich selbst hatte auch bei keiner Ungereimtheit nachgehakt. Total verlogen von mir, nicht zu fragen, warum er einen Hund aus dem Tierheim

186

befreite, um ihn dann in der Wohnung einzuschließen. Und so taten wir beide, als wäre nichts passiert.

Das Geheimnis beim Lügen war, immer ganz nah an der Wahrheit zu bleiben, hatte Falk mal gesagt. Wenn das so war, dann konnte das Schweigen, also das simple Auslassen von etwas, die sicherste Art zu lügen sein. Was aber, wenn ein Lügner auf einen anderen traf? Echte Lügner kennen alle Formen der Lüge, fürs Lügen haben sie einen Riecher. Es gibt nichts Schlimmeres für sie, als angelogen zu werden.

Es gab so gut wie nichts, das Falk nicht im Nachhinein erklären konnte. Ich kam mir vor wie Rotkäppchen, das den Wolf unter der Schlafhaube partout für die eigene Oma halten wollte. Aber da war doch noch Günter, der glaubte schließlich auch an ihn. Gleich am nächsten Morgen stellte Falk ihn mir vor. Günter war schon alt, ich schätzte ihn auf mindestens vierzig. Die tiefen Falten, die unterhalb der Kasperlnase am Strichmund vorbeizogen, zeugten von einschneidender Lebenserfahrung und den täglichen Schachteln Reval. Falk hatte eine kostspielige Scheidung und ein Gerichtsverfahren um das Sorgerecht für die halbwüchsigen Kinder in Westdeutschland erwähnt. Wenn so einer sein Erbe ausgerechnet mit Falk in ein gemeinsames Projekt steckte, dann musste er doch glauben, dass Falk vertrauenswürdig war. Die beiden saßen im Wohnzimmer und schmiedeten Pläne für den Ausbau ihres Ladens. Falk redete und zeichnete die Geschäftseinrichtung mit spitzem Bleistift, Lineal und Zirkel auf Millimeterpapier. Günter hockte wie ein zusammengefallener Käsekuchen neben ihm und rauchte.

Ich zog das Telefon mit der langen Schnur an den beiden vorbei in die Küche und wählte noch vor dem ersten Kaffee die Nummer auf Doktor Hentrichs Karte. Im Krankenhaus wurde ich von der Pforte mit einer Schwester verbunden und von dort aus immer weiter, von einer Schwester zur nächsten Station, und jedes Mal wiederholte ich, wer ich war und warum ich den Doktor sprechen wollte, bis ich den Grund beinah selbst vergessen hatte, da bekam ich ihn endlich an die Strippe.

Er ließ mich einfach reden, sagte kein Wort, auch nicht, als ich ihm von dem letzten Besuch bei meinem Vater erzählte. Er schwieg so ausdauernd, dass ich schon fast glaubte, die Leitung sei unterbrochen worden oder der Arzt eingeschlafen.

«Ja, ich bin noch da. Ich verstehe nur nicht, was Sie von mir wollen.» Nein, seine Diagnose könne er mir nicht mitteilen. «Sie haben doch bestimmt schon mal was von ärztlicher Schweigepflicht gehört.»

«Aber ich bin doch seine Tochter.»

«Tut mir leid, aber ohne Rücksprache mit Ihrem Vater darf ich Ihnen keine Auskunft erteilen.» Er wünschte mir noch einen schönen Tag und legte auf.

Warum hatte mir Uwe die Omega-Uhr eigentlich nicht abgenommen? Wieso hatte er sie einfach wieder in meine Tasche geworfen, bevor er die Tür hinter mir zuknallte? Die Uhr mit dem goldenen Gehäuse und dem Gelenkarmband lag vor mir auf dem Küchentisch wie Diebesbeute. Nie hatte ich meinen Vater ohne diese Uhr gesehen. Er schlief sogar mit ihr. Nur zum Duschen nahm er sie ab, obwohl sie wasserdicht war. *Seamaster* stand in winziger Schreibschrift auf dem perlmuttschimmernden Zifferblatt. Ich legte sie mir um. Das Armband war viel zu weit, die Uhr rutschte mir auf den Handrücken. Egal, bis ich sie ihm zurückgeben konnte, würde ich sie einfach tragen.

Die unangenehmen Briefe drapierte ich auf dem Küchentisch. Die Frist bis zum Abdrehen von Gas und Strom lief in fünf Tagen ab, dann aber mal husch. Wenn ich den Scheck zur Bank brachte, würde ich Falk einen Stapel Überweisungsträger mitbringen und nicht eher Ruhe geben, bis alle ausgefüllt waren. Vertrauen konnte ich mir nicht mehr leisten. Der Scheck. Wo hatte ich den eigentlich hingetan? Im Portemonnaie waren nur noch Pfennige. Ich schüttete den Tascheninhalt auf dem Tisch aus. An der durchsichtigen, von Kajalstift verschmierten Kosmetiktasche, am samtumpuschelten Haargummi, überall klebten die Tabakkrümel aus der leeren Zigarettenpackung, sogar in der Tamponhülle. Aber der Scheck? Fehlanzeige. In der Innentasche fand ich noch ein Stück Papier, aber das war eine Tankquittung.

Die Haarfarbe, die sensible Haut, meine Ungeduld, das Talent zum Vergessen, das alles hatte mir mein Vater vererbt, ebenso wie den empfindlichen Magen. Jede Form von Aufregung zeigte die gleiche Wirkung wie starker Kaffee, nachdem man ein Kilo Steinobst gefuttert hatte. Auf der Toilette kamen mir nicht unbedingt die besten Ideen, aber Stillsitzen half immerhin der Konzentration. Jetzt fiel mir wieder ein, dass ich den Scheck klein gefaltet hatte, um ihn in die Tasche der Jeans zu stecken, die ich gestern Nacht in die Waschmaschine gestopft hatte. Großer Gott, wir preisen dich – keiner hatte die Maschine angestellt.

«Ein Scheck ist ein Dokument, junges Fräulein. Den faltet man doch nicht wie Kaugummipapier», sagte der Mann am Sparkassenschalter. Er nahm mir den Pass, die EC-Karte und den Scheck ab und verschwand mit meinem ganzen Besitz durch eine rückseitige Tür in der Wandvertäfelung. Hätte er mir nicht eine Quittung dafür geben müssen? Was, wenn er jetzt nicht mehr wiederkam? Es gab ja noch nicht einmal einen Zeugen. Und schon wieder rumorte mein Magen, und weit und breit keine Toilette.

«So was gibt's hier nicht», sagte die dicke Frau am Nachbarschalter auf meine Nachfrage, ohne aufzuschauen.

«Die denken, du willst dir 'nen Schuss setzen, das haben sie hier nicht so gern.» Der Junge mit den blau gefärbten Haaren stand mit einer Handvoll Münzen hinter mir in der Schlange. «Da hinten, hinter dem Grünzeug in den Plastikkübeln, ist das Klo. Da geh ich auch immer hin. Ist tippitoppi sauber, ich halte hier so lange die Stellung.»

Als ich zurückkehrte, bekam er am Schalter gerade seine Tageseinnahmen in drei Zehnmarkscheine umgetauscht, zu meiner großen Freude von dem wiederaufgetauchten Sparkassenmann.

«Denk bloß nicht, ich mache jeden Tag so 'nen Bombenumsatz. Aber heute war so was wie Weihnachten im Spätsommer.»

«Auszahlung oder Gutschrift aufs Konto?», fragte mich der Bankangestellte.

«Take the money and run», sagte der Blaugefärbte und

schaute über meine Schulter dabei zu, wie mir die Scheine hingeblättert wurden. Dreitausendneunhundert, viertausend ...

«Denk bloß nicht, ich mache jeden Tag solche Umsätze», sagte ich und steckte das dicke Notenbündel in die Innentasche meiner Jeansjacke.

«Man sieht sich.»

Falk hatte recht, ich war nicht gern allein. Aber tagsüber keine Minute in der Wohnung unbeobachtet zu sein, war auch nicht gerade toll. Falk und Günter störten mich, vor allem störten sie meine Fernsehgewohnheiten. Mit dem Fernsehen war es wie mit dem Onanieren. Ging nicht so richtig, oder war zumindest nicht so gedankenverloren, wenn einem jemand dabei zuschaute. Mein beruhigender Tagesrhythmus aus Spielfilmwiederholungen, Nachrichten, *Quincy*, *Hart, aber herzlich*, *Mord ist ihr Hobby*, *Magnum* und *Columbo* war total durcheinandergebracht. Außerdem musste Männlein ständig raus. Der hatte was an der Blase, und wenn man ihm Hühnchen gab oder alte Wurst verfütterte, bekam er Dünnschiss. Da musste man erst mal drauf kommen, dass der kein Menschenessen vertrug. Und weil Falk immerzu beschäftigt war, stand fest, wer ab jetzt mit dem Hund um den Grunewaldsee zu latschen hatte. Auf dem Rückweg von meinem Hundespaziergang fuhr ich immer bei Claudius vorbei.

Er war froh, mich wiederzusehen, überrascht schien er nicht. Er hatte mit mir gerechnet und auch damit, dass ich von nun an täglich wiederkommen würde. Auf die Frage, warum er neulich einfach weggelaufen war, antwortete er nicht.

Wir hatten ein Klingelzeichen verabredet, zweimal lang,

dreimal kurz. Ich solle nicht enttäuscht sein, wenn er mal nicht aufmache, dann sei er in einem Shooting oder in der Dunkelkammer. In den ersten Tagen summte der Türöffner allerdings zuverlässig.

Bei jedem Treffen hatte ich unseren verrückten ersten Tag vor Augen, den ersten Kuss. Ich wollte alles dafür tun, dass es noch einmal so unvorhersehbar wild wurde. Doch je öfter Claudius meine Bedürfnisse erfüllte, desto trauriger wurde ich. Woher nur immer die Tränen kamen? Mit dem Begehren war es auch nicht anders als mit dem Sommer. Festhalten ging nicht. Die Tage und vor allem die Nächte wurden kürzer, die Leute kamen aus den Ferien zurück, die Hitze ließ nach, und Claudius arbeitete neue Aufträge ab.

Wenn er unter Zeitdruck stand, machten wir es im Stehen, gleich im Wohnungsflur. Manchmal gab er mir auch bloß einen Kuss an der Tür, vertröstete mich auf den nächsten Tag und schob mich wieder in den Hausflur. Je weniger Zeit er für mich hatte, desto mehr Stunden wollte ich mit ihm verbringen. Ich träumte davon, mit ihm zu verreisen, vielleicht nach Ibiza, schließlich sprach er fließend Spanisch. Frühstücken, Mittag essen, baden, zusammen einschlafen und morgens im Bad nebeneinander Zähne putzen, hören, wie der andere nachts pinkelt. Ich konnte von Claudius alles verlangen, nur Innigkeit war nicht im Angebot. Was passierte, wenn wir uns sahen, hing davon ab, ob er Zeit und Lust hatte, mit mir zu schlafen. Richtig schön war es, wenn er mir wehtat. Es galt, was Claudius wollte, und ich ließ Dinge mit mir machen, von denen ich nicht gewusst hatte, dass es sie gab, und schon gar nicht, dass sie mir gefielen, dass ich danach süchtig wurde. Das ganze Leben war von einer Glasur aus Sinnlosigkeit überzogen, wenn er mich zurückwies.

War er über mehrere Tage mit seinen Shootings beschäftigt, blieb die Tür geschlossen, und ich begann, wie auf Entzug zu zittern. Ich saß dann in meinem Auto, das vor dem Haus stand, starrte hoch zum zweiten Stock und stellte mir Claudius' Stimme und seine Bewegungen vor. Allein die Art zu gehen, diesen Schlendergang. Am liebsten wäre ich immer bei ihm geblieben und hätte ihm bei allem, was er tat, einfach nur zugeschaut. Warum ging das nicht? Ich würde auch ganz leise sein, so gut wie unsichtbar.

Doch unsere gemeinsame Zeit, die Komplimente und Sehnsuchtsbezeugungen, alles wurde unaufhörlich knapper. Wörter, Bewegungen, Blicke begannen, sich zu wiederholen. Die Erregungskurve wurde flacher, die Zeitspanne aus Begrüßung, Sex, Gesprächen und Verabschiedung kürzer. Der letzte Teil begann, den vorletzten immer mehr zu überschatten, bis ich schon bei der ersten Umarmung den Abschiedskuss spürte, seinen Wunsch, in absehbarer Zeit wieder allein zu sein.

Am Zeitungskiosk griff ich mir immer den *Tagesspiegel*, um unser beider Horoskope in Hinsicht auf die gemeinsame Zukunft zu überprüfen, danach steckte ich das Blatt in den Ständer zurück. Aber Claudius interessierte sich nicht mehr für die Sterne. Er hatte inzwischen eine neue Passion: den Zen-Buddhismus. *Zen und die Kunst ein Motorrad zu warten*, aus dem Buch zitierte er neuerdings ständig.

«Hast du schon mal darüber nachgedacht, dass Stahl jede Form annehmen kann, wenn man geschickt genug ist? Jede

Form bis auf die, die man will, wenn einem das Geschick fehlt. Ist das nicht abgefahren?»

Von Falk war ich es gewohnt, dass auf meine nicht empfundene Liebesbekundung eine von ihm als Echo folgte. Bei Claudius funktionierte der Trick nicht.

«Sag das nicht ständig», antwortete er nur. «Liebe ist etwas Heiliges, weißt du das eigentlich?»

Und dann zog er sich plötzlich einen Gummi über. Von da an schlief er nicht mehr ohne Kondom mit mir und beschwerte sich auch noch darüber, dass er mit der Tüte so gut wie nichts spürte.

«Wofür brauchst du das», fragte ich. «Ich schlafe doch nur mit dir.» Er warf mir einen Blick zu, der deutlich sagte: Das kannst du deiner Großmutter erzählen.

Die Sache mit Aids war ihm zu heiß geworden. Eben erst hatte es eine seiner Freundinnen erwischt. Nicht drogenabhängig und dazu noch eine Frau? Das war mir neu. Ich hatte gelesen, die Krankheit würde nur durch Blut übertragen, und geglaubt, dass nur Junkies Aids bekommen könnten, und Schwule natürlich.

«Mit ist es besser. Für uns beide und für die andern, glaub mir.»

Die Vorstellung, dass er noch andere Mädchen traf, war reiner Horror. Ich sah es vor mir, der Film lief sofort. Er sah die Eifersucht in meinem Gesicht und setzte zu seiner Standardpredigt an.

«Was du tust, wenn du dieses Zimmer verlässt, ist mir egal. Wenn du die Tür hinter dir zuziehst, bist du weg, einfach weg. Wir gehören uns nicht. Wir sind freie Menschen.»

Und ich hätte für ihn einen Bankraub verübt oder barfuß die Alpen überquert. Freiheit war neuerdings sein Thema, das musste etwas mit diesem Zen-Kram zu tun haben. Als ich ihm von den Problemen mit meinem Vater berichtete, war er zu einem ganz anderen Schluss gekommen als Falk, der einen Termin in einer Anwaltskanzlei arrangieren wollte, um mich für einen möglichen Rechtsstreit gegen Uwe fit zu machen. Claudius war der Meinung, ich solle die Sache auf sich beruhen lassen.

«Dein Vater ist ein freier Mensch. Er kann doch auch lieben, wen er will.»

Was hatte das denn mit Liebe zu tun?

«Okay, dann eben: Was spricht gegen guten Sex?», fragte Claudius zurück.

Das ging nun echt zu weit, das konnte ich mir nicht vorstellen.

«Das geht mich nichts an.»

«Siehst du, da bist du schon auf dem richtigen Weg. Natürlich kann dein Vater mit seinem Leben und mit seiner Kohle machen, was er will. Was soll denn da ein Anwalt regeln? Was willst du eigentlich? Zurück nach Hause schon mal nicht, sagst du die ganze Zeit. Dann lass den Dingen doch ihren Lauf. Dein Vater möchte vielleicht einfach mal so leben, wie er das immer schon wollte.»

Was redete er da für einen Unsinn? Hörte mir denn niemand zu? Die Lage war doch glasklar: Da nahm einer meinen kranken Vater aus, und ich sollte einfach zuschauen?

«Soso, dich treiben also nur die edelsten Beweggründe an, was? Wer hat denn gerade gejammert, weil die monatlichen

Überweisungen vom Vater ausgeblieben sind? Dir geht's doch auch nur um den Schotter.»

«Das ist doch was anderes. Das ist Familie, das ist unser Geld.»

«Vielleicht solltest du diesen Uwe als deine bärtige Stiefmutter betrachten. Wäre er eine Frau, hätte ihn dein Vater bestimmt längst geheiratet, und das schöne Geld wäre futsch. Hast du dir das schon mal überlegt?»

Nein, hatte ich nicht. Ich war's aber auch leid. Da saß dieses Millionärssöhnchen, das sich bis ans Ende seiner Tage keine Geldsorgen machen musste, und hielt mir in seinem Oberhemd, das die Putzfrau gebügelt hatte, Vorträge. Ich schnappte meine Tasche und wollte nur noch weg. An der Wohnungstür wartete ich, ob er hinter mir herkam. Aus dem Schlafzimmer hörte ich ihn rufen: «Such dir einen Job, dann kommst du auf andere Gedanken.»

Auf dem Heimweg entdeckte ich an der Tür vom *Athos*, dem griechischen Restaurant in unserem Haus, einen Zettel: Aushilfe gesucht.

Meinst du, du schaffst das?», fragte Alex. Sie hatte mir gerade das Eindecken der Tische, die Bestellannahme und das Abkassieren erklärt. Was sollte an so ein bisschen Kellnern nicht zu schaffen sein? Ich hatte schließlich schon in einer Änderungsschneiderei geschuftet. Der Sommer ging langsam zu Ende und es war gerade nicht viel los in der Stadt. Alex suchte nur jemanden, der mit ihr zusammenarbeitete, weil es allein, hatte sie gesagt, immer so öde war. Andreas, ihr Vater, machte gerade Urlaub auf Mykonos. Der Name der Insel erinnerte mich an den schrecklichen Scheidenpilz, aber Ferien im Süden, das wär's jetzt gewesen. An Urlaub war allerdings gar nicht zu denken, meine Freunde waren alle immerzu beschäftigt. Was war eigentlich los mit denen? Obwohl die Leute ständig von ihren exotischen Trips nach Übersee erzählten, blieben sie in Berlin, kaum jemand verließ die Stadt.

Am ersten Abend saßen Alex und ich anfangs nur rum, rauchten und tranken Kiba, Kirschnektar mit Bananensaft, Alkohol war während der Arbeitszeit verboten. Sie versuchte, ein Gespräch anzufangen, im Ton dieser halb freundschaftlichen Unverbindlichkeit, mit der sie ihren Gästen ein gutes Gefühl gab und sie sich gleichzeitig vom Hals hielt. Doch schnell verlor sie die Lust daran, sich mit mir zu unterhalten, und schaltete den Fernseher ein, der an der Wand oben neben dem Schnapsregal angebracht war. Ich schaute ihr dabei zu, wie sie eine Sondersendung verfolgte, gespannt wie auf ein Länderspiel. Alex sah aus wie die griechische Antwort auf Sophia Loren, ich hätte mich gern von ihr an ihren wogenden Busen drücken lassen. Mit diesem Wunsch war ich mit Sicherheit nicht allein. Im Fernsehen redeten Politiker durcheinander; immer wieder wurden Bilder von einem aufgeschnittenen Zaun eingeblendet.

«Irre, was da abgeht», sagte Alex, die anscheinend wusste, was los war. Die Grenze von Ungarn zu Österreich sei für ein paar Stunden geöffnet gewesen, worauf siebenhundert DDR-Bürger, die sich angeblich zum Picknick dort aufgehalten hatten, die Chance für die Flucht ergriffen hätten, erklärte sie mir. Aber nun war das Loch im Ostblock wieder gestopft. «Die Zahl der Ausreiseanträge in der DDR ist drastisch gestiegen», las der Nachrichtensprecher von seinem Zettel ab. Wunderte mich nicht, dass man dieses Finsterland verlassen wollte. Aber wer war auf die Idee mit dem Seitenschneider gekommen? Und warum ausgerechnet jetzt? Wie lange stand die Mauer schon? Doch eine Ewigkeit. An der innerdeutschen Grenze wurde man erschossen, wenn man der Mauer auch nur nahe kam, und hier waren die Leute für ein paar Stunden einfach über die grüne Wiese in die Freiheit spaziert?

In Zypern sei das ganz ähnlich wie mit der DDR, sagte Alex. Da seien die Engländer auch erst die Besatzer gewesen, und bis heute gehe eine Grenze mitten durchs Land. Das war mir zu hoch, ich war froh, als endlich der erste Gast erschien und ich loslegen konnte. Mit dem Block in der Hand lief ich auf den Mann zu und kam mir dabei vor wie eine Schauspielerin in einer wichtigen Rolle. Er schaute mich nicht einmal an, als ich ihn freundlich begrüßte. «Ein Pils.» Ohne «Bitte» zu sagen? Na gut, dann konnte ich mir ja auch alle weiteren Nettigkeiten verkneifen.

Mit einem Mal war der Laden voll. Zwei Bier, vier Cola, einmal die Drei, viermal die Fünf, die Acht ohne Zwiebeln und die Sechzehn mit viel Tsatsiki. Alles klar. Die Getränkebestellungen nannte ich Alex am Tresen, die Nummern der Gerichte schrie ich dem Koch durch die Luke in der Küchentür zu. Die Küche war winzig wie eine Abstellkammer. Der Koch, ein Muskelbulle mit Glatze, trug anstelle einer Schürze einen blauen Müllsack, in den er sich Löcher geschnitten hatte, für Arme und Kopf. Er war mir nicht vorgestellt worden, und er machte auch nicht den Eindruck, mehr von mir wissen zu wollen als die Nummern von der Speisekarte, und das Ganze ein bisschen dalli. Nein, vier Bier und zwei Cola hätten sie bestellt, behauptete jetzt die Runde am Ecktisch. Aber das konnte doch nicht sein! Wo war eigentlich mein Block geblieben?

«Nicht mit den Gästen diskutieren», raunte Alex mir zu, schüttete die Cola in den Ausguss und schenkte zwei Bier ein. Von ihrer anfänglichen Freundlichkeit war jetzt nicht mehr viel übrig, im Befehlston scheuchte sie mich durch den Gastraum.

«Augen auf, Tisch drei will eine Bestellung aufgeben.» Aber das mit den Nummern war vertrackt, es gab die Anordnung der Tische und die Nummern der Gerichte, da konnte man leicht durcheinanderkommen.

«Bedienung», rief mir eine Frau hinterher, die allein an einem Fensterplatz saß. Ihre graue Drahthaarfrisur sah aus wie ein überdimensionaler Topfreiniger. Bedienung, hallo, Fräulein, das war ja ätzend.

«Tut mir echt leid, aber schau mal, die Souflaki sind angebrannt», säuselte sie und drehte mit ihrer Gabel an den Hackröllchen herum. Ihr sanfter Sozialarbeiterinnenton nervte mich, und ich zog ihr wortlos den Teller weg. Etwas zu schwungvoll vielleicht, die Tomatensoße schwappte über den Tellerrand, und ein Tropfen landete auf ihrem Jeansrock. «Mist», murmelte ich und wischte mit der Serviette auf ihrem Schoß herum. Mit einem Mal stand Alex hinter mir. Sie entschuldigte sich für mich und warf mir einen stummen Blick zu. Nein, die Männer, die breitbeinig an dem runden Tisch saßen, musste ich nicht fragen, was sie wollten, die bekamen immer das Gleiche. Eine gemischte Fleischplatte für fünf und für jeden ein Bier. Wollten sie die nächste Runde bestellen, packte mich einer von ihnen einfach am Arm oder gab mir im Vorbeilaufen einen Klaps auf den Po.

Ein älteres Ehepaar, das mich an zwei nette Lehrer in meiner Grundschule erinnerte, erkundigte sich, ob ich neu im Athos sei, wie ich heiße und ob ich zum Studieren nach Berlin gekommen sei. Ich überhörte das Pling-Pling aus der Küche und gab artig Antwort, die beiden waren ja ganz reizend. Sie schauten dann erstaunt auf die Suppenterrinen, die ich ihnen brachte. Das sei zwar nicht genau das, was sie bestellt hätten, aber nein, nur keine Umstände, das würden sie jetzt einfach mal probieren.

Die Zeit klebte fest, die Zeiger auf der Jägermeisteruhr ruckten so langsam voran, als würden sie gleich den Rückwärtsgang einlegen. Wie konnte eine Arbeit nur gleichzeitig langweilig und anstrengend sein?

Ein kleiner Asiate erschien, stand eine Weile unentschlossen in der Ecke neben dem Eingang, kam dann plötzlich mit entschlossenem Schritt auf mich zu und fasste mir mit beiden Händen blitzschnell an die Brüste. Den komplimentierte Alex mit einem Einwortsatz vor die Tür. Der hatte ohnehin Hausverbot. Der Grabscher kam mir bekannt vor, ich hatte ihn schon öfters in dem Absturzschuppen *Kumpelnest* gesehen, genauso wie die Vogelscheuche, die sich kurz darauf in der Mitte des Gastraums positionierte und die Gäste wie ein Conférencier aus den Dreißigerjahren begrüßte. Der Mann mit dem gelben Haar, das sein Knochengesicht wie eine strohige Perücke einrahmte, zog darauf von Tisch zu Tisch, um die Gäste mit seinen Gesangsdarbietungen zu nerven. *La vie en rose* und Gassenhauer von Zarah Leander, brüchig und schrill geknödelt. Es war zum Heulen, aber immerhin, manche Leute lachten und steckten ihm Münzen oder sogar Scheine zu. Der Mann wusste ganz genau, wo er andocken konnte, den Stammtisch der Biertrinker, von wo schwulenfeindliche Bemerkungen drangen, ließ er aus.

«Für mich soll's rote Rosen regnen», krähte er nun, schürzte die Lippen wie eine Operndiva und fasste sich mit großer Geste ans Herz. Rückwärts an den Tresen gelehnt, heulte er selbstvergessen die nikotingelbe Decke an wie ein Wolf den Mond.

Mich gruselte es vor der Verachtung und dem Spott, den

der Sänger jeden Tag abbekommen musste. Aber wenn schon verrückt sein, dachte ich plötzlich, dann in Berlin. Hier mussten die Verrückten sich nicht verstecken, sie verdienten mit ihrer Vollmeise sogar noch Geld. Taten, was sie wollten, und hielten sich mit dem über Wasser, was sie gerne machten. Was ich von mir nicht gerade behaupten konnte; ich hätte auch lieber gesungen, als zu kellnern. Die meisten Gäste nahmen gar keine Notiz von dem seltsamen Sänger. Und das, hatte ich gelernt, konnten die Leute in Berlin gut: ignorieren. Neulich Nacht hatte ich mir vor Schreck beinahe in die Hose gemacht, als mir auf der Motzstraße ein kahlköpfiger Mann mit einer Ledermaske begegnet war, die nur die Augen und den Mund ausgespart hatte. Der führte einen Nackten, der auf allen vieren ging, an einer Leine Gassi. Keiner schaute hin.

Nach dem Sänger kam ein hochgewachsener, gut gekleideter Mann selbstbewusst ins Lokal spaziert. Er trug ein überdimensioniert großes Kulturmagazin an die Tische. Die Inhaltsangabe proklamierte er mit sonorer Stimme. Der machte genauso wenig Umsatz wie die Frau im hübschen Kostüm, die kurz darauf einen turmhohen Romanstapel auf dem Arm in das Lokal wuchtete. Auch die Buchverkäuferin war sehr auskunftsfreudig, was ihre Ware anging, aber niemand, wirklich kein Einziger, zeigte Interesse an den Druckerzeugnissen. Allenfalls ein höfliches Nicken, ein paar abwimmelnde Worte: Ein andermal vielleicht. Die Gäste waren gekommen, um zu trinken, zu essen, zu rauchen und zu reden, lesen wollten sie nicht. Nicht jetzt und morgen auch nicht.

Die Küche machte dicht, und es gab nur noch Nachtisch.

Das Angebot war im Athos überschaubar, Vanille- und Schokoladeneis von Langnese, da konnte nicht allzu viel schiefgehen. Am Ende des Abends bestellten ein paar Männer, die sich bereits haltsuchend aneinanderlehnten, eine Runde Ouzo nach der anderen. Die machten auch um zwei noch nicht den Eindruck, nach Hause zu wollen. Erschöpft schlingerte ich mit dem Tablett durch die Tischreihen, räumte die Gläser ab und wischte mit einem breiten Pinsel, der am Mülleimer baumelte, die Aschenbecher aus. Meine Knöchel quollen aus den Turnschuhen wie die bandagierten Wasserstampfer der alten Omis. Der Koch verließ das Lokal durch die Hintertür. Alex dimmte das Licht und schmiss die letzten Säufer raus, von denen sich einer in die Hose gepisst hatte. Auf dem Bildschirm neben dem Tresen lief schon eine ganze Weile eine tonlose S-Bahn-Fahrt in Endlosschleife. Gute Nacht, Freunde. Alex stellte die Musik aus, nahm die Bons vom Nagel und addierte die Summen. Die Abrechnung dauerte auch noch mal eine Weile. Mehrfach verrechnete sie sich, schimpfte und setzte von Neuem an. Mit dem Umsatz war auch das Trinkgeld ermittelt, immerhin zweiundvierzig Mark. Ich hatte nicht damit gerechnet, dass ich mit ihr teilen musste. Alex war doch so was wie der Chef hier, und es gehörte sich doch wohl kaum, dass der mit seinen Mitarbeitern halbe-halbe machte. Aber für einen Einspruch war ich zu kaputt. Zen und die Kunst, in einer Kneipe zu bedienen. Davon würde ich gleich morgen mal Claudius berichten.

Ich hätte die ganze Woche nichts vor und könnte morgen die nächste Schicht übernehmen, bot ich Alex noch tapfer an. Die schob mir statt einer Antwort einen Hunderter über den Tresen und sagte nur: Kalinychta.

Abends, wenn Günter endlich nach Hause gegangen war, vertiefte sich Falk in das Benutzerhandbuch des Fotoautomaten oder lernte Buchführung. Zu Besuch kam niemand mehr. In den gravierten Rotweingläsern der Ritterrunde im Wohnzimmerregal sammelten sich die Mehlmotten, und auch die Kocharien gehörten der Vergangenheit an. Falk ernährte sich nun von Fertigmenüs der Marke Sonnen Bassermann. Der Schweinebraten mit Rotkohl und Kartoffeln musste nur vom Aludeckel befreit werden, dann drehte er sich im Karussell der Mikrowelle, die Günter angeschleppt hatte. Das Zeug konnte man gleich aus der Folienschale löffeln, dazu gab's dänisches Bier aus Halbliterdosen.

Bommel hatte einen Club in Hamburg eröffnet, und Nicolas hatte auf einmal geheiratet, eine Frau, die wir noch nie gesehen hatten. Die musste er aber schon etwas länger kennen, denn bei der Hochzeitsfeier in dem Szene-Restaurant erschien die Braut in einer Art weißem Zirkuszelt, unter dem sich ein Neunmonatsbauch wölbte. Auf der Party kreuzte zu später Stunde auch Claudius auf, mit einer wild gelockten Dame im Schlepptau, einer Schauspielerin, die alle kannten. Ihr neuer Film lief gerade im Kino. Die Komödie, in der sich eine junge Frau nicht zwischen zwei Männern entscheiden konnte, war eigentlich weniger komisch als melancholisch und unheimlich realistisch. Der Film war in Schöneberg gedreht worden, in unserer Nachbarschaft. Hauptschauplatz war eine kahle Altbaubude gewesen, in der es aussah wie bei uns. In den Momenten berauschenden Glücks oder abgrundtiefer Verzweiflung, die wie Blitze direkt nebeneinander einschlugen, kam mir auch mein eigenes Leben wie ein Film vor. Der Unterschied zu dem Kinostreifen jedoch hätte bei aller Ähnlichkeit der Kulissen kaum größer sein können. Dort war es ein junger Mann, der nachts von seiner Matratze aus schlaflos in den Berliner Nachthimmel starrte, an Eifersucht und Liebesentzug litt und sich mit Fragen marterte, die mir bekannt vorkamen. Als Filmidee ganz nett, dass auch mal ein Junge litt, aber im echten Leben waren diese Softies unbrauchbar, das kannte ich ja von Lutz.

Die Schauspielerin klebte an Claudius, umarmte ihn von hinten oder schlang ihre Arme um seinen Hals. War die blau? Konnte die sich auf ihren pfeilspitzen Absätzen nicht mehr allein auf den Beinen halten?

Klar, diese roten Pumps seien total nuttig, aber das sei ja gerade das Geile, sagte Falk, der wusste, dass die Schauspielerin Strapse trug, immer, sogar unter diesen knallengen Jeans. Das hatte ihm Nicolas erzählt, oder war es Claudius gewesen? Dem folgte ich aufs Herrenklo, wo er tat, als hätte er mich auf der Feier noch gar nicht bemerkt. Immerhin bekam ich zwischen zwei Pissbecken einen langen Kuss. «Heißes Gerät, diese Schauspieltussi», sagte Claudius. «Aber die ist mir zu anstrengend.» Als ein alter Zausel zum Pinkeln in einer Kabine verschwand, verließ er das Klo so zielstrebig wie ein Rennfahrer die Haltebucht und wurde draußen gleich wieder von der Schauspielerin in Beschlag genommen. Und ich stellte mich wieder an einen der Stehtische. Ich kannte kaum jemanden auf dieser Party, Falk hingegen kannte alle, und jedem musste er von seiner bahnbrechenden Geschäftsidee erzählen, der Expressentwicklung von Fotos auf Profiniveau. Ich holte mir noch einen Rum an der Bar und versuchte, mich von der Musik und den Gesprächen wie von einem Klangteppich einwickeln zu lassen. Alle um mich herum wirkten so entspannt und selbstvergessen, während ich krampfhaft bemüht war, nicht unangenehm aufzufallen, cool zu wirken, aber nicht arrogant, und nur so viel zu trinken, dass ich nicht zu schnell blau wurde.

Wobei ich zweifelte, ob ich das nicht längst war. Wie konnte es sein, dass ich nie in einer Gemeinschaft versank, immerzu von außen die anderen beobachtete, um sie nachzuahmen, und dabei das Gefühl nicht loswurde, als sei das ganz und gar zwecklos? Du bist aber süß, hieß es, und dann lachten alle, vor allem die Frauen, wenn ich mich mit einem ganz normalen Satz in ein Gespräch einmischte.

Möglicherweise gewöhnte man sich irgendwann daran, dass alles einmal zu Ende ging, auch wenn man nie wissen konnte, wann. Was mich aber richtig fertigmachte, war die Vorstellung, wie viele Dinge, auf die ich wirklich hätte verzichten können, immer wieder von Neuem begannen. Die kürzer werdenden Tage zogen mich runter. Es war zum Heulen, dass man in der Zeit gefangen war wie eine Fruchtfliege im Himbeergelee.

Indian Summer, sagte Claudius beim Blick in die Baumkrone vor seinem Fenster, so würden sie es in New York nennen, wenn das Laub an den Bäumen in den Farben von Tequila Sunrise zu leuchten begann. Der Wetterbericht sagte für die nächsten Tage Regen voraus, und vielleicht war das heute der letzte schöne Tag. «Spritztour gefällig?», fragte er.

Wir fuhren also in seinem rostigen Mercedes Richtung Havel. Ich kramte im Handschuhfach nach der Kassette mit dem Blues-Mix und spulte vor, bis ich endlich *I Put a Spell on You* von Nina Simone gefunden hatte. Claudius hatte mir am Anfang ein paar dieser Mixtapes aufgenommen, und jedes einzelne Lied verfing wie eine geheime Liebesbotschaft, als hätte er die Lieder für mich komponiert. *If I were a Carpenter und you were my lady, would you marry me anyway, would you have my baby?*

Wenn Claudius mir einen Antrag gemacht hätte, ich hätte sofort Ja gesagt.

In einem altmodischen Ausflugsrestaurant bestellte er «zwei grüne Weiße, für meine Transitmaus und mich» bei einem Kellner in abgeschabter Weste, der beim Notieren keine Miene verzog.

«Peinlich, das Zeug trinken ja eigentlich nur Touris», sagte er, als die Gläser auf dem Tisch standen, und blies mit dem Strohhalm Blubberblasen in das giftgrüne Dünnbier. «Wusstest du, dass Waldmeister kanzerogen ist?»

Später liefen wir Händchen haltend in den Wald, immer hinter Männlein her, der außer sich vor Freude über so viel Natur durch die Laubhaufen tobte. Auf einer Bank an einem Aussichtspunkt schauten wir über die Havel in Richtung Potsdam. Die Grenze war, bis auf ein paar Bojen im Wasser und einen silbrig schimmernden Zaun auf der anderen Uferseite, nicht zu erkennen. Hier im Grünen wirkten die Befestigungsanlagen viel harmloser als die in der Stadt, mit Stacheldraht und Beton. Einfach mal rüberschwimmen? Wie ich mir das denn vorstellte? Claudius zeigte auf ein Patrouillenboot. Der Schießbefehl gelte hier genauso wie an der Mauer, hier hätten schon viele Flüchtende im Wasser ihr Leben gelassen. Ich dachte an Pierre Brice in Winnetou III, wie er sich vor seinen Verfolgern in einen Fluss rettet, im Wasser abtaucht und mit einem Strohhalm als Schnorchel entkommt.

Auf der anderen Seite einer unpassierbaren Brücke standen zwei Grenzer vor dem Wachhäuschen, starr wie Schaufensterpuppen.

«Bei Nacht und Nebel werden dort hinter dem Schlagbaum Agenten ausgetauscht», sagte Claudius. «West gegen Ost und umgekehrt.» Mitten in Deutschland? Ich hatte geglaubt, Agenten und Spione gäbe es seit dem Krieg nur noch im Film.

«Stell dich mal da vorne hin.» Claudius machte ein Foto von mir vor der geschichtsträchtigen Kulisse, worauf einer der beiden im Wachhäuschen verschwand, eine Kamera holte und uns ebenfalls fotografierte. Das machten die immer so. Schaute man mit einem Fernglas über die Mauer oder fotografierte die Grenzanlagen, wurde sofort zurückgeknipst. Claudius hatte eine ganze Sammlung von Bildern fotografierender Grenzsoldaten. Was die in der Zone nur mit all den Fotos machten, die sie da schossen? Ob in den Kameras überhaupt Filme waren, die hinterher auch tatsächlich entwickelt wurden?

Seit letztem Wochenende hätten die Grenzbeamten mit ihren Filmrollen zu Foto-Fuchs am Ernst-Reuter-Platz gehen können, wäre nicht die innerdeutsche Grenze im Weg gewesen. Der Laden war mit Heliumballons für die Kinder und mit Freibier für die Freunde und Nachbarn eröffnet worden. Nur ich hatte gefehlt. Gegen die Zahnschmerzen hatte ich schon eine Weile Tabletten genommen, jeden Tag eine mehr, aber dann war die Backe so dick geworden, dass ich mich nicht mehr vor die Tür traute. Im ersten Stock unseres Hauses befand sich eine alte Zahnarztpraxis, in der ich schon nach fünf Minuten auf dem Stuhl saß, das Wartezimmer war leer gewesen. Schweres Stahlrohrmobiliar, verschlissene Perserteppiche, ob der Zahnarzt hier wohl schon vor dem Krieg praktiziert hatte? Doch dann rollte neben mir eine junge blonde Ärztin auf ihrem Hocker herum und hörte gar nicht mehr auf, der Sprechstundenhilfe die kariösen Stellen in meinem Gebiss zu diktieren.

«Nichts mehr zu machen», sagte sie, setzte mir eine Spritze, die meine rechte Gesichtsseite vollständig betäubte, sogar mein Augenlid hing, und zog den Backenzahn mit einem einzigen Ruck aus dem Kiefer. «Und das ist erst der Anfang, wenn Sie sich weiterhin nicht um Ihr Gebiss kümmern.» Sie machte mich richtig herunter: «Da ist ja mehr Amalgam als Zahnsubstanz. Hat Ihnen als Kind keiner das Zähneputzen beigebracht?»

Mein betäubter Kiefer machte das Antworten unmöglich, ich hätte aber auch vor Scham kein Wort hervorgebracht. «So jung und nur noch Matsch im Mund», hörte ich die Zahnärztin im Behandlungsraum zu ihrer Mitarbeiterin sagen, als ich schon an der Tür war. Das Wort Matsch ging mir noch lange im Kopf herum, ebenso das andere, das die Zahnärztin noch angehängt hatte und das ich vorher nie gehört hatte: Wohlstandsverwahrlosung.

An diesem Mittwochnachmittag Ende September waren nur wenige Spaziergänger in dem weitläufigen Park an der Havel unterwegs. «Hier sieht uns niemand», sagte Claudius und warf seinen Mantel unter einer Trauerweide ins hohe Gras. Er legte sich auf mich und hielt meinen Kopf mit beiden Händen. Jedes Mal war es so, als wären wir Puzzleteile, die ineinanderglitten, um zusammen ein perfektes Bild zu ergeben. Ich spürte den kalten, harten Boden unter mir, doch die kleinen Äste in meinem Rücken, die Steinchen, die sich in meine Haut bohrten, störten mich nicht. Die Sonne, ein milchiger Fleck am blendend blauen Himmel, begann, vor meinen Augen zu pulsieren, um mich herum zerflossen die Bäume und Sträucher, als wären sie aus heißem Wachs.

Als unser Herzschlag sich wieder beruhigte, deckte Claudius meinen Pulli über uns, steckte sich eine Zigarette an und zog mir ein welkes Blatt aus dem Haar. Im Frühling, als wir uns kennengelernt hatten, war das noch eine dieser eingerollten frischgrünen Knospen gewesen. Plötzlich sah ich uns beide im Winter, wie wir unser Kind, einen kleinen Jungen, der einen Norwegerpulli trug, im Schnee auf einem Schlitten durch diesen Park zogen. Schon eine ganze Weile hing ich solchen Hirngespinsten nach. Aber auch die Schwangerschaft war nur eine Einbildung gewesen. Der negative Teststreifen hatte gezeigt, was ich schon vor dem Ergebnis wusste: Die Übelkeit kam von den ganzen Tabletten, die ich täglich einwarf.

«Ich muss für einige Zeit nach München», sagte Claudius beiläufig, als wir uns wieder anzogen. Sein Vater besaß dort eine Villa, das wusste ich, direkt am Englischen Garten. In Bayern lebe man viel angenehmer als in diesem verkommenen Berlin und dazu auch gesünder, hatte er erst neulich festgestellt, als er sich vorgenommen hatte, mit dem Rauchen aufzuhören, was ihm dann doch nicht gelungen war.

«Einige Zeit», rief ich laut und scheuchte damit ein paar Krähen auf, die sich krakeelend in die Luft schwangen, «was soll das denn heißen?»

«Ich weiß noch nicht, wann ich zurückkomme.» Das sagte er einfach so dahin. Eine Weile standen wir stumm voreinander. «Ich brauch mal eine Luftveränderung.»

Die Sonne war hinter Wolkenschleiern verschwunden, und auf dem Rückweg zum Auto kroch mir die Kälte unter den Rock und in den Pullover. Ich zog die Ärmel lang über meine Hände, schlang die Arme um mich und trottete hinter Claudius her, der auf einmal sehr wortkarg war.

Wie oft hatte mein Vater mir eingeschärft, dass ich nie, in gar keinem Fall einem Mann hinterherlaufen dürfte. Und nun begriff ich, wie recht er damit gehabt hatte. Je mehr ich von Claudius geliebt werden wollte, desto mehr entzog er sich. Musste man sich denn wirklich rarmachen, wenn man liebte? Die schönsten Dinge im Leben waren umsonst, aber warum eigentlich? Ich dachte an das Geld in der Innentasche meiner Jeansjacke, das von Woche zu Woche weniger wurde. Was wohl ein Tag mit Claudius kosten würde, wenn Liebe wie jede andere Droge käuflich wäre? Für zwanzig Mark bekam ich acht Pillen. Hätte ich mir Claudius' Liebe kaufen können, hätte ich sofort damit begonnen, einen Überfall auf einen Geldtransporter zu planen. Was für ein schwachsinniger Gedanke.

Ich wollte tapfer sein, doch nach dem trockenen Kuss, den er mir zum Abschied im Auto vor meiner Haustür gab, begann ich zu weinen.

«Was wird das hier? Machst du mit mir Schluss?»

Jetzt sah ich, wie auch Claudius sich eine Träne aus dem Auge wischte. Er blieb stumm.

«Warum denn?»

Während er schwieg und nach Worten suchte, wuchs meine Angst vor der Antwort.

«Es ist irgendwie vorbei. Ich kann es nicht erklären. Es kommt mir so vor, als hätten wir uns verpasst.»

«Aber es war doch gerade noch schön. Was ist denn plötzlich los? Ich kapier das nicht.»

«Es ist doch schon länger ...», weiter kam er nicht. Ich drückte meine Lippen auf seine, drängte meine Zunge in seinen Mund, und dann stieß er mich so heftig von sich, dass ich gegen die Beifahrertür prallte.

«Lass das!»

«Bitte, bitte», stammelte ich und wusste nicht weiter. Man konnte nicht darum bitten, geliebt zu werden, das war sinnlos, und dass sich unsere Wege jetzt trennten, stand auf einmal so fest wie die Mauer.

«Du hättest mit mir kommen sollen, als ich dich darum gebeten habe, an dem Abend bei Falk, als wir uns kennenlernten. Aber du hattest dich entschieden, bei ihm zu bleiben, und als du dann wieder zu mir kamst, warst du nicht mehr frei. Du bist auf der Flucht, weil du dein Leben hier nicht auf die Reihe bekommst. Wenn du wenigstens in dieser ersten Nacht bei mir geblieben wärst, hätte es vielleicht noch was werden können.» Er schaute auf den Boden. «Du hast mich mal gefragt, warum ich in der Nacht wegmusste. Ich hatte mich in dich verliebt, aber ich wollte, dass du bleibst, ohne dass ich darum bitten muss. Ich hatte gehofft, dass du noch da bist, wenn ich nach Hause komme, doch als ich zurückkam, warst du fort. Du hast dich mit mir getröstet, von da an, das war alles. Ich steh nicht so darauf, die zweite Wahl zu sein, und auf Spielchen steh ich schon gar nicht.»

Mein Weinen war zu einer Art Schluckauf geworden, der Einwände unmöglich machte. Die Wörter, die in mir aufstiegen, wurden sofort wieder vom nächsten Hicks unterdrückt. Aber Claudius war noch nicht fertig.

«Weißt du, was mich so richtig abgetörnt hat? Wie du Falk angelogen hast. Die Geschichten, die du erfunden hast, die vielen Alibis, die du brauchtest, wenn du bei mir sein wolltest. Und dass du mir all das auch immer noch haarklein erzählt hast, weil du es lustig fandest, ihn nach Strich und Faden zu verarschen. Nur weiß ich eins: Mädchen, die den einen anlügen, machen das auch mit dem Nächsten.»

Aber das stimmte doch gar nicht! Ich wollte doch Claudius gegenüber immer nur absolut ehrlich sein, nur deshalb hatte ich ihm all die Geschichten gestanden, die ich erfand. Ich wollte, dass er wusste, wie wichtig er mir war. Und nein, ich hatte es nicht lustig gefunden, Falk anzulügen. Eher hatte ich manchmal über mich selbst gelacht, weil es schon komisch war, was für Ausflüchte ich mir einfallen ließ für ein paar Stunden mit Claudius.

«Warum hast du mir denn nie gesagt, dass du mich wirklich willst?», fragte ich mit erstickter Stimme.

«Ich bin eben nicht so drauf wie Falk und mache sofort Heiratsanträge oder verspreche das Blaue vom Himmel. Ich glaube, dass man sich lieben und trotzdem frei sein kann.» Er schüttelte den Kopf. «Ach, was rede ich da? Es ist doch ganz einfach, ich bin zehn Jahre älter als du. Du bist noch ein Kind. Werd erst mal erwachsen.»

215

Dann griff er über mich hinweg, um die Beifahrertür zu öffnen. «Es tut mir doch auch leid», murmelte er, und Männlein sprang auf den Bürgersteig. «Mach's gut.»

Auf einmal geschah alles in Zeitlupe. Mein Blick durchs Fenster. Claudius im Profil. Claudius, der sich nicht mehr zu mir umdrehte, den Gang einlegte und gar nicht mitbekam, dass ich ihm heulend nachschaute und winkte wie einem, der nur mal kurz in den Urlaub fährt. Ich winkte ihm nach, bis die Ampel an der Kreuzung auf Grün sprang und er im rollenden Verkehr verschwand.

Warum stand ich da und winkte wie eine Idiotin? Ich hätte mich ohrfeigen können.

Jetzt wollte ich nur noch ins Bett und mir die Decke über den Kopf ziehen. Aber zuvor würde ich noch einmal unsere Oper auflegen, den letzten Akt von *La Traviata*. Und die unsterbliche Callas würde als Violetta mit ihrem ganzen in die Welt hinausgeschmetterten Schmerz sterben, nur für mich allein. Doch als ich an die stickige Wohnung mit ihren überquellenden Aschenbechern dachte und daran, wie es jetzt sein würde, Falk zu begegnen, lief ich einfach wieder los.

Der Junge mit den blauen Haaren saß vor dem U-Bahnhof Viktoria-Luise-Platz neben dem Eingang. Ob ich mal eine Mark für ihn hätte? Und vielleicht noch 'ne Zigarette? Ich gab ihm beides und fragte ihn nach seinem Namen.

«Just.»

«Just?»

«Ja. Das alberne Us am Ende hab ich beim Auszug bei meiner Mutter in Neukölln gelassen.» Dann fragte er: «Riechst du das? Riech doch mal, wie gut die Berliner U-Bahn riecht, gerade jetzt im Herbst. Ich bin schon in London mit der U-Bahn gefahren und in Paris. U-Bahnen riechen überall gut und überall anders. Aber die in Berlin riecht einfach am besten, da sollte man ein Parfüm draus machen. Würd ich glatt kaufen.»

Aus dem U-Bahn-Schacht stieg warmer Dunst auf, ein Gemisch aus süßlich staubigem Kellermuff und herbem Schmierölaroma. War mir noch nie aufgefallen.

«Du siehst fertig aus, was ist los?», fragte er mich. «Vielleicht sollte ich dir eine neue Frisur verpassen, das hebt die Stimmung. Komm doch mit zu mir. Was ist das eigentlich da auf deinem Kopf? Eine Dauerwelle?»

Unverschämtheit, auf meine Locken hatte ich mir immer was eingebildet. Jeden Morgen wuschelte ich sie mit Schaumfestiger zu einer Cyndi-Lauper-Tolle zusammen. Ich fuhr mir durch die Mähne. Konnte schon sein, dass Just recht hatte, vielleicht mussten die Haare wirklich mal wieder geschnitten werden.

«Ich hätte nie gedacht, dass du Friseur bist.»

«Ich hab Friseur gelernt, aber ich bin kein Friseur. Nicht mehr. Ich bin jetzt Existenzialist», sagte Just. «Ich habe mich entschlossen, nichts mehr zu tun, sondern nur noch zu sein.»

«Ist das nicht irre langweilig?»

«Nö. Von neun bis sechs an Haaren rumzufummeln und sich dabei das bestusste Gelaber der Kunden anzuhören, war tausendmal öder.»

Er hielt kurz mein Kinn zwischen Daumen und Zeigefinger und drehte meinen Kopf von einer Seite zur andern. Ob der was von mir wollte? Warum sonst das Angebot mit dem Haarschnitt?

Er packte seine Sachen zusammen, für Blondie das Zeichen zum Aufbruch. Die Schäferhündin umkreiste uns, wedelte mit ihrer blauen Schwanzspitze, Männlein hechelte aufgeregt, und dann liefen die beiden den ganzen Weg nach Kreuzberg wie alte Bekannte Schulter an Schulter vor uns her. Am Viktoriapark wollte uns ein Rentner überholen und rempelte Just dabei absichtlich an.

«Pack! Früher gab's das nicht, da hat die Jugend noch Platz gemacht», schimpfte er, worauf Just sofort beiseitesprang. «Bitte gehen Sie doch vor», sagte er höflich, «Sie sind alt, Sie haben es eilig, ich bin jung und habe noch jede Menge Zeit.»

«Diese Punker mit ihren lausigen Kötern sind die Pest», knarzte der Alte und stapfte davon.

«Für diese Spießer bist du schon ein Punk, wenn du dir die Haare pflaumenblau färbst», sagte Just und lächelte. «Aber bald sind diese ganzen alten Nazis tot, da freu ich mich schon drauf.»

Wir liefen weiter. Ob ich den Film *Außer Atem* schon mal gesehen hätte, fragte Just. Die Frisur der Hauptdarstellerin würde darin die eigentliche Hauptrolle spielen. Komisch, dass er gerade jetzt auf diesen Film kam. Den hatte ich in einem Programmkino gesehen, zusammen mit Falk, der mir für den Rest des Abends einen nicht enden wollenden Vortrag über den Regisseur und den Drehbuchautor hielt. Ich war mir nicht sicher, ob ich den Film verstanden hatte, aber an einen Satz, den die hübsche amerikanische Zeitungsverkäuferin zu dem jungen Belmondo sagt, musste ich immer denken, wenn Claudius von Freiheit redete: «Ich weiß nicht, ob ich unglücklich bin, weil ich nicht frei bin, oder ob ich nicht frei bin, weil ich unglücklich bin.»

Auch ich fühlte mich in kreisenden Gedanken gefangen, ich kam einfach nicht zur Ruhe. Immer war da dieses innere Vibrieren, das sich nicht abstellen ließ. Gegen die Unruhe half nur das Laufen. Oder die kleinen Tabletten mit der Kerbe in der Mitte, mit denen sich das Chaos im Kopf stundenweise festzurren ließ wie mit Stellschrauben.

Der beruhigende Transiteffekt, das angstfreie Dahingleiten durch den Tag stellte sich mit den blauen Tabletten ein. Mit den weißen konnte ich nachts wieder Vollgas geben. «Du hast das hoffentlich im Griff», hatte mich neulich der Typ in der Zebrahose im Dschungel gefragt, der alle mit allem versorgte und niemandem außer mir so eine Frage stellte.

In dem besetzten Haus in der Zossener Straße gab es keine Wohnungstüren und nur noch wenig Glas in den Fenstern, dafür umso mehr Holzbretter davor. In die Zimmer fiel kaum Tageslicht, die Graffiti an den Flurwänden sahen in der dumpfen Beleuchtung der Glühbirnen aus wie Höhlenmalerei. Wir kamen an Räumen vorbei, aus denen dicker Haschischduft zog und in denen Justs Mitbewohner im Halbdunkel auf Matratzen herumlagen, dösten, diskutierten oder miteinander kuschelten. In der Gemeinschaftsküche wurde gerade ein Berg Kartoffeln geschält. Ich meldete mich freiwillig, und Just holte seine Haarschneideschere.

«Kein Besitz – keine Knechtschaft», hatte jemand über den Herd geschmiert, an dem ein Typ in Zimmermannskluft, der sich als Fischi vorstellte, eine Gemüsepyramide mit einer Art Machete willkürlich in Stücke hackte.

«Heute gibt's was Leckeres», verkündete er und fütterte Männlein und Blondie mit Kotelettknochen, die er aus einem blauen Müllbeutel angelte. Er wischte sich die Hände an der Weste ab, dann den Tropfen an der Nase mit dem Handrücken weg und machte sich daran, in einer Plastikwanne das Gemüse mit Pfeffer und Salz zu vermengen. Ein dickes weißes Stück Bratfett fiel auf den Boden, Fischi spießte es mit der Messerspitze auf und ließ es mit der Panade aus Staub und Haaren in den Bräter gleiten. Just schob einen Stuhl vor das Küchenfenster, gab mir einen Handspiegel, legte ein Küchenhandtuch über meine Schultern, und dann fielen mir auch schon die langen Locken vom Kopf wie Medusenschlangen. Ängstlich fragte ich ihn, ob ich für einen Kurzhaarschnitt nicht zu dick wäre.

«Wie kommst du denn darauf?», sagte er und lachte. «Schau mal an dir runter.»

Iss mal wieder was, hatte Falk neulich im Bett zu mir gesagt, du spießt mich mit deinen Hüftknochen noch auf. Mehr essen, ich dachte gar nicht daran. Mein Körper fühlte sich inzwischen angenehm leicht an. Der Babyspeck war fast verschwunden, was allerdings nicht hieß, dass ich mir nicht mehr plump und unförmig vorkam. Als mir die Haare raspelkurz vom Kopf abstanden, hatte ich mich jedenfalls immer noch nicht in eine Filmschönheit verwandelt.

«Du hast wirklich unglaublich viele Wirbel», sagte Just und umrundete unzufrieden den Küchenstuhl. Dann beschloss er: «Ich glaube, blond ist einfach besser als rot.»

Das Wasserstoffperoxid brannte auf meiner Kopfhaut wie Jod in einer offenen Wunde. Das Zeug musste unter einer Haube aus Alufolie einwirken. Fischi probierte derweil mit dem langen Holzlöffel von seinem Gemüse und befand das Essen offenbar für gelungen. «Schau» fand er die Gemüseauswahl des Tages, denn Just hatte am Tag zuvor Exoten ergattert: Zucchini und Auberginen. Wie redete der denn? So einen Dialekt hatte ich noch nie gehört. Ich fragte ihn, und er sagte, er käme aus «Leipzsch». Im Westen sei er noch nicht so lange, nach einem Jahr im Knast wegen nicht regelkonformen Verhaltens hätten sie ihn drüben als staatsfernes Subjekt rausgeschmissen. Vier Stunden hätte er gehabt, um einen Sportbeutel mit dem Nötigsten zu packen, dann hatte man ihn zum Bahnhof Friedrichstraße gefahren und abgeschoben, im letzten September, eine Woche nach seinem zwanzigsten Geburtstag. «Aber so toll finde ich es hier im Westen ooch nüscht. Wenn hier im Haus nicht so eine Kameradschaft herrschen würde, wäre ich vielleicht schon längst unter die Räder gekommen.»

«Und meinst du, dass du deine Eltern, deine Familie irgendwann mal wiedersiehst?»

«Ich könnte drauf verzichten», sagte er nur und lachte. Er schlug den Essensgong, und nach und nach kamen so fünfzehn, zwanzig Leute in die Küche geschlurft. Sie griffen sich Teller aus der alten Kredenz, stellten sich in einer Reihe auf wie in der Jugendherberge und schnappten sich dann einen der Klappstühle von der Wand. Auf dem Küchentisch schlichen zwei erstaunlich elegante Perserkatzen umher und fraßen Reis aus dem Kochtopf. Gleiches Recht für alle machte anscheinend friedlich, denn die Katzen kümmerten sich weder um die Ratte, die im Wollschal einer Mitbewohnerin wie in einer Hängematte döste, noch um den Marder, der einem jungen Mann wie ein flauschiger Kragen um den Hals hing, der Typ fütterte ihn mit Karottenstückchen. Nein danke, Hunger hatte ich nicht. Mir schmeckte noch nicht einmal das Bier, das warm war, weil ein Kühlschrank hier vielleicht als überflüssiger Luxus betrachtet wurde.

Nach dem Essen wusch mir Just am Spülbecken die Bleiche aus dem Haar und begutachtete sein Werk. Na ja, weißblond, wie geplant, sei das Ergebnis nicht, aber doch ganz originell. Meine Haare hatten die Farbe von Dosenmais und fühlten sich flauschig an wie Mohairwolle. Just zog einen Scheitel und kämmte mir das Haar mit Frisiercreme an den Kopf. «So ist es gut», befand er.

In dem kleinen Spiegel sah ich nicht viel, aber so ein freier

Nacken fühlte sich angenehm an. Wir stiegen die Treppe hinauf in den obersten Stock, kletterten auf dem Speicher durch eine Luke hinauf aufs Dach und setzten uns auf die raue Teerpappe. «Von hier aus kannste über die Dächer um den ganzen Block laufen, einmal im Kreis», sagte Just. «Aber jetzt im Dunkeln ist das zu gefährlich.» Dass in den alten Berliner Mietshäusern immer mal wieder Leute von den Dächern fielen, hatte ich auch schon gehört.

Die Stadt unter uns glitzerte so verlockend wie eine Tanzfläche unter der Discokugel. Ich hatte nicht viel mehr von der Welt gesehen als das Bergische Land, die Lüneburger Heide und Baltrum, trotzdem stand fest, Berlin war die geilste Stadt der Welt. Hier würde ich nie wieder weggehen.

Wir lehnten uns an den Schornstein, und ich sah zu, wie Just einen Joint baute und dabei vor sich hinlächelte. Überhaupt lächelte er bei allem, was er tat, zu allem, was er sagte oder was ihm erzählt wurde. Nicht so, als wäre alles um ihn herum komisch, er fand es wohl eher absurd. Er war schon fünfundzwanzig, sah aber noch aus wie ein Kind. Nett war er auch und nicht einmal hässlich, nur die Zähne waren ziemlich kaputt. Wenn er glaubte, mich abschleppen zu können, hatte er sich auf jeden Fall vertan, und trotzdem würde es mich kränken, wenn er es nicht wenigstens versuchte.

Just war erst seit Kurzem in dem besetzten Haus untergekommen. Er hatte eigentlich nicht mehr vorgehabt, überhaupt irgendwo zu wohnen. Die eigene Wohnung hatte er aufgegeben, nachdem ihn die Raten für die Hi-Fi-Anlage unter Druck gesetzt und ihm fünfhundert Mark Rundfunkgebührennachzahlung den Rest gegeben hatten.

«Die von der GEZ haben bei mir geklingelt und behauptet, sie wären vom Fernsehen und wollten ein Interview mit mir machen, und ich hab mich noch gewundert, warum gerade mit mir. Als die dann meine Bude stürmten, schnappte die Falle zu. Die haben mit einem Blick gesehen, dass der Fernseher an meinem Bett stand und das Radio auf dem Küchenbord, und da haben sie mir die Rechnung aus den letzten Jahren aufgemacht.»

GEZ-Gebühren, ich wusste noch nicht einmal, was das war.

«Ich hatte auf einmal so die Schnauze voll, da hab ich noch am selben Abend meinen Rucksack gepackt und die Isomatte geschnappt, hinter mir abgeschlossen und den Schlüssel in den Gully geworfen. In der ersten Nacht auf der Straße war ich so besoffen, dass ich es für 'ne tolle Idee hielt, meinen Personalausweis zu verbrennen. Jetzt kann ich nicht mehr rüber, daran hatte ich natürlich nicht gedacht.» Er lachte. «Im Osten gefällt es mir nämlich ganz gut. Da gibt es keine kackbunte Werbung und diesen ganzen Konsum-Firlefanz, den keiner braucht. Aber hier in der Zossie herrscht auch der reale Sozialismus. Das Wohnen ist sogar umsonst. Jeder macht hier ein bisschen was für die andern. Es gibt die Handwerkertypen, die zapfen die Strom- und Telefonleitungen aus der Nachbarschaft an oder reparieren dir auch mal was. Wer Hunger hat, der kocht, und wem es zu dreckig wird, der putzt.»

Die, denen es zu dreckig war, mussten schon vor Längerem ausgezogen sein.

«Ich schneide Haare, aber da gibt es hier nicht so viel Bedarf. Und dann besorg ich noch Lebensmittel. Deswegen sitz ich auch immer vor dem Bolle neben deiner Haustür. Da mag mich die Filialleiterin. Die lässt abends schon mal das Tor zum Hof auf und stellt die frisch abgelaufenen Sachen und das angedellte Gemüse für uns neben die Müllcontainer. Ein paar von uns helfen gerade auch den Republikbürgern an der österreichisch-ungarischen Grenze bei der Flucht in den Westen. Die aus dem dritten Stock sind schon seit Mai unterwegs. Die sagen, das dauert nicht mehr lange, das alles. Wenn sie die Leute in der DDR nicht mehr einsperren, zieh ich jedenfalls sofort da hin.»

Just erzählte mir, die Fluchthelfer hätten die Grenze gründlich ausspioniert und wüssten, wann und wo die Patrouille nachts pausierte. Auf der ungarischen Seite hätten sie Kontakt zu den Ausreisewilligen aufgenommen, die da campierten, und sie in der Nacht durch den Wald hinüber nach Österreich gebracht. Im Juni hätten sie auf diese Weise sogar zwanzig Leute auf einmal in die Freiheit geleitet, aber das würde natürlich einiges kosten.

«Was machst du eigentlich mit der ganzen Kohle, die du neulich von der Bank geholt hast?», fragte er und starrte auf die goldene Uhr an meinem Handgelenk. «Ist das Geld dein Erbe?» Die Idee, dass es sich bei den paar Scheinen in meiner Jeansjacke um alles handeln könnte, was mir vom Besitz meiner Familie blieb, kam mir auf einmal bestürzend real vor.

«Du siehst aus wie jemand, der mit 'nem goldenen Löffel im Mund geboren wurde. Willst du uns nicht ein bisschen was spenden?»

Goldener Löffel im Mund? War das eine Redewendung?

Aber Just hatte schon recht, wir kamen aus verschiedenen Welten, und das sah man uns an. Es hätte mich schon interessiert zu erfahren, wie er so aufgewachsen war, aber Just hatte nichts weiter von sich erzählt und ich hatte ihn nichts gefragt, mangels Lust, über mich selbst zu reden.

«Komm, wir gehen rein, deine Lippen sind schon ganz blau», sagte er, und da erst fiel mir auf, dass es zu nieseln begonnen hatte. Ich könne ja noch zu ihm mit aufs Zimmer kommen, schlug er vor, aber als wir an der kleinen Kammer vorbeikamen, lagen da schon zwei Gestalten, eindeutig zu beschäftigt, um gestört zu werden.

«Macht nichts, irgendwo ist immer eine Matte frei», sagte Just zuversichtlich, fand es aber auch in Ordnung, dass ich lieber nach Hause wollte. «Stimmt, ist ja schon früh, und ich muss morgen wieder spät raus», sagte er und sah mir zu, wie ich Männlein weckte, der in der Küche vor dem warmen Ofen schlief, aber sofort aufsprang, als ich ihn nur anschaute. Es brauchte keine Kommandos, es war, als könne er meine Gedanken hören. Manchmal hatte ich mir gewünscht, er würde mich lieber mögen als Falk und mir anhänglicher folgen, aber ihm war es egal, er gehorchte uns beiden gleich gut. Wenn wir zusammen mit ihm unterwegs waren, lief er immer zwischen uns hin und her oder umkreiste uns. Von wegen, drei Jahre alt, hatte die Tierärztin gesagt. Da hätten sie uns im Tierheim aber ausgetrickst. Der Hund war mindestens acht und von seinem früheren Besitzer misshandelt worden, auf der rechten Seite des Brustkorbs waren zwei Rippen gebrochen und schief zusammengewachsen, an der Stelle konnte man eine tiefe Delle fühlen. Außerdem hätte man ihm auch ein Stück von seiner Rute abgeschnitten, sagte die Tierärztin. Warum? Manchen Leuten mache so etwas eben Spaß. Die Gleichgültigkeit, mit der sie diese Ungeheuerlichkeit vorbrachte, erschreckte mich fast genauso wie die Vorstellung, was sie mit Männlein gemacht hatten. Die gute Erziehung war also das Resultat von Tierquälerei. Deshalb war er der ideale Hund, immer brav, anhänglich, sogar verkehrssicher. Nur allein lassen durfte man ihn nicht, dann drehte er durch, bellte aus Leibeskräften und zerlegte das Mobiliar. Das Auto akzeptierte er allerdings wie eine Hundehütte, und mittlerweile roch es in meinem Golf auch so.

Wenn ich nachts zu Fuß unterwegs war, nahm ich ihn mit. Erstaunlich, wie viele Leute Angst vor schwarzen Hunden hatten, vor allem Männer. Männlein war der ideale Bodyguard, dabei hatte ich in Berlin eigentlich nie das Gefühl, dass es nachts gefährlich sein könne, bei uns auf dem Dorf hatte ich mich immer viel mehr gefürchtet. Aber natürlich musste er immer vor der Tür auf mich warten, weil es in den Bars und Kneipen viel zu laut war für seine empfindlichen Ohren und zu verqualmt für seine sensible Nase. Vor dem Kumpelnest hatte ich ihn neulich mal vergessen, morgens um drei. Er war wohl eingeschlafen, denn sonst verpasste er nie den Moment, wenn ich endlich wieder auf die Straße trat. Bis mir auffiel, dass er fehlte, war ich schon fast zu Hause. Als ich sah, wie er auf mich wartete, die Kneipentür nicht aus den Augen ließ und die Leute, die auf die Straße torkelten, aufmerksam prüfte, so geduldig, wie es nur Tiere können, waren mir die Tränen gekommen.

Just brachte mich noch vor die Haustür, und wir umarmten uns auf dem Bürgersteig mit ungelenken Roboterarmen. Dann sagte er etwas Seltsames. Ob das ein Filmzitat war? Auf jeden Fall hörte es sich an, als würde er nicht damit rechnen, mich so bald wiederzusehen.

«Denk dran: Setz immer eine Mütze auf, geh schön rechts und grüß die älteren Leute.»

Wie siehst du denn aus?», fragte mich Falk am nächsten Morgen im Bett und beantwortete die Frage auch gleich: «Wie Clarence, der schielende Löwe aus *Daktari*.»

Just hatte meine roten Locken in totes, farbloses Puppenhaar verwandelt. Es stand auch genauso struppig von meinem Kopf ab wie bei der teuren Käthe-Kruse-Puppe damals, nachdem ich mit ihr Friseursalon gespielt hatte, aber die hatte ich wenigstens heimlich im Müll entsorgen können.

Falk war schon ein paar Tage so mies gelaunt, dass man ihm besser aus dem Weg ging. Gleich nach Geschäftseröffnung hatte der Fotoautomat den Geist aufgegeben, von Expressentwicklung konnte vorerst keine Rede mehr sein, bis Falk und Günter die fünfhundert Mark für die Reparatur aufgetrieben hatten.

Er stand auf, trottete in die Küche und trank vor dem offenen Kühlschrank Milch, gleich aus der Tüte. Widerlich fand ich das, wie er dastand, nackt, mit der Papptülle im Mund. Einen Rundrücken hatte er, der Bauch trat leicht unter dem Rippenbogen hervor, und seine Unterschenkel waren im Verhältnis zum Rest des Körpers zu kurz, das fiel mir erst jetzt auf.

«Warum trinkst du nach dem Aufstehen immer Milch? Davon bekommst du voll ekeligen Mundgeruch.»

Falk wischte sich den Milchbart von der Oberlippe. «Wie gut, dass du morgens nach Veilchen duftest», sagte er und rülpste. Er kam auf mich zu, fasste mich an den Schultern und schaute mich durchdringend an. «Sag mal, wo hast du eigentlich gestern gesteckt?»

«Ich war mit Männlein im Grunewald, wie immer.»

«Den ganzen Tag und die ganze Nacht?» Sein rechtes Augenlid zuckte.

«Ich war mit Anne beim Friseur. Findest du es sehr schlimm?»

«Diese Anne hätte echt besser auf dich aufpassen sollen. Das grenzt ja an Körperverletzung. Sag mal, wann stellst du mir deine neue Freundin denn endlich mal vor?»

Falk hatte alles über Anne wissen wollen, wo ich sie kennengelernt hatte und wie sie aussah, ob sie einen Freund hatte und was mir an ihr besonders gefiel. Er interessierte sich außerordentlich für sie und schien froh, dass ich endlich eine Freundin gefunden hatte, noch dazu eine, die nicht nur in Kneipen herumhing. Ich hatte sie ja auch nach meinen Idealvorstellungen erschaffen: Zwei Jahre älter als ich war sie und aus dem Ruhrgebiet, damit ich was über ihre Herkunft erzählen konnte. In der Letteschule waren wir uns über den Weg gelaufen. Da war ich wirklich gewesen, um ein Anmeldeformular für den Lehrgang Modedesign abzuholen, das ich aber nie ausgefüllt hatte. Wieder auf eine Schule zu gehen, nachdem ich gerade erst in Freiheit lebte, das kam mir so vor, als würde sich ein Ex-Knacki freiwillig ins Gefängnis einweisen lassen.

Vorbild für Anne war eine gewisse Anja, mit der ich in der Berlin Bar mal eine ganze Nacht durchgemacht hatte. Der hatte ich zum Abschied meine Telefonnummer mit Kugelschreiber auf die Hand geschrieben, doch gemeldet hatte sie sich nie. Ich war ziemlich blau gewesen, konnte mich aber noch daran erinnern, dass sie gelacht hatte, als ich sie fragte, ob wir nicht Freundinnen werden könnten. Und so gut, wie wir uns verstanden hatten, so klar war auf einmal, dass sie diesen Antrag total daneben fand.

Manchmal war ich mir nicht sicher, ob ich mich mit meinen Geschichten über Anne wiederholte, und ich hatte Angst, dass Falk mir Fangfragen stellte. Blondes Haar, das sei doch sehr ungewöhnlich für eine Halbitalienerin, meinte er einmal. Dass ich Anne einen neapolitanischen Vater mit einer Pizzeria in Dortmund angedichtet hatte, war mir da schon wieder entfallen.

«Ich hab dich am Nachmittag gesehen», sagte Falk mit tonloser Stimme, starrte mich weiter an und wartete.

«Ja? Wo denn?» Verdutzt tun, was anderes fiel mir erst mal nicht ein.

«Rate doch mal.»

Ich schwieg.

«Sein Auto hat vor der Haustür gestanden. Und es hat eine ziemliche Weile gedauert, bis du ausgestiegen bist.»

«Aha? Bist du eifersüchtig?»

Die Flucht nach vorn, ziemlich durchschaubar. Hoffentlich glühten meine Wangen nicht so heiß, wie sie sich anfühlten.

«Eifersüchtig? Auf Claudius? Nee, ich versteh's nur nicht.

Du musst doch schnallen, was bei dem los ist. Du bist zu clever für einen, der alles fickt, was zwei Beine hat.»

Ficken, das hörte sich bei Falk wie ein Schulhofschimpfwort an, wie eine Kloschmiererei. Wenn Claudius das Wort gebrauchte, klang das anders. Er spielte auch eher auf Obstsorten und kleine Tiere an, wenn er etwas benennen wollte, wofür Falk nur Ausdrücke mit ö oder tz kannte. Sex war zwischen uns eine stumme Sache, die immer nach dem gleichen Muster ablief. Ich wusste, was Falk mochte, nicht weil wir darüber gesprochen hätten, sondern weil er mir seinen Unwillen gegen einige Praktiken unmissverständlich gezeigt hatte. Über Sex wurde nur in Form von Witzeleien geredet.

«Woran erkennt man einen Macho?», war einer von Falks Standardwitzen. «Ein Macho lässt sich von einer Frau einen blasen und fragt sie danach: ‹Na, wie war ich?›» Darüber konnte er sich vor Lachen abrollen. Ich fand das nicht so komisch. Falk fragte mich nach dem Sex immer: Bist du gekommen? Konnte sein, dass ich nicht richtig funktionierte, wahrscheinlich war ich kaputt, oder irgendein Bauteil in mir war defekt. Dabei gab ich mir alle Mühe und machte immer Geräusche wie die Frauen in dem Video, das wir im *Sexyland* gekauft hatten. Das *Big Sexyland* lag gleich gegenüber von unserer Wohnung. An allen Litfaßsäulen der Stadt warb ein blondes Mädchen mit irritierend pinken Satinhandschuhen und Schlafzimmerblick für das Sexkaufhaus mit Peepshow. Ihre Brustwarzen waren von silbernen Sternchen bedeckt. Es war meine Idee gewesen, dort hinzugehen. Weil die Jungs damals im *Exil* so begeistert von den Strapsen dieser Schauspielerin erzählt hatten, wollte ich mir auch welche kaufen.

«Eintritt nur über achtzehn», stand an der Tür. Ausgerechnet an dem Tag musste ich eine Latzhose und ein Ringel-Shirt tragen, und ausweisen konnte ich mich auch nicht.

«Nichts anfassen», sagte Falk, faltete ein Tempotaschentuch auseinander und legte es über den Türknauf. «Wer hier aufkreuzt, hat Wichsgriffel.»

Wir ließen die Peepshow links liegen, und Falk schlängelte sich durch ein Labyrinth aus Gängen zu den Regalen mit den Videokassetten. Was es in diesem Laden für komische Sachen gab. Was machte man nur mit all den Plastikringen, Kugeln und Lederriemen? Ich blieb vor den Gummipuppen mit ihren runden Mündern stehen, daneben waren behaarte Löcher aus Hartgummi im Angebot. So etwas Ekeliges hatte ich ja überhaupt noch nie gesehen. Wie krank mussten Männer sein, denen auf so einem Friedhof der Kuscheltiere geile Gedanken kamen? Die billigen roten Spitzenslips hatten Schlitze an den unmöglichsten Stellen. Sie erinnerten mich an Karneval, an die in Plastik verpackten Kostüme aus Polyester in unserem Spielzeugladen im Dorf.

In der Dildo-Abteilung lag eine glitzernde Salatgurke in einer Vitrine, die hätte ich gern mal angefasst. Aber da kam auch schon ein Mann in korrektem Zweireiher auf mich zu. Ich hatte es geahnt, da war er, der Abteilungsleiter. Gleich würde er mich fragen, ob ich schon volljährig war, und mich vor die Tür setzen. Er trat ganz nah an mich heran, wie der Kaufhausdetektiv, der mich einmal beim Klauen erwischt hatte, und hauchte mir warm ins Ohr: «Hallo, hast du Lust auf einen ganz großen Schwanz?»

Und ich war so verdutzt, dass ich auch noch artig «Wie

bitte?» fragte. Big Sexyland, einmal und nie wieder. Aber immerhin hatten wir am Ende einen Pornofilm gekauft.

Falk setzte sich mit seinem nackten Hintern auf den Küchenstuhl, angelte eine Banane aus dem Obstkorb auf dem Tisch und begann, sie zu schälen.

«Außerdem bist du so gar nicht Claudius' Typ. Der steht auf dicke Titten. Nicolas hat letzte Woche morgens mal bei ihm vorbeigeschaut, da lag diese Uschi, die bei ihm sauber macht, bei ihm im Bett. Unmöglich. Ich fass es nicht.»

Die blauen Pillen waren schon wieder alle, also nahm ich eine weiße und wartete mit angezogenen Knien auf dem Klodeckel, bis es Falk zu blöde wurde, an der Badezimmertür zu rütteln. Sollte er doch seinen Laden mit ungeputzten Zähnen aufmachen.

Wie anders mir die Wohnung vorkam, wenn ich allein war. Im Radio in der Küche sang ein Mann mit drängender Stimme zu Gitarrenklängen. Es klang, als würde er in einer hohlen Kugel gegen die Ungerechtigkeit der Welt ansingen: «Du, lass dich nicht verbrauchen, gebrauche deine Zeit ...» Der Text sollte Mut machen, doch wie er so jammerlappig sang, klang das eher nach tiefer Ausweglosigkeit. Den Wortbeiträgen zwischen den Stücken entnahm ich, dass es in der Sendung um Liedermacher aus der DDR ging. Den Osten hörte man aus dem Gesinge heraus, wie man ihn am Grenzübergang im Wedding riechen konnte. Braunkohle und Zweitaktmotoren. In diesen Liedern klang die gesamte Tristesse des Staates mit, diese Trostlosigkeit, die mich jedes Mal auf der Transitstrecke überfiel beim Anblick der zerstörten Käffer. Was musste das für ein Land sein, in dem auf so hoffnungslose Weise von Hoffnung gesungen wurde? Wäre es nur nicht so vertrackt gewesen, den sogenannten Berechtigungsschein zum Empfang eines Visums der DDR am Zoo zu besorgen, dann hätte es mich jetzt, wo Just davon erzählt hatte, doch mal interessiert, wie es so war, in Ostberlin. Die Mauer muss weg, das fanden ja eigentlich alle, die nicht total bescheuert waren. Aber Westberlin ohne die Mauer? Das wäre ja wie Paris ohne den Eiffelturm.

Aus dem Radio strömte immer weiter Hoffnungslosigkeit und legte sich wie eine schwere Decke über mich. Dabei war der Sänger längst ausgebürgert, wie der Moderator erläuterte. Seit ein paar Jahren lebte er schon in Westberlin, genau wie die Frau, die danach wehmütig die Stimme erhob. «Ich hab Heimweh nach Heimat, wo das auch sein mag». Das klang auch nicht gerade so, als hätte sie im Westen ihr Glück gefunden. Ich blieb noch eine Weile vor dem Radio sitzen, ohne von den Nachrichten etwas mitzubekommen, bis Männlein unüberhörbare Fiepgeräusche machte, das Signal, dass ich mich anziehen musste, um mit ihm auf die Straße zu gehen.

War ich schlecht drauf, sah ich bloß noch Elend und Einsamkeit, wenn ich mit Männlein die Stadt durchquerte. In den Grunewald ging ich nicht mehr, seitdem ich an einem sonnigen Nachmittag im Unterholz neben dem Spazierweg einen Mann mit heruntergelassener Hose gesehen hatte. Das Schockierende war nicht nur der Anblick, ein Kerl, der an einer Buche lehnte, sein steil aufragender Schwanz, der weiße behaarte Bauch und das hektische Auf und Ab seiner Hand;

das Widerlichste war sein zufriedenes Lächeln. Wie er mir glücklich nachschaute, als ich die Augen aufriss und hastig weglief. Während ich dann meine übliche Runde um den See machte, hatte ich das beschämende Gefühl, als wäre ich durch den Anblick des onanierenden Mannes für alle mir entgegenkommenden Spaziergänger selbst nackt geworden. Das Erlebnis war ein Wiedergänger von etwas, das ich so gewaltsam verdrängt hatte, dass es mir noch Jahre später in meinen Träumen erschien.

Ich musste so ungefähr elf Jahre alt gewesen sein, als ich mich zum ersten Mal verliebt hatte, in einen Jungen, der im Hinterhaus meiner Großeltern wohnte. Er war der jüngste Sohn der Gastarbeiterfamilie, die dort zu siebt in einer winzigen Wohnung lebte und im Sommer, zum Ärger meiner Großeltern, im Hof grillte. Er hatte mir einmal, als ich auf dem Fensterbrett in meinem Kinderzimmer saß, von gegenüber zugewinkt. Später hatten wir uns getroffen, heimlich natürlich. Meine Großeltern durften nicht erfahren, dass ich zu ihm ging, der auch im Winter kurze Hosen trug. Sie durften mich nicht dabei erwischen, wie ich heimlich ums Haus herumschlich. Erst recht durften sie nicht mitbekommen, was wir uns erzählten, der Türkenjunge, wie sie ihn nannten, und ich. Sie durften nie erfahren, was ich mir wünschte, wenn ich seine blauschwarz schimmernden Haare betrachtete, den dunklen Flaum in seinem Nacken. Dabei sahen und wussten sie sonst doch immer, was ich tat, vielleicht sogar was ich dachte. Und dann passierte bei einem Sonntagsspaziergang im Stadtwald etwas, das es von da an unmöglich machte, ihn wiederzusehen. In dem Teil des Waldes, der in den Fünfzigern oder Sechzigern mal als Märchenwald gestaltet worden war, standen noch die Überreste der Panoramen mit den verrosteten Münzautomaten davor. Mit einem Groschen hatte man damals die Figuren in ihren Kulissen in Bewegung setzen können. Inzwischen fehlte dem bemoosten Rotkäppchen die Kappe und ein Bein, dem Froschkönig die Prinzessin, und von dem Märchen mit den sieben Geißlein war nur die Tür übrig, an die der Wolf geklopft und um Einlass gebeten hatte. Hinter dieser Tür hatte ich es gesehen. Im Vorbeigehen hatten sich Figuren bewegt, eine große Gestalt und eine kleine. Ein schwankender Riese, der den Kopf eines Zwerges mit seinen mächtigen Händen in Höhe seines Hosenschlitzes festhielt. Die Großeltern waren schweigend vor mir hergegangen und hatten gar nichts mitbekommen, und als ich mich im Gehen noch einmal umschaute, waren die Figuren hinter einer verwitterten Tannenattrappe verschwunden. Kurze Zeit darauf hatte die Stadtverwaltung die Reste des Märchenwaldes abbauen lassen. Die Erinnerung an den Riesen und den Zwerg und das Unaussprechliche aber war nie verschwunden. Hatte ich das wirklich gesehen, oder hatten meine verbotenen Gedanken mir einen Streich gespielt? Waren es ähnliche Vorstellungen, die ich mir machte, wenn ich mit dem Jungen zusammen war? Fest stand, dass ich ihn nun nicht mehr wiedersehen konnte. Da mochte er von gegenüber winken, solange er wollte, ich sah nicht mehr hin.

Nach dem Vorfall mit dem Exhibitionisten im Grunewald machte ich meinen täglichen Rundgang mit Männlein lieber durch die Stadt. Zunächst ging es immer an Claudius' Haus vorbei, und ich schaute lange zu der vertrauten Wohnung auf. Die Pflanzen auf dem Balkon waren verschwunden und die gelben Seidenvorhänge hinter den Fenstern zugezogen. Berlin war doch größer, als ich gedacht hatte, und es wurde immer baufälliger, je näher man der Mauer kam und den Vierteln, in denen die Kinder noch auf der Straße spielten und auf den Bänken der Parkanlagen alte Leute saßen. Wenn man die Senioren nach der Uhrzeit oder nach dem Weg fragte, schauten sie sich erst eine Weile an und überlegten, ob sie einem antworten sollten, manchmal drehten sie sich auch einfach weg.

Wenn ich auf dem Ku'damm am Kempinski vorbeikam, musste ich an die Tage mit meinem Vater und Uli denken. Das war jetzt bestimmt zehn Jahre her. Damals hatte ich geglaubt, Erwachsene wären so etwas wie zu Ende entwickelte Menschen, nur Kinder würden sich noch ändern, weil sie größer wurden und ihnen nichts anderes übrig blieb, als ebenfalls erwachsen und damit zu etwas Fertigem zu werden.

Auf dem Kurfürstendamm gab es einen teuren Friseursalon, in dessen Schaufenster großformatig eine Schönheit mit dichtem kinnlangem Haar hing, einer Frisur, die in den Modezeitungen einen männlichen Vornamen trug: Bob. Ich musste dringend etwas gegen meine total verschnittenen Haare unternehmen, also rein.

Drinnen im Laden föhnte eine Horde von Friseuren in schwarzer Einheitskluft Damen mittleren Alters, die meisten von ihnen blondiert, schwer mit Schmuck behangen, ihre Handtaschen standen auf kleinen Schemeln neben den Friseurstühlen. Hier kostete ein Haarschnitt bestimmt hundert Mark. Ob man mich überhaupt bedienen würde? Doch da winkte mich auch schon ein dicker Mann zu sich, der sich als der Chef entpuppte, der bekannte Promifriseur. Und tatsächlich fragte er mich, ob ich ihm nicht als Frisurenmodell zur Verfügung stehen wolle, ich hätte so niedliche Sommersprossen. Vorher, nachher, so was würde ich doch bestimmt kennen. Wie praktisch!

Den ganzen Nachmittag tönten und föhnten seine Untergebenen an mir herum, bis ich mich, wenn schon nicht in Jean Seberg, so doch wieder in mich selbst verwandelt hatte. Hundert Mark bot der Chef mir, wenn ich am darauffolgenden Dienstag mit ihm zum Fotoshooting nach Hamburg fliegen würde, und ich sagte begeistert zu. Doch dann wartete ich in Tegel am Gate vergebens. Als sich die Lufthansamaschine in die Lüfte hob, beschloss ich, niemandem davon zu erzählen.

Hundert Mark war auch die Gage für den Statistenjob, den mir Falk mit Nicolas' Hilfe besorgt hatte. Nicht auszuschließen, dass mir damit die Entdeckung als Filmstar bevorstand – das hatte es schließlich alles schon gegeben: Einmal auf so einem Filmset von links nach rechts gelaufen, und ein Jahr später war man der gefragte Shootingstar und auf dem Cover der Vogue. Am ersten Drehtag war es auch gleich spitzenmäßig für mich gelaufen, eine Kleindarstellerin war ausgefallen, und man hatte ausgerechnet mich ausgewählt, sie zu vertreten.

«Na, Jungs, was habt ihr denn heute Abend noch Schönes vor?» Das musste ich an der Bar des Hotel Interconti in einem Cancan-Kleid und mit Federpuschel im Haar die Herren Pfitzmann und Juhnke ungefähr hundertmal fragen. Immer stotterte ich an irgendeiner Stelle des Satzes oder wackelte zur Unzeit mit dem Kopf, gestikulierte überflüssigerweise oder vergaß ein Wort, bis sich Günter Pfitzmann vor Fassungslosigkeit die Krawatte vom Hals riss. Aber Harald Juhnke war nett und beruhigte mich immer wieder: Gleich ham wa's. Ein Mann wie mein Vater, er roch auch so.

Von meinem Vater hatte ich seit dem chaotischen Besuch nichts mehr gehört. Ich hätte ihm gern von meiner Filmkarriere erzählt, aber leider wurde meine Rolle als Animierdame schon am nächsten Tag wieder aus dem Film geschnitten. Wenn ich bei meinem Vater anrief, ging meistens Uwe dran, der dann unabhängig von der Tageszeit behauptete, der Alte, wie er ihn plötzlich nannte, würde schlafen. Nachrichten konnte mir mein Vater auch nicht mehr hinterlassen, unser Anrufbeantworter war kaputt. Den hätte Männlein in seinem Furor zerlegt, hatte Falk mir erzählt, am ersten Abend, als er in der Wohnung allein gewesen war. Ich konnte mich allerdings noch genau daran erinnern, das leuchtende rote Lämpchen in dieser Nacht gesehen zu haben. Auch unsere Telefonnummer hatte sich geändert, weil der Anschluss einen Monat wegen Zahlungsverzugs gesperrt war, und so konnte uns erst mal niemand mehr erreichen.

Ich wurde meistens erst wach, wenn Falk schon in seinem Laden stand. Dann war es die Stille in der Wohnung, die mich weckte, drinnen war es still, und von draußen drangen nur schwach die Geräusche der rumpelnden Lastwagen, die Hupkonzerte auf der Martin-Luther-Straße. Wie gut es die Leute hatten, die was vorhatten und sich trotz des Kälteeinbruchs jeden Tag aufs Neue auf den Weg machten. Geheizt würde noch nicht, hatte Falk beschlossen, dafür wäre es noch zu früh, dabei drehte er in seinem Geschäft bestimmt längst die Radiatoren auf. Die gab es in unserer Wohnung ja gar nicht, hier wurde, wie bei fast allen, noch mit Kohle geheizt. Ich überwand meine Furcht vor unserem Hausjunkie Hans, den Ekel vor der ätzenden Taubenkacke und dem staubigen Gebälk und stellte fest, dass nicht nur Hans, sondern auch die Briketts vom Dachboden verschwunden waren.

«Du hättest doch sowieso nicht gewusst, wie man einen Ofen anfeuert», ätzte Falk am Abend und suchte in den Gelben Seiten die Telefonnummer eines Kohlenhändlers heraus. «Krieg deinen Arsch hoch und ruf da mal an.»

Als die Fensterscheiben morgens von innen mit Eisblumen überzogen waren, fand ich auf der Suche nach meinem Wintermantel einen Umzugskarton mit Videokassetten. Da war er, mein absoluter Lieblingsfilm. Letztes Jahr hatte ich ihn einen ganzen Sommer lang jede Nacht geschaut, und irgendwann, als ich ihn auswendig kannte, nur noch diese eine Szene, wo der wilde Richard Gere auf dem Campus auftaucht, sich am Fenster des Vorlesungssaals in Positur bringt und für die bildschöne Studentin Monica tanzt.

«Monica, Baby, ich fahr mit dir nach Mexiko ...»

Ich setzte mich in meinem Daunenmantel ins Bett und schob die Kassette in den Rekorder. *Breathless, Außer Atem* – das war ja erstaunlich: Mein Lieblingsfilm war ein Remake, das fiel mir erst jetzt auf, von diesem Franzosenstreifen, der mir die kurzen Haare eingebrockt hatte. Dabei hatte ich in Wirklichkeit immer so aussehen wollen wie Monica im Remake, mit ihren Rehaugen und dem langen Samthaar, und niemand anderen lieben wollen als Richard Gere. Erst jetzt wurde mir bewusst, wie sehr Claudius Gere ähnelte. Wie gut hätte auch ihm so eine bunt karierte Stoffhose gestanden. Und das Beste war, dass Gere, das konnte man in einer Szene ganz deutlich sehen, keine Unterhose trug. Ob Gere seine Verfolger umlegte oder, was ich für wahrscheinlicher hielt, er am Schluss von den Polizisten zur Strecke gebracht wurde, blieb offen.

Claudius lief wohl gerade durch die Straßen Münchens. Vielleicht traf er in genau diesem Moment eine Frau, die nicht so verlogen war wie ich, und verliebte sich in sie, während ich im Wintermantel in der dreckigen Bettwäsche hockte und flennte.

Am zwanzigsten Oktober, dem Geburtstag meines Vaters, ging ausnahmsweise mal nicht Uwe an den Apparat, sondern Frau Brodka, die mir ihr schrilles Hallo ins Ohr schrie. Ungefragt unterrichtete sie mich über den Gesundheitszustand des Vaters, sie sprach von *guten* und *schlechten Tagen*. Die guten waren die, an denen er sich ruhig verhielt und keinen Ärger machte. Ein richtig schlechter musste der gewesen sein, an dem er ausgebüxt und für Stunden verschwunden geblieben war, bis Uwe ihn weit draußen auf der Landstraße eingesammelt hatte, im Bademantel, mitten in der Nacht. Quälend war es, wie diese fremde Pflegerin mit mir über meinen Vater sprach, es kam mir vor, als würde ihr leutseliges Gerede mich zu einer Komplizin machen in einem Komplott, das darauf hinauslief, ihn für unzurechnungsfähig zu erklären. Als sie mich endlich zu ihm durchstellte, hörte ich gleich, dass ich einen der *guten Tage* erwischt hatte.

«Danke für die Glückwünsche. Lieb, dass du dich auch mal um deinen alten Vater kümmerst. Aber ich kann nicht klagen. Wie geht's dir, Mäuschen?»

Er klang aufgeräumt, und ich freute mich über sein Interesse an dem, was ich in Berlin so trieb. Stolz erzählte ich, dass ich Harald Juhnke kennengelernt hätte.

«Das soll ja ein ziemlicher Schluckspecht sein. Pass bloß auf, dass dir keiner dieser Schauspieler an die Wäsche geht.»

Von meiner neuen Geschäftsidee war er dann richtig begeistert. Es leuchtete ihm zwar nicht wirklich ein, warum man Jeans in Anzugstoff nachnähen wollte, und von Levi's 501 hatte er auch noch nie gehört. Er attestierte mir aber, bei immerhin drei verkauften Hosen in nur einer Woche, ein Geschäftstalent, das ich nur von ihm geerbt haben konnte.

«Ich freu mich, dass es bei dir so gut läuft. Von mir gibt's nicht viel zu berichten. Uwe und ich gehen abends was essen, und am Wochenende fahren wir ins Sauerland. Mehr brauch ich nicht, das reicht mir, damit bin ich vollauf zufrieden.»

Nun wagte ich es doch, ihn vorsichtig nach der Sache mit dem nächtlichen Ausflug zu fragen. Er schien daran keine Erinnerung zu haben.

«Weggelaufen, was soll das denn heißen? Wo soll ich denn hinlaufen? Hat dir das die Brüllkuh erzählt? Die spinnt. Die ist aber auch wirklich zum Weglaufen. Die Schmidt fehlt mir jeden Tag mehr. Und natürlich mach ich hin und wieder einen kleinen Spaziergang. Doktor Grünberg sagt, Bewegung tut mir gut.»

«Vielleicht wäre es besser, du würdest deine Wanderungen im Hellen unternehmen.»

Das fand er witzig.

«Stimmt, aber manchmal muss ich einfach raus. Ich bekomme Beklemmungen, wenn ich immer in der Bude rumhocke. Das hat was mit der Pumpe zu tun, mit diesen Herzrhythmusstörungen. Du kannst dir gar nicht vorstellen, wie sich das anfühlt. So muss sterben sein, denke ich dann und wünsche mir, es wäre schon alles vorbei. Was soll ich denn noch hier?»

«Hey, du bist doch nicht etwa lebensmüde?»

«Ich bin müde. Warum? Darf ich nicht müde sein?»

«Na ja, ich brauch dich doch noch.»

«Ich bin für nichts mehr zu gebrauchen. Kommst du mit dem Geld klar?»

«Weiß nicht, irgendwie sind die Überweisungen der letzten zwei Monate nicht angekommen.»

Darauf konnte er sich keinen Reim machen. Er versprach, mit Uwe darüber zu reden, der kümmerte sich jetzt um die Finanzen.

«Aber dir geht es gut, sagst du, das ist die Hauptsache. Uwe meint ja, wir sollten das Haus aufgeben. Zu zweit auf vierhundert Quadratmetern, das wäre Unsinn und viel zu teuer. Da hat er doch recht, und ohne Tristan ist das auch alles nicht mehr zu bewirtschaften. Weißt du das mit Tristan überhaupt schon?»

War er wirklich so vergesslich geworden? Konnte er sich nicht mehr daran erinnern, wie wir uns neulich über die rätselhafte Geschichte mit der verschluckten Zahnabdruckmasse unterhalten hatten?

«Tristan ist tot. Darmverschluss.»

Kurz dachte ich, er hätte da etwas durcheinandergebracht. Aber dann erzählte er mir die ganze haarsträubende Geschichte. Die Ärzte hatten bei der OP wohl doch noch etwas von dem Gummizeug übersehen, das Tristan beim Zahnarzt verschluckt hatte. In der dritten Nacht im Krankenhaus war er daran gestorben, bei der Morgenvisite hatten sie ihn leblos im Bett vorgefunden.

«Jetzt ist er schon unter der Erde», sagte mein Vater.

«Und ich hätte gedacht, die nächste Beerdigung ist meine eigene.»

Merkwürdig unbeteiligt klang er dabei. Er kam auch gleich wieder auf den von Uwe geplanten Hausverkauf zurück. «Aber wo soll ich dann hin? Nein, hier geh ich nicht fort. Da müssen sie mich schon raustragen, am besten gleich mit den Füßen voran.»

Nach dem Telefonat machte ich mich wieder an meine Produktion. Die erste Hose hatte ich für Claudius genäht, obwohl ich noch nicht einmal wusste, wo er sich gerade aufhielt. Wir hatten die gleiche Jeansgröße, also trug ich sie selbst. Dann wollte auch Falk eine haben, allerdings mit dezenten Nadelstreifen. Innerhalb einer Woche hatte ich so viele Aufträge aus dem Bekanntenkreis, dass es Monate dauern würde, um sie alle abzuarbeiten. Eine 501 aus Anzugstoff, das war offenbar der Renner. Also stand ich neuerdings um sieben Uhr auf, so wie Falk, warf zwei Pillen ein und setzte mich an die Maschine.

Mit dem Nähen ist es wie mit dem Fahrradfahren, man verlernt es an sich nicht, auch wenn man es länger nicht gemacht hat, aber bis der Arbeitsablauf wieder eine geschmeidige ineinandergreifende Abfolge von Handgriffen war, die Ziernähte akkurat gesteppt auf den Taschen saßen und ich die Nieten nicht mehr windschief daneben platzierte, brauchte ich drei, vier Modelle. Gegen die morgendliche Anlaufhemmung halfen die Tabletten, aber war die Maschine erst geölt und die Nadel eingefädelt, war es wie bei jedem anderen Ausdauersport, es fiel mir fast schwer, wieder aufzuhören. Für die erste Hose hatte ich noch drei Tage gebraucht, danach war das Ziel ein Modell pro Tag. Beim Arbeiten vergaß ich zu essen, zu trinken, sogar das Rauchen ließ ich. Ich stellte keine Musik mehr an, weil ich keine Zeit für das Wenden von Schallplatten oder Kassetten hatte und mir die stündlichen Nachrichten im Radio bloß deutlich machten, wie schnell die Zeit verging und dass ich immer noch viel zu langsam war. Es nervte mich, mit Männlein immer wieder vor die Tür gehen zu müssen.

Falk nahm den Hund mit in den Laden, von wo er allein Ausflüge unternahm, immer um den Ernst-Reuter-Platz herum, unter Beachtung der fünf Fußgängerampeln, erzählte Falk amüsiert. Er hatte dem Hund zu Werbezwecken ein großes Banner mit dem Schriftzug *Foto-Fuchs* um den Bauch gebunden. So kam es, dass besorgte Passanten Männlein immer mal wieder zurück ins Geschäft brachten, wo sie, wenn sie schon einmal da waren, oft auch gleich ein paar Filme kauften.

Werbung für meine Hosen brauchte ich nicht, die Leute rannten mir die Bude ein, was auch daran lag, dass ich die ersten Modelle viel zu billig verkauft hatte. Startkapital meines Unternehmens war das Geld, das sich in dem Geheimversteck in der Innentasche meiner Jeansjacke befand. Der Kassensturz war leider erschreckend gewesen. Unfassbar, über zweitausend Mark sollte ich in nur sechs Wochen durchgebracht haben? Von nun an notierte ich jeden einzelnen Hunderter und kalkulierte die Kosten und meine Arbeitszeit neu, was dazu führte, dass meine Anzughosenvariante doppelt so teuer wurde wie die Jeans, die man im Laden kaufen konnte, es handelte sich schließlich um Handarbeit. Jeden Abend vermerkte ich die Einnahmen und Ausgaben in einem alten Vokabelheft. Und so stellte ich schon nach kurzer Zeit Unregelmäßigkeiten in der Jeansjackenkasse fest. In nur einer Woche Buchführung waren über dreihundert Mark verschwunden.

Am selben Abend nahm ich Falk die goldene Uhr meines Vaters ab, die er, ohne mich zu fragen, öfter mal trug. «So wenig vertraust du mir?», fragte er entrüstet. Ich schaute ihn nur stumm an. Die Uhr und das Geld versteckte ich von da an in einem Paar alter Skisocken.

Meinem Vater schrieb ich eine Postkarte und bedankte mich für die Überweisung, die endlich wieder eingegangen war. Unter Verwendungszweck stand auf dem Kontoauszug nun das Wort *Zuwendung*. Was irgendwie so klang, als hätte Uwe jetzt die Macht, mir die Liebe meines Vaters monatlich zuzuteilen oder auch zu verwehren.

Schon von Weitem hatte ich ihn gesehen. Eine Frau ging neben ihm, sie hatte sich untergehakt. Reger Betrieb herrschte an diesem Samstagmorgen auf der Bleibtreustraße, Eltern mit Kinderwagen kamen mir entgegen, ich wich mit Einkaufstüten beladenen Frauen aus und Rentnern, die mitten auf dem Bürgersteig ihre Wochenendunterhaltungen führten. An der nächsten Straßenecke befand sich der Laden, in dem ich immer den Stoff für die Hosen kaufte. Doch erst einmal wollte ich Veit Hallo sagen.

Vor seiner Haustür hatte ich die beiden eingeholt. Er kramte in der Tasche seines Parkas nach dem Haustürschlüssel. Seit dem einen Abend im Frühjahr hatte ich ihn nicht mehr gesehen. Obwohl Falk behauptete, sich regelmäßig um seinen kleinen Bruder zu kümmern, wies nichts darauf hin, dass er mit ihm telefoniert oder ihn besucht hätte; bei uns war Veit auch nicht aufgetaucht.

«Das ist seine Freundin», sagte Veit zu der Frau an seinem Arm, und als sie mich ansah, wusste ich sofort: Das war die Mutter.

Sie gab mir ihre Hand, die ungewöhnlich lange, klein und kalt in meiner lag, und taxierte mich mit den gleichen Augen, die sie ihren Söhnen vererbt hatte, wässrig farblosen Murmeln.

«Möchtest du mit hochkommen, auf einen Tee?», fragte sie.

Die Küche der Jungs-WG, die ich als Chaos in Erinnerung hatte, war nun sauber und aufgeräumt. Sogar ein herbstbunter Strauß Astern stand auf dem Tisch. Auch Veit wirkte verändert, sein breites Dauergrinsen war verschwunden, er machte einen abgeklärten Eindruck, als wäre er über den Sommer erwachsen geworden. Einer der Mitbewohner kam an der Küchentür vorbei und grüßte. Konnte es sein, dass ich mir das Durcheinander bei meinem ersten Besuch nur eingebildet hatte? Doch als Angelika den heißen Tee in die tönernen Schälchen goss, erinnerte ich mich wieder an jede Einzelheit dieses Abends. Einen heißen Feger hatte Falk seine Mutter genannt. Ich betrachtete Angelika, die in die Hocke ging, um unterm Küchenfenster im Einbauschrank nach Honig zu suchen. Nein, ein heißer Feger war sie nicht mehr, obwohl man sich vorstellen konnte, dass sie einmal so was in der Art gewesen war.

«Meinst du, sie weiß es?», fragte sie ihren Sohn über meinen Kopf hinweg.

«Ich hab keinen Bock mehr, über ihn nachzudenken, ich hab ihn abgeschrieben.» Das war alles, was Veit den ganzen Tag sagte, während er neben uns saß und einen Joint nach dem anderen drehte.

Angelika wollte wissen, wo ich Falk kennengelernt hatte. Die nächste Frage, was mir an ihm gefallen hatte, war weniger leicht zu beantworten, die hatte ich mir noch nie gestellt.

«Wir kannten uns kaum, da hat er mir gesagt, dass er mich liebt.»

«Und das war alles?», fragte sie.

Ich erzählte, dass mir imponiert hatte, was er alles so wusste.

«Stimmt, intelligent ist er. Als er in die Pubertät kam, haben sie mal einen Intelligenztest mit ihm gemacht. Da hatte er einen IQ von 130», sagte Angelika und ließ sich von Veit den Joint geben. Ich schilderte ihr, wie lustig überdreht Falk gewesen war, immer so originell, energiegeladen, und wie er einmal versucht hatte, alle Sommersprossen auf meinem Rücken zu zählen. Supernova hatte er mich genannt und bei dreihundert das Zählen aufgegeben.

Angelika wollte wissen, ob ich Geschwister hätte und was meine Eltern so machten. Den frühen Tod meiner Mutter, der sonst allen immer Worte des Bedauerns entlockte, ließ sie unkommentiert. Sie ging gleich dazu über, von sich und ihren Kindern zu erzählen. Und, unfassbar, was Falk mir über seine Familie berichtet hatte, deckte sich in nichts mit ihrer Geschichte.

Nein, in dem Künstlerdorf in Norddeutschland hatte Angelika im Mai nur mal einen Freund besucht, gelebt hatte sie dort nie. Sie war erst im letzten Winter aus der Berliner Familienwohnung ausgezogen, als im Hinterhaus etwas frei geworden war und Veit volljährig.

«Veit und ich hatten in der langen Zeit zu zweit eine zu enge Bindung aufgebaut. Jahrelang war er mein einziger Bezugspunkt, das war für uns beide nicht gesund.»

Der Vater ihrer Söhne hatte sie wenige Monate nach Veits Geburt verlassen. Ja, es stimmte, dass er mit einer Krankenschwester durchgebrannt war, nur war das alles viel früher passiert. Werner hatte damals seinen Job als Assistenzarzt aufgegeben und war über Nacht verschwunden. Sie hatten danach nichts mehr von ihm gehört. Als ich ihr Falks Version vom Vater als dem berühmten Chefarzt in der Schweiz erzählte, erschien ein gequältes Lächeln auf ihren Lippen.

«Dass Werner einfach so aus unserem Leben ausstieg, war eine tiefe Kränkung für mich. Für Falk war es eine Katastrophe. Mein Großer hätte es leichter genommen, wenn sein Vater für ihn ein Unbekannter geblieben wäre, so wie für Veit.» Dabei nickte sie ihrem Jüngsten zu. «Er hat dann eine enorme Wut auf seinen Vater entwickelt, und die hat er immer mehr auf mich übertragen. Ich glaube, er brauchte jemanden, dem er die Schuld dafür geben konnte, ohne Vater aufzuwachsen.»

Angelika erzählte weiter. So ähnlich sich ihre Söhne sahen, so verschieden waren sie von Anfang an gewesen. Veit war das, was man ein liebes Kind nannte. Falk hatte schon im Kinderladen nichts als Ärger gemacht. In der Grundschule war Angelika regelmäßig zur Lehrerin zitiert worden, um sich Beschwerden über ihn anzuhören. Nachdem Falk dann auf dem Gymnasium Mitschüler bestohlen und erpresst hatte, galt er als unbeschulbar und wurde von der Schule geworfen. Unbeschulbar, Angelika schüttelte den Kopf.

«Wie einfach es für die Lehrer war, ein unbequemes Kind loszuwerden. An die alleinerziehende Mutter hat niemand gedacht. Meinst du, mir hätte auch irgendjemand mal Hilfe angeboten?»

Darauf hatte sie Falk auf ein Internat im Taunus geschickt, in einem kleinen Kaff, ihre eigenen Eltern wohnten ganz in der Nähe.

«Was haben deine Großeltern im Krieg gemacht?», fragte sie unvermittelt. Warum wollte sie das denn wissen? Der Vater meiner Mutter war als Arzt in der Provinz vom Kriegsdienst befreit worden, so viel wusste ich, und auch dass der Vater meines Vaters für das Militär schon zu alt gewesen war. Den hatte ich nicht mehr kennengelernt, er war in den Fünfzigerjahren gestorben.

Angelika war mit meiner Antwort nicht zufrieden. Ich müsse doch wissen, ob einer von denen in der Partei gewesen war. Mein Vater sei doch schon so alt. Jahrgang fünfundzwanzig, der musste doch den Zweiten Weltkrieg voll mitgemacht haben. Keine Ahnung. Über den Krieg war bei uns nie geredet worden.

Angelikas Vater war bei der SS gewesen. Das hatte sie früh herausgefunden, danach wollte sie nie wieder etwas mit ihm zu tun haben. Ein paar Jahre hatte Funkstille zwischen ihnen geherrscht, aber nach Werners Verschwinden war sie einfach auf die Hilfe ihrer Eltern angewiesen. Die Berliner Wohnung hatte ihnen gehört, so entfiel wenigstens die Miete. Der Großvater hatte auch Falks Schulgeld bezahlt und ihn an den Wochenenden zu sich genommen.

«Ich war erleichtert, dass sich jemand um ihn kümmerte, und da habe ich nicht darüber nachgedacht, was ihm mein Vater alles beibringen würde. Schießen zum Beispiel. Jeden Samstag ist er mit ihm auf den Schießstand gegangen. Ich bin Pazifistin, meine Kinder durften im Sandkasten noch nicht einmal mit Wasserpistolen spielen. Auch das Schlachten hat er bei ihm gelernt. Falk hat im Gehege hinterm Haus oft die Todesstrafe verhängt, so hat er das genannt. Er hat das Kaninchen selbst ausgesucht, das als Sonntagsbraten auf den Tisch kommen sollte. Dabei haben wir hier in Berlin immer vegetarisch gegessen. Und das perfekte Lügen hat er sich auch bei seinem Großvater abschauen können, der war darin ein wahrer Meister.»

Ich hörte ihr zu, ohne ein Wort zu sagen. Veit spielte auf dem Tisch währenddessen mit dem Kronkorken einer Colaflasche. Angelika legte ihm die Hand aufs Knie, damit er aufhörte, mit den Beinen zu zappeln.

«Nachdem Falk weg war, sind wir hier richtig aufgeblüht. War doch so, oder?» Veit nickte mit gesenktem Kopf. «Du warst mein ganzes Glück.»

Unvermittelt fragte sie, ob sie Linsensuppe oder Möhreneintopf machen solle. Sie stand auf und begann, Zwiebeln zu hacken, ohne ihren Monolog zu unterbrechen. Irgendwann, überlegte sie laut, müsste sie mal aufhören, die Jungs in der WG zu bemuttern, und auch damit, ihnen die Bude zu putzen. «Aber ich kann nicht anders, ich bin einfach eine Glucke.»

Auch auf dem teuren Internat hatte es Falk zu keinem Schulabschluss gebracht. Mir hatte er erzählt, er hätte nach dem Abitur auf der Letteschule Fotografie gelernt, das war genauso gelogen. Nach dem Tod des Großvaters hatte er endgültig den Halt verloren. Wegen fahrlässiger Körperverletzung, alkoholisiertes Fahren mit Personenschaden, musste er eine Jugendstrafe in der JVA Frankfurt absitzen, ein ganzes Jahr. Als er dann wieder nach Berlin zurückkehrte, hatte sie den Kontakt zu ihm bereits abgebrochen.

«Es ist mir nicht leichtgefallen. Aber es gibt einfach einen

Punkt, an dem eine Mutter erkennen muss, dass sie mit jeder vermeintlichen Hilfestellung nur neues Unheil stiftet. Co-Abhängigkeit heißt das bei Familienangehörigen von Drogenkranken, und Falk ist nun mal so wenig zu trauen wie einem Abhängigen. Es hat viel zu lange gedauert, bis mir klar wurde, dass er sich nicht ändern wird.»

Inzwischen war es draußen dunkel geworden. Angelika huschte im flackernden Kerzenschein des Stövchens als Schatten durch die Küche. Veit stand auf, schaltete das Deckenlicht an und verabschiedete sich. Er hatte in seinem Job eine Abendschicht. Nun war ich allein mit Angelika, die immer noch nicht fertig war.

«Und weißt du, genau wie sein Großvater damals glaubt auch Falk an die Lügen, die er erzählt. Er erfindet einfach seine eigene Wahrheit, deshalb ist er ja so überzeugend. Recht, Unrecht, Wahrheit, Lüge, er sieht den Unterschied nicht.»

Noch einmal zündete sie den Joint an, den Veit im Aschenbecher liegen gelassen hatte. Und ich versuchte zu verarbeiten, was ich in den letzten Stunden zu hören bekommen hatte. Einer Mutter wie Angelika war ich noch nie begegnet. Sie hatte keine Ähnlichkeit mit den Müttern meiner Schulkameraden oder den Freundinnen meines Vaters, diesen Wesen mit lackierten Fingernägeln und dem Haar, das sie sich einmal in der Woche beim Friseur legen ließen. Dem handbreiten grauen Haaransatz nach zu schließen war es schon eine Weile her, dass Angelika ihre langen Zotteln mit Henna bearbeitet hatte. Sie trug eine orientalische Pumphose, einen grob gestrickten Pullover und eindeutig keinen BH.

Ich ließ mir den Joint rüberreichen, nahm zwei tiefe Züge

und fühlte mich vom Dope sofort schwer in den Stuhl gedrückt. Wäre ich doch nur nie in diese fremde Familiengeschichte hineingezogen worden. Aber jetzt steckte ich mittendrin, und das dicke Ende kam erst noch.

Vor ein paar Wochen, setzte Angelika nun an, war sie nachts vom Telefon aus dem Schlaf gerissen worden. Es war Falk, er rief von einer Polizeiwache aus an und flehte sie um Hilfe an. Herr Wild hatte ihn wegen Veruntreuung angezeigt. Wertvolle Kameras, eine Hasselblad, Leicas und Rolleis, die Falk zur Reparatur angenommen hatte, waren nie in der Werkstatt angekommen. Dazu kam ein Betrugsverfahren, das gegen ihn lief, weil er den Citroën mit einem ungedeckten Scheck gekauft hatte. Die Kripo hatte ihn noch in der gleichen Nacht festgesetzt. Am nächsten Morgen hatte ihr Anwalt den Sohn gegen eine Kaution freibekommen.

«Was hätte ich tun sollen? Ich bin doch kein Unmensch, ich habe bezahlt, dabei weiß ich genau, dass die Anschuldigungen alle wahr sind.» Sie schaute mich an. «Jetzt mal ehrlich, hast du von alldem wirklich nichts mitbekommen?»

Eigentlich war Falk immer pleite gewesen, aber wenn er mich dann wieder zum Edelitaliener einlud, hatte ich nicht gefragt, woher das Geld dafür kam. Ich hatte überhaupt wenig gefragt, zum Beispiel auch nicht, warum er in dieser einen Nacht den Hund aus dem Tierheim geholt und dann allein gelassen hatte. Betreten schüttelte ich den Kopf.

«Sag mal, habt ihr eigentlich nie miteinander geredet?»

Angelikas Strenge war einschüchternd, diese Härte, mit der sie den einen Sohn abgeschrieben und den jüngeren zum Verstummen gebracht hatte. Es kam mir vor, als könnte sie in mich hineinschauen, in mein Inneres, bis hinunter zum Bodensatz mit all den vielen Fehlern, die ich gemacht hatte.

«Wenn du ihn nicht liebst», sagte sie, «warum verlässt du ihn dann nicht?»

«Ich weiß doch nicht mal, ob ich ihn nicht liebe. Muss man denn jemanden mögen, um ihn zu lieben? Außerdem hab ich Angst vorm Alleinsein.»

«Dann wird es Zeit, dass du es lernst.»

«Aber wo soll ich denn hin?»

Angelika seufzte. Dann bot sie mir das Zimmer von Veits Freund an, der gerade für ein Erasmusjahr nach Madrid gegangen war. «Übergangsweise», sagte sie.

Here am I floating round my tin can. Kantstraße, Budapester, Martin-Luther-Straße. Bowies Alien-Stimme vibrierte scheppernd aus dem Autolautsprecher. Ich war ziemlich stoned und musste mich aufs Fahren konzentrieren wie sonst auf das Steppen gerader Knopflöcher. Wenn ich jetzt in eine Straßenkontrolle geriet, war ich den Lappen los. Ich kniff ein Auge zu, aber der Verkehr ließ sich nicht scharf stellen, dicht verschleiert lag er vor mir, wie die Milchstraße oder eine unüberschaubar zusammengefügte Sternenlandschaft in der unendlichen Galaxie. *Planet Earth is blue and there's nothing I can do.*

Ein paar Minuten nur, und ich hatte in der Motzstraße alles Wichtige zusammengepackt. Die Nähmaschine, den Fernsehapparat, den Reisepass und meine Reisetasche, in die ich in der Eile ein paar Klamotten stopfte. Noch vor Geschäftsschluss musste ich an Falks Laden vorbei. An der Tür drehte ich mich noch einmal um und versuchte, mir die Wohnung einzuprägen wie einen verlorenen Ort, den ich nie mehr betreten würde. Dann warf ich den Schlüssel auf den Küchentisch. Man konnte nie wissen, was mir noch einfallen würde, wenn es die Möglichkeit einer Rückkehr gab. Niemandem war zu trauen, schon gar nicht mir selbst.

Männlein saß am Ernst-Reuter-Platz im Licht der Foto-Fuchs-Reklame vor der Ladentür und schaute den Passanten hinterher. Ich öffnete die Beifahrertür, ein Pfiff genügte, und der Hund kam angaloppiert und sprang ins Auto. Im Rückspiegel sah ich, wie Falk auf die Straße lief, sich umschaute, und ich hörte noch, wie er nach Männlein rief. So mussten sich Bankräuber nach einem erfolgreichen Überfall fühlen. An der Tankstelle kaufte ich ein paar Dosen Bier, Hundefutter und zwei Flaschen von dem Weißwein mit dem schiefen Flaschenhals, der wie Traubensaft schmeckte.

«Echt, du trinkst?», fragte mich Angelika und zeigte mir mein Fach im Kühlschrank.

«Immer nur abends.»

«Na, ist ja beruhigend, dass du nicht schon zum Frühstück pichelst.»

Sie händigte mir Bettwäsche und Handtücher aus, wie die Leiterin eines Mädchenpensionats ihrem neuen Zögling.

Das WG-Zimmer war überschaubar möbliert und durch eine Flügeltür mit dem von Veit verbunden. Ein Türblatt auf Böcken diente als Tisch, auf dem stellte ich den Fernseher ab. Ich suchte nach einer Dose für das Fernsehkabel, fand aber keine. Und das, wo doch Samstag war, der Tag mit der besten Fernsehunterhaltung. Schon am Morgen hatte ich in der

Zitty das Programm studiert und mich auf die Sendungen gefreut, mit denen ich mich am Abend für meinen Fleiß an der Nähmaschine belohnen wollte. Zuerst *Miami Vice*, danach einen Thriller mit der außerirdisch schönen Michelle Pfeiffer, und um zwanzig vor eins gab es noch *Vom Teufel geritten*, einen Western aus den Fünfzigern.

Ich bezog das von wolkigen Flecken übersäte Kopfkissen und die sackschwere Decke, und als ich vom Zähneputzen zurückkam, hatte uns Männlein schon das Bett angewärmt.

Geweckt wurde ich von Schluchzen, von meinem eigenen. Die Straßenlaterne beleuchtete mich wie die Tiefkühlware im Supermarkt. Nebenan waren Schritte auf dem Parkett zu hören. Die Flügeltür öffnete sich einen Spaltbreit.

«Ist was?», flüsterte Veit.

Zitternd zog ich die Decke ans Kinn.

«Ich dachte, dein Hund heult den Mond an.»

«Kannst du nicht ein bisschen zu mir kommen?», fragte ich, klopfte auf die Matratze, und Veit legte sich neben mich. Steif lag er da, unmöglich, ihn zu bitten, mich in den Arm zu nehmen, wie ich es kurz vorgehabt hatte. Ich dachte darüber nach, worüber man mal reden könnte, und spürte, dass auch Veit etwas sagen wollte. Aber wir starrten nur an die Zimmerdecke, wo die Scheinwerfer der vorbeifahrenden Autos Halbkreise beschrieben, wie Scheibenwischer. Veit sah seinem Bruder verblüffend ähnlich, nur er roch ganz anders. Feuchtwarm und würzig nach Hotelküche. Sein Geruch störte mich zunehmend, wie ein tropfender Wasserhahn oder ein pfeifender Heizkörper. Im ganzen Zimmer hatte er sich ausgebreitet, ich roch nichts anderes mehr. Veit durfte auf keinen Fall hier einschlafen, er sollte sofort wieder verschwinden.

«Ich glaub, es geht jetzt schon wieder besser», sagte ich und schob mich an den äußersten Rand der Matratze.

«Ist gut. Ich bin nämlich echt müde», sagte Veit und sah dabei hellwach aus.

So stellte ich mir einen kalten Entzug vor. Und wie bei einem Cold Turkey war die erste Phase noch nicht einmal die schlimmste. Ich fror und schwitzte, zähneklappernd wühlte ich mich ins schweißnasse Bettzeug ein. Meine Fieberträume glichen der Fahrt in einer ruckelnden Geisterbahn. Unbestimmte Erinnerungen sprangen mich an, längst vergessene Situationen blitzten auf, Gesichter wurden zu Fratzen. Falk ertränkte die Katze Dörte Becker in einem Putzeimer. Claudius kaufte mir ein Boot, mit dem wir vor Ibiza segelten, gemeinsam mit unseren Kindern, zipfelbemützten Zwergen, die an der Reling spielten. In einem anderen Traum half mir meine Mutter auf einem Spielplatz beim Schaukeln, doch als ich mich nach ihr umschaute, war es plötzlich Angelika, die mir einen Schubs gab. Ich kam zu spät und ohne Arbeitsmaterial zu einer Aufnahmeprüfung, natürlich splitternackt. Ich sollte in meinem Auto Rauschgift durch die Zone schmuggeln, während sich im Kofferraum unter der Abdeckung für den Ersatzreifen eine Familie aus dem Osten versteckt hielt. Tageszeiten zogen an mir vorbei, es wurde hell, es wurde dunkel. Kratzte Männlein an der Tür, hörte ich, wie ihm jemand öffnete. Wenn ich das nächste Mal wach wurde, lag er wieder bei mir und wärmte mir die Füße. Der Tee in der Kanne neben meinem Bett war immer schon kalt.

Als es mir körperlich langsam besser ging, wurde es schlimmer. Erst jetzt spürte ich meine bleiernen Glieder, den Schmerz im hohlen Bauch, die brennende Haut, und ich fühlte mich einsam wie nie. Ich wollte die nassen Klamotten und die feuchte Bettwäsche wechseln, war aber zu schwach, um auch nur den Kopf zu heben, und war doch auf eine hoffnungslose Weise ausgeschlafen. Ich sehnte mich nach Claudius, wollte zurück zu meinem Vater, selbst Anne, meine ausgedachte Freundin, fehlte mir. Was, wenn Falk mich aufspürte und mir Männlein wegnahm?

Plötzlich kam mir der rettende Gedanke: Eine tragbare Fernsehantenne musste her. So eine, die mir, wie Karlsson vom Dach mit seinem Propeller, das Kinderprogramm ans Bett brachte. Die gab es doch bestimmt in einem dieser Läden auf der Kantstraße, die immer so aussahen, als wäre ein Schrottplatz mit lauter Elektrogeräten am Straßenrand explodiert. Ohne Frau Schmidts Hühnersuppe blieb mir nur die Sesamstraße oder eines dieser tschechischen Märchen, um wieder auf die Beine zu kommen.

Ich kroch aus dem Bett und fand meine Tasche, in der sich aber nur noch ein paar Groschen befanden. Mir fiel wieder ein, dass ich den letzten Schein an der Tanke gelassen hatte für das Bier und den Wein, und als ich das kleine Pferdchen auf dem Taschenboden ertastete, wusste ich, was ich bei Falk vergessen hatte. Bitte, lieber Gott, lass es nicht wahr sein, sagte ich laut vor mich hin und blickte reflexartig an die Zimmerdecke. Alles Mögliche hatte ich mitgenommen bei meinem überstürzten Auszug, sogar den Bikini mitten im verregneten Herbst, aber das Wichtigste fehlte, die goldene Uhr und das Bündel Geldscheine in den Ski-socken.

Valium, nur eine einzige! Ob die hier so was hatten? Der Gang ins Bad war anstrengender als eine Teilnahme an der Camel Trophy. Im Medizinschrank fand ich Codeintropfen und Novalgin, beides schon vor Jahren abgelaufen, aber konnte das Zeug denn schlecht werden? Mit dem Hustensaft ließ sich die Zeit überbrücken, bis sich am Abend im Dschun-gel die Tür öffnen würde. Zusammen mit dem Schmerzmittel wirkte der Cocktail in wenigen Minuten.

Mir blieb keine Wahl, ich musste noch einmal zu Falk, die Skisocken holen. An der Küchentür hielt mir Angelika einen Brief entgegen. «Hier, der wurde heute Morgen unter der Wohnungstür durchgeschoben.»

«Für Engelchen» stand auf dem Umschlag, in diesen eben-mäßigen Großbuchstaben, auf die Falk sich viel einbilde-te, was ich wusste, weil ich oft gesehen hatte, wie er beim Schreiben innehielt, um seine eigene Schrift zu bewundern.

Die Zeilen waren akkurat auf die roten Kästchen des Milli-meterpapiers gesetzt.

An dich denken
so wie jetzt:
dich weit weg
lächeln sehn
im Schlaf.
Die Hand durch die Nacht
in dein Haar schicken
und einen Kuss

wie eine Sternschnuppe
durch deinen Traum.
Die Ferne aufrollen
wie eine Schnur
an deren Ende
deine Wärme ist.

«Mit Worten konnte er schon immer umgehen», sagte Angelika, der mein wehmütiges Lächeln nicht entgangen war. Falk hatte mir ein paar schöne Liebesbriefe geschrieben und manchmal wirklich lustige Botschaften auf dem Küchentisch hinterlassen, aber gedichtet hatte er für mich noch nie. Ja, so konnte er eben auch sein, sensibel, liebevoll. So etwas fiel einem doch nicht ein, wenn man nicht wirklich tief empfand. Vielleicht hatte ich ihm unrecht getan. Wie hätte er mir vertrauen sollen, wo ich ihn doch ständig belogen hatte? «Die Ferne aufrollen wie eine Schnur, an deren Ende deine Wärme ist.» So fern waren wir uns doch gar nicht. Wie hatte mein Vater früher immer gesagt: Wir haben doch nur noch uns.

Angelika schaute mir über die Schulter. «Wie kommt er denn jetzt ausgerechnet darauf? Warte mal, von dem kann ich auch noch was auswendig, wie ging das noch?» Sie schloss die Augen und griff sich an die Nasenwurzel. «Gleich hab ich's: ‹Sie war ganz hübsch, sie sprach nicht viel. Sie kam mit ihm, ohne lang zu zögern, sie ging, als er nicht wollte, dass sie geht. Da glaubte er, sie zu lieben.›»

Angelika lachte. «Geklaute Gedichte. Jetzt weiß ich wenigstens, wo der Band aus meinem Bücherregal geblieben ist. Lass dich bloß nicht so billig einseifen.»

Ich lehnte meinen Kopf an Falks Brust und sah zu, wie er den Rum in die Gläser goss, die am Bettrand aufgestellt waren.

«Auf uns!»

Aufgeregt, mit einem kalten Flattern im Bauch, hatte ich an seiner Tür geklingelt, und er hatte mir geöffnet, als wäre ich nur kurz einkaufen gegangen. Eine Flasche Rum, das sei immer noch die beste Wärmflasche, hatte er gesagt, und während wir uns aussprachen, hatte der Alkohol alle Zweifel verdunsten lassen. Wahrheit, warum sollte es davon nur die eine, meine geben? Konnte doch sein, dass Falk alles, was ich rot sah, als grün wahrnahm, und umgekehrt. Ich fühlte mich wie gerädert von dem vielen Reden und Bereuen, und meine Augenlider waren vom Weinen so geschwollen, dass sie sich weder richtig öffnen noch schließen ließen. Das Zimmer rotierte wie im Stroboskoplicht einer Peepshow langsam um uns herum, und wir lagen auf der Bühne, während Joe Jackson für uns hingebungsvoll Saxofon spielte.

You can't get what you want, till you know what you want.
Joe Jackson, das konnte man auf dem Plattencover deutlich sehen, war nicht etwa schwarz, war also nicht mit Michael verwandt. Immer war alles anders, als ich es mir vorstellte.

Angelika sei ein klinischer Fall, hatte Falk gesagt, und dass er Herrn Wild wegen Verleumdung anzeigen werde. Aber Falk hatte nicht nur seiner Mutter und seinem Chef einen Verfolgungswahn attestiert, auch dem kleinen Bruder und den Freunden, all diesen Leuten, auf die man sich noch nie habe verlassen können. Da war mir der Witz mit dem Autofahrer eingefallen, der im Radio die Warnung vor dem Geisterfahrer auf der A1 hört und denkt: Wieso einer? Hunderte! Sehr lustig war der eigentlich nicht, trotzdem lachten wir wie irre, als hörten wir ihn zum ersten Mal. Und dann kniete er vor mir hin und machte mir einen Heiratsantrag, mit Tränen in den Augen.

«Es geht doch nichts über Versöhnungssex», sagte Falk, nachdem er von mir heruntergerollt war, was mir bis zum nächsten Glas kurz die Stimmung versaute. Wir schliefen ein, wachten wieder auf, Falk zündete uns noch zwei Zigaretten an, und als ich das Licht ausknipste, ging am Himmel über Berlin schon wieder die Sonne auf. Falks Arm lag schwer über meiner Schulter, und sein gleichmäßiges Atmen an meinem Ohr ging in ein immer lauter werdendes grollendes Schnarchen über. Die Tauben auf dem Dachboden gurrten monoton dem neuen Tag entgegen, Schlafen kam mir auf einmal unmöglich vor. Ich hatte in den letzten Tagen genug geschlafen, um wochenlang wach zu bleiben. Wann hatte ich eigentlich das letzte Mal etwas gegessen? Ich sah es schon vor mir, das Frühstück im Café M, mit frischem O-Saft und einem Schälchen Müsli. Danach würde ich Männlein und meine Sachen aus der Bleibtreustraße holen. Konnte ja kein Zufall sein, dieser Straßenname. Treu werden, treu sein, treu bleiben, das würde ich jetzt mal versuchen.

Das Parkett knarzte unter meinen Füßen, als ich mich anzog und ins Bad schlich. Im Wohnzimmer fiel ein breiter Sonnenstrahl an die Wand, an der meine Umzugskartons gestanden hatten, die leere Wand. Sie waren alle weg. Ich drehte noch eine Runde durch die Wohnung, aber es blieb dabei, kein einziger Karton war mehr da. Es gab hier nichts mehr, das mir gehörte. Sogar meine Zahnbürste war aus dem Becher verschwunden. Meine Bücher und Modejournale, die Kinderfotos, meine Videosammlung, all die Kleider, die ich einmal genäht hatte, die Schulzeugnisse, Muscheln aus Baltrum, mein Geld und auch die Uhr, alles weg. Mittlerweile war Falk wach geworden und saß rauchend im Bett. Er hatte alles in den Müll geworfen.

«Warum?», schrie ich immer wieder. «Warum hast du das getan?» Und dann ging ich auf ihn los. Die Wut senkte sich wie ein roter Theatervorhang über mich. Mit beiden Händen schlug ich auf ihn ein, malträtierte ihn mit den Fäusten, und er wehrte sich nicht einmal, hob nur die Arme über den Kopf wie ein in die Enge getriebener Boxer. Ich rannte in die Küche. Das reichte alles noch nicht, ich wollte ihm richtig wehtun, ihn verletzen. Auf der Ablage neben der Spüle lag das Obstmesser mit dem gelben Plastikgriff. Doch als ich mit dem Ding in der Hand durch den Flur stürmte, kam ich wieder zu mir. Auf einmal fühlte ich mich wie eine Figur in einem B-Movie. Ich trat ins Schlafzimmer, drückte Falk das Messer in die Hand, drehte mich um und ging.

In einer Parklücke vor dem Haus stand der hellblaue Citroën DS, von der Seitentür zwinkerte mir der Foto-Fuchs entgegen. Da nahm ich Anlauf und trat gegen das Blech, so fest ich nur konnte, immer wieder, bis der Absatz meiner Stiefelette in der Tür stecken blieb.

Zwei Tage später nahm ich an der Tür in der Bleibtreustraße ein Schriftstück entgegen. Eines wusste ich inzwischen, Sichtfensterbriefe aus grauem Altpapier waren Post aus der

Hölle. Unter der Rubrik Delikt war mit blauem Kugelschreiber in die Strafanzeige eingetragen: Diebstahl eines Hundes
im öffentlichen Straßenland.

Seine Pantoffeln standen auf dem lindgrünen Linoleumboden, als hätten sie zu meiner Begrüßung noch schnell ein paar Schritte auf mich zu getan. Goldpfeil, der Name der Marke mit dem glänzenden Emblem, wirkte in der desinfizierten Tristesse des Krankenzimmers wie ein trauriges Relikt bürgerlichen Wohllebens. Ich hatte mich auf einen Besuch auf der Intensivstation eingestellt, so dringend, wie Frau Brodka mein Kommen verlangt hatte. Doch an der Pforte hieß es: Kardiologie, Station 3, Zimmer 101. Aber da war er nicht. Nur die Pantoffeln ließen vermuten, dass ich hier richtig war. Keine Tasche auf dem Stuhl, auch die Lesebrille fehlte, die sonst bei seinen Krankenhausaufenthalten immer auf einem Stapel ungelesener Zeitschriften lag. Kein Kleidungsstück im Schrank, es hing kein Mantel am Garderobenhaken, und in dem dunklen fensterlosen Bad sah ich nicht einen persönlichen Gegenstand.

Ich hatte mich in Berlin ins Auto gesetzt und war nonstop durchgebrettert. Der Aufruhr, die brennende Sorge um ihn hatte sich im Lauf der Fahrt in müde Bangigkeit verwandelt. Am liebsten hätte ich mich jetzt in das Krankenhausbett unter diesen Galgen gelegt, aber das gehörte sich wohl nicht. Also setzte ich mich auf den einzigen Stuhl im Raum und wartete. Die blendende Neonbeleuchtung, Dürers betende

Hände neben dem Fernsehapparat hoch oben an der Wand, vor dem Fenster ein Lüftungsschacht. Wie kam es, dass man Menschen, denen es schlecht ging, in derart trostlosen Räumen unterbrachte? Immerhin hatten sie ihm ein Einzelzimmer gegeben, dafür hatte bestimmt sein Freund Dieter gesorgt, Professor Ossberg, der war hier Chefarzt. Mein Vater wäre durchgedreht, hätte man von ihm verlangt, sich mit anderen die Raumluft oder, schlimmer noch, eine Klobrille zu teilen.

Die Tür flog auf, eine Schwester rief «Abendbrot!» und knallte ein Plastiktablett mit Scheiblettenkäse und Sülzwurst auf den Nachttisch. «In einer halben Stunde endet die Besuchszeit», rief sie im Hinauseilen, dann schepperte draußen der Essenswagen den Gang hinunter. Die hatten hier wohl Säcke vor den Türen. Ich stand auf, um die Zimmertür zu schließen, da sah ich, dass sich im Badezimmer der weiße Duschvorhang bewegte. Ich schaltete das Licht an und schob das Plastikding beiseite.

Mein Vater kauerte im Schlafanzug in der Dusche, die Knie angewinkelt, und starrte mich aus weit aufgerissenen Augen an.

«Ich habe Angst.» Er schaute hinauf an die Decke, zu der leuchtenden Milchglasschale, in deren Mitte sich Fliegenkadaver wie schwarzes Konfetti angesammelt hatten.

«Was krabbelt da?», fragte er und machte mit beiden Armen ausholende Bewegungen, als wollte er ein unsichtbares Orchester dirigieren. Nur mit größter Mühe gelang es mir, ihn hochzuziehen. Immer wenn ich es gerade geschafft hatte, ließ er sich wieder fallen.

«Komm», sagte ich, «ich bring dich ins Bett.»

Als er endlich auf die Beine gekommen war, stützte er sich so schwer auf mich, dass ich beinahe das Gleichgewicht verloren hätte. Ich legte ihm meinen Arm um die Taille und versuchte, ihn zu halten, während er umständlich aus der Dusche stieg und barfuß neben mir hertapste wie durch ein Flussbett mit weit entfernt liegenden Steinen. Beim Bett angekommen, ließ er sich rückwärts auf die Matratze fallen.

«Sie sind hinter mir her, alle.»

Das Haar klebte ihm verschwitzt am Kopf.

«Die wollen mich einsperren.»

Auf seiner Haut waren rote Striemen zu sehen, sie verliefen vom Hals hinunter zur Brust, am Schlafanzugoberteil fehlten mehrere Knöpfe.

Ich beugte mich über ihn und wollte ihn zudecken, da griff er nach meinem Arm.

«Hörst du denn nicht, was ich sage? Niemand hört mir zu, niemand glaubt mir. Du musst mir helfen!»

«Ich glaube dir doch, und ich helfe dir auch», versuchte ich, ihn zu besänftigen. Ich setzte mich neben ihn auf die Bettkante und streichelte seine Hand, da zog er mich brüsk an sich.

«Bitte, nimm mich mit!» Seine Stimme klang so flehentlich, wie ich es noch nie gehört hatte. «Du kannst mich hier nicht allein lassen.»

«Ja, wo willst du denn hin?»

«Komm, lass uns von hier fortgehen. Ich will mit dir gehen. Ich will zu dir.»

«Aber das geht doch nicht. Was willst du denn in Berlin?»

Er setzte sich auf, schaute sich um und flüsterte mir ins Ohr: «Du siehst doch, hier stimmt was nicht. Das siehst du doch auch, nicht wahr? Jeder kann das sehen.»

Dann fing er an zu weinen, und ich versuchte, ihn zu beruhigen, aber gegen sein heftiges Schluchzen kam ich nicht an. Ich hielt ihn im Arm, es war furchtbar. Recht hatte er, hier stimmte was nicht. Vielleicht sollte ich ihn wirklich mitnehmen. Nur wohin? Ohne Klamotten würden wir nicht weit kommen. Ihn nach Berlin zu verfrachten war keine gute Idee. Vielleicht sollten wir zusammen nach Baltrum fahren? Jetzt im November war im Strandhotel sicher nicht viel los, ein bisschen Erholung würde uns beiden guttun.

Auf dem Flur näherten sich Schritte. Ein Pfleger erschien, gefolgt von einer Schwester und von Dieter im weißen Kittel. Kaum sah mein Vater den Aufmarsch, sprang er aus dem Bett, lief der Gruppe entgegen und dem Pfleger in den Arm. Der hielt ihn fest und redete beruhigend auf ihn ein.

Dieter nickte mir zu. «Gut, dass du da bist.» Er führte meinen Vater ins Bett zurück und nahm seine Hand auf, als wollte er ihm den Puls fühlen, hielt dann aber einfach nur sein Handgelenk.

«Stimmt's, Wilhelm, das ist doch beruhigend, dass deine Tochter hier ist. Siehst du, alle kümmern sich um dich, du bist nicht allein.»

Mein Vater war plötzlich wieder völlig teilnahmslos und starrte vor sich hin, als würde die Ansprache einem anderen gelten.

«Ich bin aber unruhig», sagte er. Die Schwester reichte Dieter ein kleines Röhrchen, und mein Vater ließ sich von ihm die Tablette auf die Zunge legen wie eine Hostie. Dann schloss er die Augen und rührte sich nicht mehr. Dieter schob mich aus dem Zimmer, und als ich mich noch einmal umdrehte, lag mein Vater da wie ein schlafender Säugling.

In der Raucherecke warf Dieter eine Mark in den Getränkeautomaten. Brause, Brühe, Tee oder Kaffee? Es war mir egal. Dieter hielt mir einen weißen Plastikbecher mit Kaffee hin und steckte sich eine Zigarette an. Ich war bereits informiert, dass Uwe nachts den Notarzt gerufen und es nach Lebensgefahr ausgesehen hatte, sonst hätte Frau Brodka sich wohl kaum die Mühe gemacht, mich aufzuspüren. Falk hatte Veits Nummer erst herausgerückt, als sie ihm den Ernst der Lage klargemacht hatte. Ich müsse sofort kommen, hatte die Brodka mit zitternder Stimme am Telefon gesagt. Ein Infarkt war es dann aber doch nicht gewesen.

Nun brachte Dieter mich auf den aktuellen Stand. «Er war verängstigt, panisch, wirkte desorientiert. Du hast ja gesehen, wie es ihm geht, deswegen hat ihn der Notarzt auch gleich mitgenommen. Ich habe in der Nacht nur die üblichen Herzrhythmusstörungen feststellen können. Er klagte aber über ein Druckgefühl in der Brust, Atemnot und Schmerzen im Arm und wollte unbedingt im Krankenhaus bleiben, da haben wir ihn hierbehalten.»

Dieter in seinem gestärkten Kittel redete über meinen Vater nicht mehr wie von einem alten Freund, sondern routiniert nüchtern wie über irgendeinen Patienten. Dieter privat in der Strickjacke bei uns am Kamin, so wie früher, das wäre mir jetzt lieber gewesen.

«Ich fürchte», sagte er in geschäftsmäßigem Ton, «wir sind hier nicht die richtige Adresse für seine Beschwerden.»

Bevor Uwe in Vaters Leben aufgetaucht war, hatte Dieter bei uns keine einzige Fete verpasst, er hatte sich von Vater die Jagdausflüge in die Lüneburger Heide bezahlen lassen und durfte jahrelang sein Pferd bei uns unentgeltlich unterstellen. Jetzt, das war unübersehbar, wollte er weg, so schnell wie möglich. Mein Vater war ihm nur noch peinlich. Auf so einen Gott in Weiß würden alle Frauen fliegen, hatte mein Vater oft gesagt und seinem Freund jede Menge Affären mit jungen Krankenschwestern nachgesagt. Ich sah nur einen alten Mann vor mir, mit geröteten Augen, schweren Tränensäcken und einer Figur, die der meines Vaters ähnelte, Trommelbauch auf Storchenbeinen.

«Aber was fehlt ihm denn?», fragte ich mit brüchiger Stimme.

«Schwer zu sagen. Er will nicht nach Hause, meint er. Versucht aber immer wieder, die Station zu verlassen, und das im Pyjama.» Dieter rieb sich mit beiden Händen das zerfurchte Gesicht. «Ich habe heute acht Stunden lang operiert, ich bin restlos erledigt. Fahr du erst mal nach Hause. Morgen sehen wir weiter. Und bring ihm Wechselwäsche mit.»

Dieter war einer der wenigen Freunde meines Vaters, der nicht zu unserer Kirchengemeinde gehörte. Gut möglich, dass er von meinem Umzug nach Berlin nichts mitbekommen hatte.

«Und schöne Grüße an Herrn Werle, ich muss dringend mit ihm reden, die Damen im Sekretariat bekommen ihn aber nicht an die Strippe.»

So viel also zu Uwes Fürsorglichkeit. Ob ich meinen Vater morgen mitnehmen könnte, fragte ich, wenn es ihm besser gehe. Dieter winkte nur ab.

«So, wie er im Augenblick drauf ist, wird keiner bei euch zu Hause mit ihm fertig. Außerdem hat Herr Werle da auch noch ein Wörtchen mitzureden. Du weißt, er ist seit einiger Zeit sein gesetzlicher Vertreter. Mir liegt hier eine Vollmacht vor, notariell beglaubigt, in der ausdrücklich festgelegt ist, dass ab sofort er sich um die wirtschaftlichen und gesundheitlichen Belange deines Vaters kümmert. Eigentlich dürfte ich dir noch nicht einmal eine Auskunft über seinen Gesundheitszustand geben, ohne vorher mit Herrn Werle Rücksprache zu halten.»

Harry Labs hatte diese Vollmacht aufgesetzt, teilte Dieter mir noch mit. Onkel Harry, der mir das Radfahren beigebracht hatte. Na, mit dem ließ sich doch wohl reden. Bis vor Kurzem war auch er einer der täglichen Gäste in unserem Reiterstübchen gewesen. Der sollte mir mal erklären, was das mit dieser Vollmacht auf sich hatte. Dieter klopfte mir auf den Rücken und eilte dann ohne ein Wort des Abschieds den Flur hinab.

Der öffentliche Fernsprecher befand sich an einer Wand im Windfang vor der Pforte. Ich erwischte Onkel Harry zu Hause. Leider hatte er es sehr eilig, eine Abendeinladung. Es war trotzdem beruhigend, seine sonore Brummbärenstimme zu hören. Wichtig sei doch erst einmal, dass es kein Herzinfarkt war. «Und was die Verfügung angeht, ist es doch gut, dass nun alles geregelt ist. Sieh mal, dein Vater hatte doch recht. Wen hätte er denn sonst einsetzen sollen? Du bist doch noch viel zu jung, um eine so große Verantwortung zu tragen, und Uwe Werle ist ein verantwortungsbewusster Mann.»

Hier sprach offenbar nicht mehr der Onkel aus der Gemeinde zu mir, sondern ein Anwalt, der Interessen vertrat, und nicht unbedingt meine.

«Er wird sich um alles gut kümmern, das hat er mir versprochen. Er hat auch gesagt, dass er sich nicht nur große Sorgen um deinen Vater macht, sondern auch um dich.» Harry machte eine Pause und holte tief Luft. «Hör mal, Kind, Herr Werle sagt, du wärst in Berlin auf die schiefe Bahn geraten. Und du hättest deinen Vater bestohlen. Eine wertvolle Uhr sei verschwunden.»

«Was hat er gesagt?», schrie ich in den Hörer, aber bevor ich die unverschämte Lüge zurechtrücken konnte, schnitt mir der Rechtsanwalt das Wort ab.

«Du musst mit Herrn Werle reden, Punkt. Der macht doch einen ganz zugänglichen Eindruck. Es wird dir auch nichts anders übrig bleiben, als dich mit ihm zu arrangieren.»

Dann gab er mir die Telefonnummer von Tante Helene, die sollte sich um mich kümmern, und er würde bei meinem Vater vorbeischauen, sobald er Zeit hätte. Stimmt, Tante Helene, die konnte ich fragen, ob sie mich bei sich schlafen ließ.

«Gut, dass du anrufst, Kind», rief sie und senkte die Stimme. «Dieser Werle ist das Böse», flüsterte sie in den Hörer. «Das habe ich mit eigenen Augen gesehen.»

Vaters Krankenhausaufenthalt hatte sich wundersamerweise noch nicht bis zu ihr herumgesprochen, sie hatte aber auch so genug zu erzählen. Wie an jedem ersten Mittwoch im Monat hatte sie auch letzte Woche nach der Chorprobe mit den anderen Frauen aus der Gemeinde im Gasthaus Mottenkollen auf einen Dämmerschoppen gesessen, als Uwe dort mit meinem Vater aufgekreuzt war.

«Du kannst dir nicht vorstellen, was da bei uns los war. Jetzt, wo wir wissen, dass der Werle deinen Vater gegen uns alle abschottet. Nicht mal Schwester Elfriede lässt er noch zu ihm. Bei ihrem letzten Besuch hat der Kerl sie vom Hof gejagt.»

Uwe hatte sich mit meinem Vater in den hintersten Winkel der Kneipe verzogen, aber die Frauen hatten die beiden nicht aus den Augen gelassen. Und sie habe deutlich gehört, wie mein Vater sich bei der Bestellung darüber beschwerte, dass er nicht essen und trinken dürfe, was er wollte. «Da hat der ihm lautstark den Mund verboten, das musst du dir mal vorstellen.»

Dann sei meinem Vater sein Glas Apfelsaft umgekippt, worauf Uwe erst richtig rumzubölken angefangen habe. Ich stellte mir vor, wie es sein musste, mit meinem Vater essen zu gehen, wenn er auch nur annähernd so drauf war wie jetzt. Jedenfalls habe mein Vater nach dieser Szene gehen wollen.

«Aber du glaubst nicht, was dann passiert ist. Dein Vater war schon an der Tür, da holt der Kerl ihn ein, packt ihn am Arm und schreit ihn an. Er sei es leid, das lasse er sich nicht mehr bieten. Er hat ihn einfach auf die Straße geschubst, ohne Jacke, ohne zu bezahlen. Wir Frauen alle hinterher, Kiki voran. Und wir haben alles gesehen. Er hat deinen Vater wie einen Häftling zum Auto geschoben, seinen Kopf runtergedrückt und ihn auf die Rückbank geschoben. Kiki sagte, sie hätte sogar noch gesehen, dass er ihn geohrfeigt hat.» Tante Helenes Stimme wurde zittrig. «Kind, gegen den Mann musst du vorgehen. Du brauchst einen Anwalt. Das Beste wird sein, du rufst gleich mal bei Harry Labs an.»

Um das Geld für den Parkplatz zu sparen, hatte ich den Golf in einer schummrigen Seitenstraße abgestellt. Graue Riegel, Nachkriegsbauten, standen hier durch schmale Wege verbunden in freudlosen Grünanlagen. Alle paar Meter flackerten Laternen mit Chinesenhut-Schirmen wie einzelne Stationen auf einem Minigolfplatz. Schon von Weitem sah ich den Zettel, der im Beifahrerfenster steckte, das ich für Männlein einen Spalt weit offen gelassen hatte: *Es ist zwanzig Uhr. Ihr Hund ist seit über vier Stunden im Auto eingesperrt. Das ist Tierquälerei. Wenn Sie ihn in einer Stunde nicht befreit haben, hole ich die Polizei.*

Hinter mir raschelte es. Durch den Zaun hoppelten zwei kleine Kaninchen aus einem Gebüsch in Richtung der Garagen. Sie waren auch Männlein nicht entgangen, der interessiert aus dem Fenster schnüffelte. Kein Licht in den umliegenden Häusern, und doch spürte ich, dass ich beobachtet wurde. Bestimmt verfolgten die engagierten Tierschützer nun entsetzt, wie Männlein gierig aus einer Regenpfütze soff. Da war sie wieder, diese unheimliche XY-ungelöst-Stimmung meiner Fernsehkindheit. Gleich hatte ich Eduard Zimmermanns Stimme im Ohr: «Es ist ein regnerischer Samstag im November, als sich die junge Frau gegen zwanzig Uhr dreißig mit ihrem Hund zu einem Spaziergang aufmacht. Noch ahnt sie nicht, dass es ihre letzte Runde sein wird, die sie durch die ruhige Wohngegend dreht ...»

Ich fuhr zurück zum Krankenhaus und parkte unterhalb der breiten Auffahrt, über der in roten Buchstaben *Notaufnahme* leuchtete. Hier war es wenigstens hell, aber auch so hell, dass an Schlaf nicht zu denken war. Trotzdem kurbelte ich für mich und Männlein die Sitze runter, deckte uns mit der Hundedecke vom Rücksitz zu, und langsam beruhigte sich mein Herzschlag. Ich schob die Kassette in den Rekorder. Die ersten Takte von *Bird on the Wire* erklangen. Falk hatte recht gehabt, man konnte sich an Musik tatsächlich tothören. Leonard Cohens Geraune hatte alles Verführerische verloren und klang nur noch nach altem Schwerenöter. Und das schrille Falsett von Prince kam mir plötzlich nicht mehr sexy-dekadent vor, sondern bloß affektiert. Und wie laut ich die Musik auch stellte, die Angst, von der mein Vater gesprochen hatte, konnte sie nicht überdröhnen. Nimm mich mit, hatte er mich angefleht. Irgendetwas musste ich tun, es war doch meine Pflicht. Wenn ich nur gewusst hätte, was. Mir fiel wieder mein Nordseeplan ein. Fliehen, warum nicht? Mit dieser Idee wären wir gerade nicht die Einzigen.

«Das Politbüro hat den DDR-Bürgern freie Wahlen in Aussicht gestellt, dennoch hält die Massenflucht über die ungarisch-österreichische Grenze weiterhin an», hatte der Radiosprecher auf der Autobahnfahrt zu jeder vollen Stunde in immer gleicher Tonlage heruntergeleiert. Während ich meine Tage krank im Bett verbracht hatte, hatte ich keine Nachrichten gesehen. In der Zone gingen anscheinend immer mehr Leute auf die Straße. Ob die wirklich glaubten, dass sie durch Demonstrieren die Mauer einreißen konnten?

Ich lag auf dem unbequemen Autositz, hatte noch die ganze Nacht vor mir, und das auch noch schmerzhaft nüchtern. Die Kombi aus Alk und Downern, vor der mich der Typ in der Zebrahose von Anfang an gewarnt hatte, war mir zuletzt echt nicht gut bekommen. Vor ein paar Tagen hatte ich in der leeren Wohnung Stimmen gehört, daraufhin richtig Panik geschoben und in meiner Paranoia den Wein, das Bier und alle Tabletten ins Klo geschüttet. Und so war ich ohne Little Helpers in die Krise meines Vaters gesegelt.

Am nächsten Morgen blinzelte ich durch die beschlagene Windschutzscheibe in einen fahlen Tag. Eiskalt und klamm war es im Auto, und dennoch hatte ich, verdreht, halb im Sitzen, über zehn Stunden geschlafen. Bevor ich ausstieg, wickelte ich Männlein, der wie ich zum Langschläfer geworden war, noch einmal fest in die Wolldecke.

«Wohin wollen Sie?», rief mir die Frau an der Pforte nach. «Ihr Vater ist nicht mehr hier, der ist verlegt worden.»

«Wohin denn?»

«Da bin ich überfragt.»

Ich lief auf die Station. Aber aus dem Schwesternzimmer dort flog ich achtkantig raus. «Hat hier jemand was von herein gesagt?», herrschte mich die Stationsvorsteherin an. «Zutritt nur für Krankenhauspersonal.»

Erst war Dieter angeblich auf Visite, dann im OP. «Wir sind doch kein Auskunftsbüro», hieß es, als ich am Mittag wissen wollte, wie lange ich denn noch warten müsse, danach traute ich mich nicht noch einmal zu fragen.

Im Gemeinschaftszimmer saßen Patienten in Bademänteln um einen Fernseher. Einer von ihnen sprang immer wieder auf und schaltete um, weil man sich nicht einig wurde, was man sehen wollte – *Die Sklavin Isaura*, eine Folge vom *Traumschiff* oder die Nachrichten. Auf dem Flur gab es an der Wand festgeschraubte Sitzschalen, auf denen niemand saß. Hier hatte man die ganze Station im Blick, rechts die Raucherecke, in der sich auffallend viele Rollstuhlfahrer und Beinamputierte versammelt hatten, alle merkwürdigerweise bester Laune, und links den Gang runter der Eingang zur Inneren. Immer wieder schob sich die breite Glastür auf, und es erschienen Besucher mit Blumensträußen, die sich suchend umschauten. Auffallend war, wie sich das Tempo des Pflegepersonals zu dem der Patienten verhielt. Je träger die Leute in den Schlafanzügen und Trainingsjacken umherschlichen, desto flinker hasteten die Schwestern und Ärzte auf klappernden Clogs an ihnen vorbei.

Es begann schon zu dämmern, als mich der Pfleger entdeckte, dem mein Vater am Vorabend in die Arme gelaufen war. Er führte mich vor einen Büroraum, und ich konnte vom Gang aus sehen, wie er lange mit einer Sekretärin verhandelte. Dann sah ich Dieter hinter der Tür, durch den schmalen Spalt zwischen Türblatt und Rahmen. Er hielt einen rot gepunkteten Kaffeebecher in der Hand und schüttelte energisch den Kopf – ich bin nicht da.

Der Pfleger war eigentlich ein Zivi, aber nicht mehr lange. Im kommenden Jahr würde er ein Medizinstudium beginnen.

Er begleitete mich auf den Parkplatz, drehte sich eine Zigarette und auch noch eine für mich.

«Wenn du mich fragst, hat der Chef einen echten Fehler gemacht. Bei der Aufnahme hätte er sich mal die Blutwerte anschauen sollen. Nachdem dein Vater hier gestern Nacht die ganze Station aufgemischt hat, habe ich das mal nachgeholt. Er hatte in der Nacht zuvor 1,8 Promille im Blut, dazu jede Menge Valium. Auf dem Zeug muss er schon eine ganze Weile sein, der Pegel war so hoch, mit dem hätte man ein Pferd am offenen Herzen operieren können.» Er nahm einen Zug. «Das hat hier aber keiner geschnallt, und sie haben ihm einfach nichts mehr gegeben. Valium muss man aber ausschleichen lassen. Das kann man nicht einfach so absetzen, man muss die Dosis langsam verringern, das ist ganz wichtig. Kein Wunder, dass er gestern Nacht hochgegangen ist wie eine geschüttelte Coladose.»

Ab nach Aplerbeck, hatte es bei uns geheißen, wenn jemand nicht mehr alle Latten am Zaun hatte. Der Zivi erklärte mir, wie ich fahren musste.

Das Reich der Irren lag am östlichen Rand der Kreisstadt hinter einer hohen Mauer, bewacht wie Fort Knox, mit Schranke und Personenkontrolle. Die einzelnen Gebäude des Krankenhauskomplexes, moderne Hochhäuser neben altertümlichen Kurgebäuden, waren alle nummeriert. Wegweiser sollten Ordnung in das Labyrinth aus Straßen und gewundenen Pfaden bringen, aber immer wieder verlief ich mich. Auf meiner Suche nach Haus römisch vier kam ich an einer Art Dorfplatz mit einem Seerosenteich vorbei, an dem weiße Bänke standen, auf denen saß aber niemand an diesem nebeligen Nachmittag. Da, wo man meinen Vater untergebracht hatte, gab es keine festen Besuchszeiten, es durften sowieso nur engste Angehörige die Station betreten, und die mussten zuvor einen Termin mit dem behandelnden Arzt vereinbaren, hatte man mir am Empfang gesagt. Nach kurzer Rücksprache erwartete mich Doktor Grünberg in seinem Sprechzimmer, das im Parterre eines alten Gründerzeitbaus lag. Der hagere Doktor hatte Ähnlichkeit mit einem Reiher, allerdings einem mit Goldrandbrille. Beim Reden schaute er immer haarscharf an mir vorbei, als würde er in den Rhododendronbüschen vor dem Fenster nach Fischen suchen. Und das war nicht sein einziger Tick. Ständig rieb er die Handflächen aneinander. Er brachte es fertig, in fast jedem Satz die

Redewendung «ein Stück weit» unterzubringen, als wollte er sich mit der Floskel die seelische Bedrängnis seiner Patienten und ihrer Verwandten vom Hals halten – zumindest ein Stück weit. Immerhin, jetzt redete er mit mir, nachdem er neulich am Telefon noch jede Auskunft verweigert hatte. Er zeigte mir sogar Aufnahmen von Vaters Gehirn, Querschnitte in krisseligem Grau, die aussahen, als hätte man einen Badeschwamm geröntgt. Mit dem Kugelschreiber umkreiste er die kleinen weißen Wolken im Gewebe, die da anscheinend nicht hingehörten. Mit ein paar Aussetzern fing es an, aber im letzten Jahr hatte die Erkrankung Fahrt aufgenommen. Der Grund für nächtliche Entgleisung und die Einweisung in die Psychiatrie war aber nicht die fortgeschrittene Verkalkung, sondern eine Psychose, wobei die Dinge immer zusammenhängen, zumindest ein Stück weit. Durch Abusus indiziert, was das hieß, musste er mir erklären, und es klang dann wie selber schuld. Nach Auskunft von Herrn Werle sei mein Vater seit seiner Jugend alkoholabhängig, habe seine Trinkgewohnheiten aber immer heruntergespielt. Von Valium war bisher nie die Rede gewesen, doch auch hier lag fraglos eine Langzeitabhängigkeit vor. Der Zivi hatte also recht gehabt. Auf die Gabe eines Mittels mit dem unheimlich klingenden Namen Haldol habe mein Vater erst einmal gut reagiert. In den nächsten Tagen müsse man ihn allerdings noch richtig einstellen. Einstellen, das klang nach George Orwells *Brave New World*, als könne man einen kaputten Menschen mittels Medikamenten wieder zum Funktionieren bringen.

«Na super. Erst gaga und jetzt auch noch plemplem», sagte ich und fing an zu heulen.

Doktor Grünberg schloss die Augen, lehnte sich zurück und ließ über sich ergehen, was ich ihm nun unter fortwährendem Schluchzen vortrug. Immer wieder hielt er mir die Kleenexbox hin, bis der Schreibtisch zwischen uns mit unzähligen Zellstoffknödeln bedeckt war. Ich erzählte von meiner Bruchlandung in Berlin und von all den Problemen, die ich mit Falk, Claudius, Uwe und nicht zuletzt mit meinem Vater hatte. Unwahrscheinlich, dass ein Außenstehender aus meinen Erzählungen schlau werden konnte. Eine Antwort auf die Frage, was ich denn jetzt tun solle, hatte der Doktor nicht, und in Privatangelegenheiten, erklärte er, mische er sich auch prinzipiell nicht ein.

«Ich nehme dich jetzt erst einmal auf», sagte er dann, und für einen Moment glaubte ich, er wollte mich mit nach Hause nehmen. Doch dann brachte er mich im benachbarten Hochhaus unter, im obersten Stock der ambulanten Abteilung, in einem Zimmer mit sonnengelben Gardinen, in dem sich das Fenster nicht öffnen, noch nicht einmal auf Kipp stellen ließ.

«Das ist die Station für Menschen in Orientierungsnot, ein geschützter Raum. Man kann sich hier entspannen und ein Stück weit zur Ruhe kommen. Eine Woche kannst du bleiben.»

Danke auch und bitte nicht.

Beim Imbiss vor der Krankenhausmauer teilte ich mir mit Männlein eine Portion Gyros mit Pommes. Bis zehn Uhr abends hatte ich Ausgang, dann musste ich mich wieder auf der Station der einsichtigen Drogies und verhinderten Selbstmörder einfinden, die anderen Insassen schienen aber gerade alle auf Urlaub zu sein, ich war dort ganz allein. Ich machte noch einen Spaziergang durch das Stadtviertel, in dem ich noch nie gewesen war, vorbei an Tankstellen, Möbelhäusern, Baumärkten, ging durch Unterführungen, überquerte vierspurige Fernstraßen und überlegte, was ich tun konnte. Viel war es nicht.

An Dieter brauchte ich mich in Zukunft nicht mehr zu wenden, und diesem Doktor Grünberg war erst recht nicht über den Weg zu trauen. Der hatte doch selbst ein Rad ab. Wenn der mal nicht mit Uwe unter einer Decke steckte.

Meine Traurigkeit hatte sich inzwischen verflüchtigt, vielleicht lag es daran, dass ich mich im Sprechzimmer so gründlich ausgeheult hatte. Ich spürte jetzt wieder dieses heiße Ziehen im Nacken, das Kribbeln in Händen und Füßen, mit denen sich die Wutanfälle ankündigten, meine berühmten Zornausbrüche, bei denen ich zuletzt nicht nur ein richtig großes Loch in Falks DS getreten, sondern auch früher schon die Gardinen in meinem Kinderzimmer von der Stange gerissen und die Kakteen aus dem Fenster geschmissen hatte. Was war das denn für ein Scheiß, in den ich ständig hineintappte oder von irgendwelchen Kerlen hineingezogen wurde, wie nun von meinem Vater? Sollten sie ihn doch einfach toben lassen, meinetwegen konnte er zu Hause randalieren, solange er wollte, oder nackt über Fernstraßen laufen, mir war das alles piepegal.

Männlein ließ sich nur unwillig wieder ins Auto verfrachten. Ich setzte mich neben ihn auf den Rücksitz und versprach ihm, es wäre bestimmt die letzte Nacht, die er im Auto verbringen musste. Er kletterte auf meinen Schoß, legte mir seine schwere Schnauze auf die Schulter, ließ sich umarmen und seufzte tief.

In der Pförtnerloge am Schlagbaum herrschte großer Andrang. Der Mann vom Empfang stand mit einigen Ärzten und Schwestern vor einem kleinen Schwarz-Weiß-Fernseher, aus dem es laut «Wahnsinn! Wahnsinn!» dröhnte. Draußen in der Welt war anscheinend auch der Wahnsinn ausgebrochen. Alle hatten plötzlich nur noch Augen für den Bildschirm, keiner scherte sich mehr darum, wer in der Klinik ein und aus ging, jeder gemeingefährliche Kinderschänder hätte unbemerkt in die freie Wildbahn spazieren können.

Nachts in der Irrenanstalt. Ich hätte mit wilden Schreien gerechnet, Geheul oder anderem Krach. Doch es war hier ganz still, so still, dass ich das Blut in meinen Ohren rauschen hörte. Die gestärkte Bettwäsche, die glatt auf meiner Haut lag, vermittelte ein Gefühl von Ordnung und Sicherheit. Es kam mir sogar die Idee, es einmal mit Beten zu versuchen, das hatte ich lange schon nicht mehr gemacht. Ich faltete die Hände über der Bettdecke und begann, vor mich hinzuflüstern, doch nach wenigen Sätzen hatte ich bereits den Faden verloren. Es fing schon mit der Ansprache an. Wie sollte ich ihn nennen? Herr oder Herr Jesus klang so streng. Lieber Gott ging auch nicht, einen lieben Gott gab es nicht, das hatte man mir bereits im Kindergottesdienst beigebracht. Gott war nicht lieb, er war gerecht, deshalb konnte man ihn nur demütig um Hilfe bitten, ohne damit rechnen zu dürfen, erhört zu werden. Die meisten Menschen kämen nur auf die Idee zu beten, wenn sie sich in Not befänden, und das sei nichts als Aberglaube. Ich versuchte es noch einmal laut. Vielleicht sollte ich mit einer allgemeinen Einführung beginnen. Gott sollte nicht denken, ich würde mich an ihn wenden, nur weil es mir schlecht ging. Aber dann fiel mir wieder ein, dass er allwissend war und ich ihm nichts vormachen konnte. Also begann ich von vorn: Herr, bitte hilf mir, ich will auch immer ... Ich hatte das Gefühl, ihm ein Angebot machen zu müssen, nur was für eins? Wenn du mir jetzt hilfst, dann werde ich nie mehr, oder nur selten noch ... ja, was denn? Lügen, trinken, rauchen? Nein, so ging das nicht, ich konnte Gott keinen Kuhhandel anbieten. Und er würde auch nicht Uwe verschwinden lassen oder die weißen Flecken im Gehirn meines Vaters, das stand fest. Ich versuchte es noch einmal mit dem Altbewährten: Der Herr ist mein Hirte, mir wird an nichts mangeln. Er weidet mich an einer grünen Aue und führet mich zum frischen Wasser ... weiter wusste ich nicht mehr. Weiden und Auen, das hörte sich sowieso an wie Thema verfehlt. Ich wollte schließlich um ein Wunder bitten. Lieber Gott, mach, dass morgen alles wieder gut ist. Oder wenigstens so wie früher. Großer Vater, halte deine Hand über mich, und dann fielen mir die Augen zu.

Die junge Schwester, die mich mit Zitronentee und Zwieback weckte, zog die Vorhänge auf und nannte mir ihren Vornamen. «Du kannst mich ruhig duzen.» Kurz darauf kam sie wieder, um mich zu meinem Vater zu bringen.

«Warst du schon mal auf einer Geschlossenen?», fragte sie mitfühlend. Ich schüttelte beklommen den Kopf.

Das Erste, was mir nach dem Betreten des Hauptgebäudes auffiel, war der Geruch, dabei hatten wir die Station noch nicht einmal betreten. An der breiten Milchglastür, vor der wir warteten, war keine Klinke. Steffi hatte schon ein paar Mal geklingelt, aber es tat sich nichts.

«Die sind hier heute natürlich total überfordert. Nach so einer Nacht sind viele der Kollegen nicht zum Dienst erschienen.»

Als die Tür dann doch aufging, wurde der Gestank so durchdringend, dass ich mir am liebsten die Nase zugehalten hätte. Schweiß, Urin, Körperausdünstungen aller Art in Kombination mit Desinfektionsmitteln und Essensmief, und in all das mischte sich noch eine weitere Komponente. Etwas hier roch verfault, stechend süß, und ich wusste sofort, das war das Aroma der Angst.

«Er liegt in Zimmer 26. Soll ich mitkommen, oder möchtest du lieber allein zu ihm?»

«Ich glaube, das schaff ich schon.»

Was dann folgte, diese wenigen Minuten, wurde zu einem Film, der mich den Rest meines Lebens verfolgen wird. Er besteht aus einer Abfolge einzelner, fast farbloser Bilder. Erst der leere Gang, links und rechts stehen die Zimmertüren offen, aber man sieht keine Menschen, sieht nur quer durch die leeren Räume und wieder hinaus aus den Fenstern, in den hellen Himmel. Als würden alle Insassen still in ihren Betten liegen. Doch da, urplötzlich, schießt aus einer Tür eine alte Frau hervor. Sie will, dass ich mit ihr komme, sie will mir etwas zeigen. Die Frau ist sehr dünn und trägt kein

Gebiss. Es ist mir unangenehm, dass sie mich anfasst, sich an meinem Arm festkrallt. Ich will sie abschütteln und schneller gehen, kann aber meine Schritte nicht beschleunigen. Die Alte beginnt zu singen, trällert Töne, die keine Melodie ergeben, dann breitet sie die Arme aus und macht neben mir her kleine Tanzschritte. Für einen Moment sieht es so aus, als wollte sie mit ihren orthopädischen Schuhen Spitze tanzen. Am Ende des Flurs bleiben wir stehen. Hier ist er, sagt sie. Ich habe keine Ahnung, woher sie weiß, zu wem ich gehöre. Sie beobachtet, wie ich zögere, das Zimmer zu betreten. Vielleicht würde ich umdrehen, wäre sie nicht hinter mir. Dann gehe ich hinein.

Mein Vater sitzt auf einem Hocker in der Mitte des schmalen Raums, vornübergebeugt, die Arme zwischen den Beinen, die Hände verschränkt. Er starrt auf den Fußboden. Als er merkt, dass jemand vor ihm steht, richtet er sich langsam auf. Er sagt: «Ich kann dich nicht sehen, Mäuschen, ich bin nämlich blind.»

Auf einmal ist mir, als würde der Boden unter meinen Füßen weggezogen. Sie haben ihn fertiggemacht, denke ich, endgültig fertiggemacht. Wie betrunken taumle ich auf ihn zu und will ihn in den Arm nehmen, kann aber den letzten Abstand nicht überwinden. Was ich da sehe, ist nur noch eine Hülle, ein leerer Körper, in dem mein Vater nicht mehr zu Hause ist.

Fahl sieht er aus, dabei grotesk aufgedunsen. Sein Gesicht ist ohne jede Mimik. Ein Blick wie aus Hundeaugen, blutunterlaufenen Bassetaugen, der durch mich hindurchgeht. Es sieht aus, als wären am ganzen Körper unsichtbare Gewichte an ihm befestigt, alles hängt herab, die Augen, der Mund, die Haut. Mein Vater hat jede Ähnlichkeit mit sich verloren.

Er trägt einen alten Trainingsanzug aus dickem Polyester, den habe ich noch nie an ihm gesehen. Jemand muss versucht haben, ihn zu rasieren, hat aber die Arbeit nicht zu Ende geführt, auf seinen Wangen stehen Inseln von Bartstoppeln. Auch das Haar hat man geschnitten, es ist nur noch ein unregelmäßiger Flaum aus hellgrauen Eiderdaunen übrig.

Schon steht die Alte wieder neben mir und beginnt, auf uns einzureden. Sie will vermitteln, mir die Lage erklären.

«Sie müssen lieb zu ihm sein», befiehlt sie mir.

«Die ist verrückt», sagt mein Vater. «Schmeiß sie raus.»

Für einen Moment kommen mir seine Stimme, sein Gesichtsausdruck wieder bekannt vor.

«Nicht doch», sagt er. «Du sollst nicht weinen.»

Da ist er noch einmal. Ein Nicken, ein schwaches Lächeln, als hätte er ein Licht angeknipst, das sofort wieder erlischt. Er dreht sich auf dem Hocker zur Seite und stützt den Kopf in die Hände.

«Wir werden uns nicht mehr wiedersehen», sagt er mit matter Stimme, wie zu sich selbst. «Du kannst jetzt gehen!»

Auf dem Rückweg ist der Flur noch länger geworden, ich sehe die breite Eingangstür näher kommen, wie auf dem Schießstand die Zieltafel. Die Schiebetür öffnet sich und entlässt mich in die Freiheit.

Gang einlegen, die Kupplung kommen lassen. Ich lenke das Auto vom Parkplatz, warte, bis der Verkehr abgeflaut ist, und biege auf die Vorfahrtsstraße ein. Nur sechs, sieben Stunden, dann werde ich wieder in Berlin sein. An einer roten Ampel sehe ich vor einem Kiosk einen Zeitungsaufsteller, auf dem in dicken schwarzen Lettern vier Wörter stehen. Es muss sich um eine Metapher handeln:

«Die Mauer ist gefallen.»

Am Sonntag mit Männlein über den Floh-
markt an der Straße des 17. Juni zu bummeln, war noch ein
Wochenendritual aus der Zeit mit Falk. Nachdem ich aus
München zurückgekehrt war, nahm ich die alte Gewohnheit
wieder auf. Anfangs hatte ich Victor, den Vater von Bommel,
der sich seine Rente mit dem Handel von Antiquitäten auf-
besserte, immer noch gegrüßt. Er berichtete mir dann stolz
von den Erfolgen seines Sohnes als Musikproduzent und war
auch stets auf dem Laufenden, an welchem Dokumentar-
filmprojekt Nicolas gerade arbeitete. Später begann ich, einen
Bogen um Victors Stand zu machen. An meine chaotische
Anfangsphase in Westberlin ließ ich mich nur noch ungern
erinnern. Der Kredit zum Begleichen all der unbezahlten
Rechnungen, auf denen mich Falk sitzengelassen hatte, war
noch nicht lange abgezahlt. Doch auch die Zeit mit Claudius
in München war nichts, woran ich gern zurückdachte. Wir
hatten direkt am Englischen Garten im ersten Stock einer
schönen Villa gewohnt und uns dort regelmäßig hässliche
Szenen gemacht. Berlin hatte mir von Tag zu Tag mehr gefehlt.

Während ich wieder zur Schule ging und Claudius im in-
ternationalen Fotobusiness Fuß fasste, war es anstrengend
geworden, die Routine unstillbaren Begehrens aufrechtzuer-
halten. Sex als Überwältigungsmittel, damit verhielt es sich

auch nicht anders als mit jeder anderen Droge, die Dosis musste ständig erhöht, der Giftstoff gewechselt werden. Sich gegenseitig Schmerzen zuzufügen, war immer das verfügbarste Mittel der Wahl. Claudius betrog mich mit jedem Model, das ihm vor die Linse kam, und ich ihn mit den jungen, langweiligen Golf-Cabrio-Fahrern aus gutem Hause, die ich im P1 auflas. Die Eifersuchtsdramen, die wir uns dann bis zum Morgengrauen lieferten, standen einem geregelten Schulbesuch natürlich entgegen. Die Aufnahmefähigkeit für neuen Lehrstoff war nach den durchfeierten Nächten ohnehin stark eingeschränkt.

Dass Falk nach Amerika ausgewandert war, hatten uns gemeinsame Freunde zugetragen. Und dann waren wir doch ganz überrumpelt, als wir ihm zufällig in New York begegneten, wohin ich Claudius zu einem Fotoshooting begleitete. Falk kam uns am Newark Airport entgegen, er schob einen Trolley mit einem Kofferberg, auf dem ein kleiner blasser Junge saß, der mich mit den Augen seines Vaters musterte. Schon von Weitem hatte er uns erspäht, es gab kein Entweichen. Er sei, sagte Falk, als Privatsekretär für einen Milliardär tätig, aus der Senf-Branche, und erzählte etwas von einem Büro auf der Fifth Avenue. Was hatte ich mir alles ausgemalt, wie ich ihn zur Schnecke machen würde, wenn ich ihn einmal wiedersähe, und nun brachte ich kein Wort hervor. Als der letzte Aufruf für unsere Maschine nach San Francisco durch die Halle tönte und wir uns zum Gate begaben, spürte ich seinen Blick im Nacken, heiß wie ein Lichtstrahl, der durch ein Brennglas fällt.

Mein Vater hatte sich von seinem Zusammenbruch nicht

mehr erholt. Für Jahre dämmerte er hinter einem Paravent schwerer Psychopharmaka vor sich hin. Einmal im Monat war ich zu ihm gefahren. Mein Vater, in seinem Haus rund um die Uhr von einer Phalanx von Pflegern beaufsichtigt, hatte meine Besuche teilnahmslos über sich ergehen lassen. Es konnte aber auch passieren, dass er den ganzen Tag schwieg. Gut, schlecht oder Scheiße – wenn ich Glück hatte, reagierte er auf meine Fragen mit einer der drei Antworten. Manchmal kamen ihm noch alte Kommunikationsmuster in den Sinn: «Wie läuft's in der Schule?» oder «Das freut mich, Mäuschen.» Hätte ihm jemand die Nachricht überbracht, ich wäre tödlich verunglückt, seine Reaktion wäre vermutlich gewesen: «Ach, wie bedauerlich.» Seine Tage verbrachte er im Wohnzimmer, starrte mit demselben abwesenden Blick auf das Muster des Perserteppichs oder auf den Fernseher. So wie er mich früher vor die Sesamstraße gesetzt hatte, stellten sie ihm jetzt Tiersendungen oder Sportübertragungen ein, aber wenn er die Fernbedienung in die Hände bekam, wechselte er die Programme im Sekundentakt. An schlechten Tagen weinte er ununterbrochen, wollte nur fort und versuchte, mich als Fluchthelferin zu gewinnen. Er sprang dann manchmal auf, rief, sie würden ihn einsperren, und er habe Angst vor Uwe, den ich nie zu Gesicht bekam.

«Mäuschen, kannst du dich nicht um mich kümmern?» Dieser Satz machte mich immer wieder aufs Neue fertig.

Claudius' Vater, der Staranwalt, wollte mir helfen, mich gegen die Übernahme meines Elternhauses durch Uwe zu wehren. Aber ich verlor das Gerichtsverfahren. Und dann verschlimmerte sich der Zustand meines Vaters immer weiter. Als er jede Deckungsgleichheit mit seiner ursprünglichen Persönlichkeit verloren hatte, musste ich einsehen, dass nichts mehr existierte, wofür ich noch hätte kämpfen können. Mein Vater hatte sich in die ewigen Jagdgründe seiner Verrücktheit zurückgezogen, und er war versorgt. Für mich gab es nichts mehr zu tun. Ich hörte auf, ihn zu besuchen, als er mich nicht mehr erkannte, und ich machte mir Vorwürfe deswegen.

An einem kalten Frühlingstag starb er schließlich, in einem Einzelzimmer des Psychiatrischen Krankenhauses, so allein, wie er ein ganzes Leben lang gewesen war.

Die nachgeholte Abiturprüfung bestand ich mit einem Notendurchschnitt von 3,5. Damit war an kein Studium an einer Universität zu denken. Die Bewerbung am Berliner Letteverein, Berufsausbildung Modedesign, hatte ich in den Briefkasten geworfen, ohne Claudius davon zu erzählen. Als die Zusage kam, war klar, dass ich gehen musste.

Was heulst du so, du weißt doch, dass es für diese Liebe keinen Schluss geben kann, hatte ich noch gedacht, als er mir das letzte Mal die Hand durchs Autofenster reichte. Unvorstellbar, dass dieser Tag unser letzter sein sollte. Und immer noch gab es Abende, an denen ich in meiner Kreuzberger Bude vor dem Telefon saß und auf seinen Anruf wartete, der nie kam.

Berlin hatte sich verändert, mehr als ich jedenfalls. Auf dem Flohmarkt waren die Mauerdevotionalien wieder verschwunden, alle verkauft, die abgeklopften Betonstücke mit den Graffitiresten, ebenso die Russenkappen und die

blechernen Orden der Nationalen Volksarmee, die Berlin-
touristen nach dem Fall der Mauer eine Weile lang begierig
eingeheimst hatten. Es gab auch kaum mehr erschwing-
liche Antiquitäten. Das meiste, was jetzt angeboten wurde,
war Ramsch und dazu noch total überteuert. Sie machten
mich immer ein wenig melancholisch, diese Besitztümer der
Verstorbenen. Ich hatte selbst gerade einen Haufen sinn-
loser Überbleibsel geerbt. Sachen, wie sie auch hier herumlagen. Kelims, von Motten zerfressen, blindes Kristallglas der
Marke Lalique, Meißener Porzellan, das meiste angeschlagen,
zerdellte Zinnkrüge, dunkle Ölbilder mit nacktschneckendi-
ckem Pinselstrich. Flohmarkt, die Sehnsucht nach Dingen,
die einmal anderen gehört hatten: Offensichtlich war das
eher etwas für Menschen, die das Erben noch vor sich hatten. Doch ausgerechnet an Victors Stand entdeckte ich an
einem dieser unnachahmlich bleiernen Berliner Sonntage
einen Art-déco-Schreibtisch, wie ich ihn mir schon lange gewünscht hatte. Jetzt konnte ich ihn mir leisten.

Ein Großteil des Vermögens meines Vaters war in den Jahren seiner Pflege zerronnen oder an Uwe gegangen. Aber ich
hatte immer noch genug abbekommen, um mich zum ersten
Mal ohne Ikeamöbel einrichten zu können.

Doch mit Victor war nicht zu feilschen, er wollte das
Möbelstück nicht für eine Mark weniger hergeben, als auf
dem Preisschild stand. Ob ich denn noch mal von Falk gehört hätte? Dem sei es, nachdem ihm in den Staaten das
FBI wegen irgendwelcher Betrugsdelikte auf die Pelle gerückt
war, in letzter Minute gelungen, sich nach Deutschland ab-
zusetzen. Aber nun war er tot. Wirklich verwundert war ich

nicht über diese Nachricht, sie ließ mich auch seltsam kalt. Ich hatte immer damit gerechnet, dass er eines Tages aus dem Fenster springen würde. Nein, nein, erwiderte Victor, kein Suizid. Krebs. Mit dreiunddreißig, erschütternd, nicht?

Ich suchte nach einer Regung in mir, fand aber keine, und während Bommels Vater in Schweigen verfiel, sah ich, wie Männlein das Bein hob und an einen Stapel Perserteppiche pinkelte. Schnell vertiefte ich mich in Victors kleine mit Samt ausgeschlagenen Vitrinen, in denen Goldschmuck und antike Armbanduhren ausgebreitet waren.

Da lag sie. Die goldene Omega. Und ich hatte sie mir schon umgelegt, als ich Victor brummen hörte, Selbstbedienung fände er eigentlich nicht so toll. Falk hatte sie ihm in Kommission gegeben, bevor er sich nach Amerika aus dem Staub gemacht hatte. Victor sollte sie für ihn verkaufen, wenn er das Geld einmal brauchen würde. Aber Falk hatte sich nie mehr gemeldet. Jahrelang hatte die Uhr in einem Kästchen in der heimischen Werkstatt gelegen. Wenigstens zweifelte Victor nicht an, dass ich ihre rechtmäßige Besitzerin war.

«Pass gut auf sie auf», sagte er, «das ist ein schönes Stück.»

Ich trage sie bis heute. Sie geht immer ein wenig vor. Wenn ich sie aufziehe, höre ich manchmal die Stimme meines Vaters: «Die Zeit kann man nicht zurückdrehen.»

Das wäre das Letzte, was ich wollte.

Zitatnachweise

S. *7 Zauberland.* Text: Rio Reiser

S. 263 f. Jörn Pfennig, *Liebes-Erklärung,* aus:
Keine Angst dich zu verlieren, Heyne Verlag

S. 264 Jörn Pfennig, *Da erst,* aus: *Grundlos
zärtlich,* Edition Talberg